T0276254

LAS PROBABILIDADES
DE ENAMORARSE
DE GROVER CLEVELAND

Las probabilidades de enamorarse de Grover Cleveland

Título original: *The Odds of Loving Grover Cleveland*

Copyright © 2016 by Rebekah Crane
This edition is made possible under a license agreement originating with Amazon Publishing, www.apub.com, in collaboration with Sandra Bruna Agencia Literaria.
All rights reserved

© de la traducción: Natalia Navarro Díaz

© de esta edición: Libros de Seda, S.L.
Estación de Chamartín s/n, 1ª planta
28036 Madrid
www.librosdeseda.com
www.facebook.com/librosdeseda
@librosdeseda
info@librosdeseda.com

Diseño de cubierta: Adil Dara
Ajuste de cubierta: Rasgo Audaz
Maquetación: Marta Ruescas

Imagen de cubierta: © Adil Dara

Primera edición: julio de 2018

Depósito legal: M-17235-2018
ISBN: 978-84-16973-37-8

Impreso en España – *Printed in Spain*

LAS PROBABILIDADES
DE ENAMORARSE
DE GROVER CLEVELAND

REBEKAH CRANE

Para Kyle, que conoce todas mis locuras
y aun así me quiere.

Queridos futuros campistas:

El Campamento Padua os da la bienvenida a un verano de exploración, aventura y, sobre todo, autoconocimiento. Trabajamos para lograr el mayor nivel de crecimiento y sanación personal. Con el fin de rendiros un mejor servicio a vosotros, los campistas, nuestros monitores altamente cualificados se centran en ooio aopectos esenciales que todo el mundo ha de poseer. Sin ellos, estamos perdidos.

   Os pedimos que, en las próximas cinco semanas, penséis en la persona que sois… y en la persona que queréis ser.

El personal

AUTOCONOCIMIENTO

CAPÍTULO 1

Mamá y papá:
Me han dicho que tengo que escribir esto.
El campamento está bien. Nos vemos pronto.

Z

P. D.: Yo también estoy bien... lo creáis o no.

Cierra la puerta con llave desde el interior de la cabaña. Tengo la mochila colgada del hombro y observo el pomo plateado como si fuera a empezar a hablarme. Esto no puede ser legal.

—Cerramos las puertas por la noche solo por precaución. Y yo duermo contigo en la cabaña —explica Madison y le da un tirón a la llave que le cuelga del cuello. Me toca el brazo. Miro las uñas perfectamente pintadas que me presionan la piel. La capa brillante de color magenta es pura perfección.

—¿Con qué tenemos que tener precaución? —pregunto.

Madison no me responde enseguida. Esboza una media sonrisa y ladea la cabeza, como si estuviera pensando qué decir a continuación. Se agarra el cabello largo y castaño que lleva trenzado e inspecciona las puntas.

—Es para que no entren los osos. —Se suelta un mechón.

—No sabía que hubiera osos por aquí.

—El bosque que nos rodea está repleto de un montón de cosas cuya existencia la gente no quiere admitir. Pero no te preocupes, para eso estoy aquí. —Vuelve a tocarme el brazo.

Lleva puesta una camiseta verde con el logo del campamento en el centro y unos pantalones cortos negros. El esmalte de uñas brillante contrasta con la ropa deportiva. No le pega.

—Me acuerdo de la primera vez que fui a un campamento. Estaba muy nerviosa —continúa.

—¿Viniste aquí?

—No… —Se queda callada y empieza a juguetear con la camiseta, alisándose la parte delantera—. Era un campamento con caballos en California.

Madison parece una chica con suficiente dinero como para montar a caballo y ponerse polos rosas y pantalones cortos blancos con estampado de ballenas. Eso sí que pegaría con el esmalte de uñas.

—No estoy nerviosa —digo.

—Eso está bien. —Sonríe—. Bueno, acomódate y nos vemos en media hora en el Círculo de la Esperanza.

—El Círculo de la Esperanza. ¿Por qué allí?

—Si no tenemos esperanza, no tenemos nada, Zander. Es el lugar idóneo para empezar. —Me toca el brazo y sonríe una vez más antes de alejarse. La trenza se balancea a sus espaldas.

—Eso no es una respuesta —murmuro al tiempo que un mosquito me zumba en la cara. Lo aparto, pero vuelve unos segundos después. Una puerta que solo cuenta con una llave para cerrarla y abrirla desde dentro tiene que ser un peligro en caso de incendio. Seguro que esto es totalmente ilegal. Igual puedo denunciar este lugar y hacer que lo cierren, pero entonces tendría que volver a casa.

Suelto la mochila, que cae con un ruido sordo en el suelo de cemento. Aparte del hormigón bajo los pies, todo en la habitación es de madera: las camas, las paredes, los muebles. Me siento en el colchón sin sábanas de una de las camas, me paso las manos por el pelo y tiro con demasiada fuerza. Arranco unos cuantos mechones negros. Soy incapaz de dejar esta manía, a pesar de que tengo el pelo cada vez más fino y más frágil.

—Mierda —murmuro para mis adentros.

La puerta se abre de golpe y se estrella contra la pared de madera.

Una chica con una camiseta blanca diminuta y unos pantalones cortos rojos, también diminutos, a la que no he visto nunca se queda de pie en la entrada.

—Hablar sola no es muy buena señal —comenta, haciendo movimientos circulares con el dedo índice en la sien.

Lanza la mochila a la cama. Me quedo mirándola, no puedo evitarlo. No lleva sujetador. ¿Qué clase de chica no lleva sujetador debajo de una camiseta blanca y fina? Se le transparenta la piel oscura a través de la prenda. Toda la piel. Hasta los pezones.

—¿Qué? —me provoca.

Está muy delgada, tanto como para estar hospitalizada. Tal vez sería más acertado decir que está en los huesos; prácticamente esquelética.

Se deja caer en la cama y cruza las largas piernas.

—Soy Cassie —se presenta, pero no me tiende la mano—. Ya, ya lo sé, es un nombre de gorda. —Antes de que me dé tiempo a decirle mi nombre, comienza a vaciar el contenido de la bolsa de lona en la cama. Examino un montón de ropa en busca de un sujetador de cualquier tipo, pero lo único que veo es un bikini rosa, pantalones muy cortos y camisetas de muchos colores. Cassie agarra un montón de ropa y dice—: Supongo que conoces a Madison. —Mete las prendas en una cómoda sin doblarlas ni ordenarlas. Se limita a embutir todo en el espacio vacío—. Está loca.

Mientras habla, alcanza la mochila vacía y le da la vuelta. Una cascada de frascos llenos de pastillas cae en la cama.

—Estos monitores son idiotas. Ni siquiera me han mirado los bolsillos. —Le quita el tapón a uno de los frascos—. No mires, no es de buena educación.

—Lo siento. —Bajo la mirada.

—Es broma. Todo el mundo mira, sobre todo aquí. —Levanta un puñado de pastillas en mi dirección, ofreciéndomelas—. Pastillas para adelgazar, ¿quieres?

Niego con la cabeza.

—Odio las pastillas.

—Tú misma, aunque yo me mantendría alejada de los macarrones en el comedor. —Hincha las mejillas y me señala. No puedo evitar mirarme el cuerpo. No diría que soy delgada, pero tampoco estoy gorda. Mi madre nunca lo habría permitido.

Me estiro la camiseta amarilla para que no me quede tan ajustada.

—Lo tendré en cuenta.

Se mete las pastillas en la boca y se las traga sin beber agua.

—¿Por qué estás aquí? —me pregunta.

—¿Cómo?

—¿Es porque estás sorda? —Frunce el ceño y pronuncia sílaba por sílaba en voz alta—: ¿Por qué estás aquí?

—No estoy sorda.

—¿No me digas? Para eso hay otros campamentos, idiota.

Jugueteo con la parte delantera de la camiseta y aparto un mosquito. ¿Por qué estoy aquí? Miro a la chica que tengo delante y me doy cuenta de que no nos parecemos en nada. No me corresponde estar en su mismo grupo. Aprieto con fuerza el mosquito entre los dedos.

—Estoy aquí porque mis padres me han inscrito.

Cassie suelta una carcajada tan sonora que resuena en la cabaña vacía. El ruido me pone nerviosa.

—Así que eres de esas.

—¿De esas?

—Una loca y una mentirosa.

Me pongo recta. ¿Acaba de llamarme mentirosa una chica que desayuna pastillas para adelgazar y no se pone sujetador?

—Oh, no, ¿te has enfadado? —se mofa.

—No —respondo.

—De acuerdo, porque no puedo evitarlo. Tengo trastorno bipolar maníaco-depresivo y anorexia. Y a veces creo que soy un chico que vive en el cuerpo de una chica. —Se pone en pie—. Pero al menos soy sincera con respecto a quién soy. Recuerda que la gente que está loca de verdad no sabe que está loca.

Introduce las pastillas de nuevo en el bolsillo oculto de la bolsa y la mete debajo de la cama. Antes de irse, mira mi mochila, que tiene el nombre puesto.

—¿Zander? ¿Te llamas así? —Niega con la cabeza—. *Sip*, definitivamente loca. Pásatelo bien hablando sola, Zander.

Desaparece por la puerta. Considero un instante la opción de contarle a Madison lo de las pastillas que esconde en la mochila, pero algo me dice que llevarme mal con Cassie las próximas cinco semanas no es una buena idea.

Tomo una bocanada de aire y me quedo mirando el techo de madera. Una cerilla podría incendiar este lugar si no fuera por la humedad. No obstante, quemar la cabaña me enviaría de vuelta a casa y demostraría que Cassie tiene razón: que estoy loca.

No puedo estar loca, eso pondría a mis padres muy contentos. Y en cuanto a volver a casa, no quiero, y menos sabiendo cómo es ahora estar allí.

Mis padres ni siquiera me preguntaron si quería venir a este lugar. Hace unos meses nos sentamos a cenar y me lo comunicaron. Yo enrollaba los espaguetis en el tenedor mientras ellos hablaban como si ni siquiera estuviera en la habitación. Para ser justos, al día siguiente tenía un examen importante de francés y estaba conjugando verbos en *passé composé* en la cabeza.

J'ai mangé
Tu as mangé
Il a mangé
Nous avons mangé
Vous avez mangé
Ils ont mangé

—Por esto necesita ir —se quejó mi madre, que seguía hablando como si yo no estuviera presente.

Ahora se ha convertido en una costumbre lo de conjugar verbos. Mi calificación a final de curso fue un sobresaliente alto.

—Cuando vuelvas, todo esto será solo un recuerdo. Serás una persona distinta —me dijo mi madre la noche antes de irme. Mi novio y yo estábamos sentados en torno a un cuenco de verduras ecológicas y salsa. Llevo saliendo con Coop dos años. Su nombre verdadero es Cooper y nunca se lo he dicho, pero me parece que ambas opciones son horrorosas. Coop suena a futbolista violador que se echa cerveza por la cabeza. Y si me refiero a él como Cooper me da la sensación de estar llamando a un perro.

Me metí una zanahoria en la boca y asentí a lo que decía mi madre. Oía tan fuerte el sonido que hacía al masticar que este acallaba lo que los demás decían. Cuando me comí el cuenco entero, me llevé a Coop a mi habitación para que nos besáramos. Fue el punto álgido de la noche y eso que Coop no besa muy bien. Es más bien baboso, como un perro que se llamara Cooper.

Cuando me aburrí, me puse a conjugar verbos. Besar y conjugar funcionan bien juntos, ambos se hacen con la boca.

No. Volver a casa no es una opción, así que abro una cómoda y saco la ropa, la separo en camisetas, pantalones y ropa interior, incluyendo un montón de sujetadores que metió mi madre. Dejó la mochila a los pies de la cama el día que me marchaba y dijo:

—Toma. Terminada.

En francés: *fini*.

Debería haber usado esas mismas palabras hace años, pero mi madre no es de las que abandonan.

Escojo la cama de abajo con la idea de que así será más fácil salir de aquí si hay un incendio y si puedo pasar por la puerta cerrada con llave. Cuando saco las sábanas y la manta que mi madre me ha metido en la mochila para hacer la cama, siento que pierdo las fuerzas. Ha vuelto el cansancio, como si la gravedad aumentara y las rodillas cedieran, pero me obligo a hacer la cama, asegurándome de remeter bien las sábanas, como mi madre me ha enseñado.

Cuando he terminado, observo el resultado. Un mosquito me zumba en la oreja y doy una palmada para matarlo, pero fallo. Unos segundos después está de vuelta.

—Maldita sea. —Sacudo la cabeza. Pero la cama me devuelve la mirada, es como si tuviera un par de ojos y un cuerpo y pulmones bajo las sábanas, y se esforzara por respirar, pero fracasara. Porque, al final, todos fracasamos. Todos nos hundimos, da igual lo mucho que intenten tirar de nosotros hacia la superficie.

Cuando no puedo soportar seguir mirando la cama perfectamente hecha, revuelvo las sábanas. Saco las esquinas de debajo del colchón y vuelvo a meter la manta de flores de color pastel en la mochila, sin preocuparme por doblarla; solo quiero apartarla de mi vista. Me siento en la cama, sin aliento, jadeando.

Prefiero congelarme toda la noche que dormir con esa cosa.

—*Fini* —concluyo. Mierda, otra vez estoy hablando sola. Miro a mi alrededor para asegurarme de que nadie me ha visto, pero estoy sola. Mi familia está en la otra punta del país, en Arizona, y yo estoy en Míchigan. Me empeño en entristecerme por ello, pero me siento como si intentara aferrarme a algo que no está aquí. No consigo sentir nada. Estoy vacía.

Salgo de la cabaña. Hace un día caluroso y no sé qué hacer ahora. No obstante, tengo una cosa clara: o dejo de hablar sola o la gente va a creer lo que no es.

CAPÍTULO 2

Mis padres me dijeron hace unos meses dónde iba a pasar el verano. Mi padre alzó la mano y lo señaló en el mapa.

—Justo aquí, Zander. Aquí está el campamento —recalcó—. ¿Lo ves? Míchigan tiene la forma de un guante.

Como no respondí, mi madre añadió:

—De todos modos, Arizona es lamentable en verano. Hace mucho calor. Seguro que agradece pasar un tiempo lejos de aquí. —Miró a mi padre con los labios apretados—. Aunque parezca horrible que tengas que irte al otro lado del mundo sin tus padres.

—Ambos estábamos de acuerdo, así que no empieces con exageraciones, Nina. El campamento no está en la India —replicó mi padre.

Me quedé mirando una mosca que se removía en una telaraña mientras ellos discutían. Entendía perfectamente a la mosca. Daba igual hacia qué lado se moviera, estaba atrapada. ¿Qué sentido tenía luchar? Acababas todavía más enredada.

—El Campamento Padua tiene siete zonas diferentes: las habitaciones de los chicos, las de las chicas, el comedor, la playa, el campo de tiro con arco, los establos y, lo más importante, el Círculo de la Esperanza. —Madison me lo enseñó todo cuando llegué. Me guio por las instalaciones señalando a un lado y a otro—. Hay muchas opciones y seguro que el verano es muy divertido. No todo es… —se detuvo un instante y me miró— trabajo. ¿Qué te sucede a ti?

No supe qué responder.

—Venga, ¿qué es lo que te pasa? —volvió a preguntarme con una sonrisa en los labios.

No dije nada y, unos segundos después, Madison dejó de esperar una contestación. La verdad es que no me pasa nada. La vida es mejor así.

—Las chicas tienen que quedarse en las cabañas de chicas y los chicos en las de chicos. El verano no va a ser solo para trabajar, pero tampoco queremos travesuras —comentó, dándome un codazo en el costado.

—Tengo novio —indiqué.

Madison pareció animarse.

—Ah, ¿sí? Qué bien. Me acuerdo de mi novio del instituto. El primer amor es tan emocionante…

—No estamos enamorados. Simplemente le gustan mis tetas.

Cambiamos enseguida de tema.

La monitora me mostró el comedor y el camino que llevaba a los establos. Llegamos al fin al campo de tiro con arco y al Círculo de la Esperanza, que en cualquier otro lugar sería una zona donde hacer hogueras. Después me llevó al lago.

—Este es el lago Kimball. Pedimos a todos los campistas que no vayan al lago hasta que se realice la prueba de natación. No queremos que haya ningún accidente. —Me miró—. Y ponte protector solar. Tú eres como yo, en cinco minutos el sol nos abrasa.

Asentí. A mi madre le gusta creer que he heredado su lado nativo americano con el pelo negro y los ojos almendrados, pero el color de mi piel no dice lo mismo. Madison tiene razón, suelo ponerme roja si me expongo al sol demasiado tiempo, rasgo que comparto con mi padre. Pero también está equivocada: no me parezco en nada a ella.

Tan solo de pensar en el agua fría me baja la temperatura corporal. Puede que el campamento no esté en la India, pero nadie lo diría por la humedad. Tengo el pelo pegado al cuello y noto cómo me cae el sudor por la espalda.

Doy un rodeo de camino al Círculo de la Esperanza y me dirijo al lago. Todo el terreno del Campamento Padua está salpicado de árboles. Mi padre me habló de lo verde que es todo cuando vino a traerme. Atravesamos las puertas del Campamento Padua y dijo:

—Aquí todo está muy vivo.

Asentí, pero no dije nada. Estaba demasiado concentrada en la enorme verja de alambre que cerca la propiedad. Las ramas verdes y los arbustos se colaban por los agujeros entre los alambres.

Cuando le pregunté por qué había una verja en el campamento, me dijo:

—Para asegurar que todo el mundo está a salvo.

—A salvo —repetí en silencio. Tanto mi padre como yo sabemos que, por mucho que lo intentes, es imposible mantener a una persona totalmente a salvo. Ni siquiera enviándola a la otra punta del país, a Míchigan, a pasar el verano.

La escalera que conduce a la playa está justo a continuación del comedor de madera que separa el lado de las chicas del de los chicos en el campamento. No hay ni una sola ola en el lago. Me limpio el sudor de la mejilla.

La mayoría de los campistas siguen con sus padres, despidiéndose. En cuanto mi padre me inscribió en la oficina de admisión salió corriendo.

—Tengo que volver al aeropuerto para tomar el vuelo —me dijo y me dio un beso en la mejilla. No me molestó, una despedida es una despedida, dure más o menos.

Una vez en el lago, me quito las deportivas ajadas, los calcetines y meto los pies en el agua. Noto la arena suave entre los dedos, como si fuera fango, y está fría. Me da un escalofrío que me recorre las piernas hasta la cintura, llega a la cabeza y dejo de sudar de golpe.

Me adentro hasta que el agua me llega a las rodillas. No me veo los pies, el agua está demasiado turbia y llena de algas. Cualquier persona podría perderse debajo y… desaparecer sin más.

Cierro los ojos y me imagino hundiéndome entre las capas de cieno del fondo. Sería como ahogarse en uno de los batidos espesos de espinacas que prepara mi madre. Las rodillas se aproximan al agua cuando doy otro paso. Bajo los pies tengo la nada, un espacio vasto y vacío en el que cualquiera podría abandonarse. No existe presión de sentir o no sentir nada, solo oscuridad. Conozco este lugar, he estado aquí antes.

—¡Eh, tú! —brama una voz desde la parte superior de las escaleras. Me doy la vuelta, sobresaltada. Veo a un monitor con el pelo rubio hasta los hombros que tiene las manos apoyadas en las caderas, como si fuera el guardia de una cárcel—. Los campistas no pueden acceder al agua el primer día.

—Lo siento —me disculpo y me pongo los calcetines con los pies mojados.

—Por favor, dirígete al Círculo de la Esperanza. —Hace un gesto en dirección a la hoguera y se marcha.

Cuando llego, me encuentro a Cassie al lado de Madison. Se está sacando un buen trozo de chicle de la boca y enrollándolo en el dedo. Cuando me descubre mirándola, se enrolla el chicle en el dedo corazón y sonríe. No es una sonrisa de verdad, más bien es una advertencia cubierta de chicle de fresa.

—Aquí, Zander —me indica Madison—. Ellas son Katie, Hannah y Dori. Cassie me ha dicho que ya os conocéis.

Cassie señala con el dedo largo y huesudo a una chica con el pelo castaño claro y ojos marrones.

—Katie es de las que se dan atracones de comida y luego se purga.

—Cassie —la reprende Madison.

—¿Qué? —La chica le lanza una mirada dura a Madison y toma a Katie de la mano—. ¿Has visto los dedos que tiene de tanto vomitar? Apenas tiene piel de metérselos en la garganta. Reconozco un trastorno alimentario en cuanto lo veo.

Katie se encoge de hombros.

—Tiene razón —confirma.

—¿Ves? Tendría que trabajar aquí. —Vuelve a mirarme—. Hannah es de las que se cortan. ¿Ves que lleva manga larga en pleno verano? Seguro que tiene un montón de cicatrices por esos brazos regordetes.

La aludida se cruza de brazos, los lleva tapados con una camiseta azul de manga larga.

—No estoy regordeta —se queja, pero no niega lo de los cortes.

—Y Dori está deprimida, algo del todo aburrido. Todos los adolescentes están deprimidos, eso es lo que mejor se nos da.

—Creo que ya es suficiente. —Madison posa la mano en el hombro de Cassie, pero esta se aparta.

La chica vuelve la mirada hacia mí y dice al grupo:

—Y Zander está aquí porque «sus padres la han inscrito». —Ladea la cabeza y las cuatro chicas rompen a reír—. Pero la he descubierto hablando sola, así que no descarto personalidad múltiple.

—No tengo personalidad múltiple —replico.

—¿Esquizofrenia? —pregunta Hannah. Tiene los ojos marrones oscuros fijos en mí, como si fuera una rata de laboratorio.

—No. —Le lanzo una mirada asesina a Cassie.

—Ya basta, chicas. —Madison se coloca detrás de mí y me pone las manos en los hombros. Vuelvo a fijarme en el inmaculado esmalte de uñas. No necesito que me defienda, no necesito a nadie. En lo que a mí respecta, todo y todos pueden desaparecer y dejarme en paz.

Aparto las manos de Madison y me voy a otra parte del círculo. Yo no pinto nada en este grupo. No me gusta la sangre, mucho menos autolesionarme, ¿y vomitar? Odio devolver y que se me queden trocitos de comida en las fosas nasales, ¿por qué alguien haría eso a propósito?

Me muevo entre la marea de campistas que se amontonan y busco un hueco en el que pueda estar sola y lejos de todos los demás. No creo que sea esto lo que mis padres desean que haga este verano, que me aísle, pero tampoco me han preguntado qué es lo que yo quería. Si lo hubieran hecho, todo esto se habría evitado. No tendría que estar aquí, entre unos cincuenta chicos y con un montón de monitores y personal. Y sin salida. Estoy atrapada.

Cuando un joven mayor que lleva puesta la misma camiseta de Campamento Padua que Madison se pone en pie sobre un banco y da tres palmadas, el círculo se queda quieto y en silencio. Yo me quedo paralizada.

—La única forma de que nos encuentren —grita.

—Es admitiendo que nos hemos perdido —responden a coro el resto de los monitores.

—Bienvenidos al Campamento Padua —continúa en medio del silencio. Tiene un mechón moreno en la frente que se mete detrás de la oreja antes de seguir. Parece mayor que Madison, pero más joven que mis padres, tal vez tenga treinta y tantos, y es guapo, muy del estilo de presidente de una fraternidad—. Soy Kerry, el director del Campamento Padua, y quiero daros a todos la bienvenida. —Cuando Kerry sonríe, su aspecto mejora todavía más—. Fundé este campamento hace más de diez años con la esperanza de ayudar a jóvenes como vosotros a encontrar el camino en tiempos difíciles. Me alegra ver tanto caras conocidas como nuevas. Si necesitáis cualquier cosa, no dudéis en venir a hablar conmigo. El verano no ha hecho más que comenzar para que os liberéis y encontréis el modo de ser quienes sois de verdad. Todos los monitores que hay aquí han completado un riguroso programa de entrenamiento para ayudaros durante vuestra estancia en el campamento. No obstante, queremos sobre todo que os lo paséis bien. Y para pasároslo bien, tenéis que seguir las reglas de seguridad.

Me sobreviene una sensación de agotamiento cuando Kerry repasa las reglas. Se me adormecen las piernas y la columna, y, durante un momento, me parece que me voy a quedar dormida de pie. Este es el momento, en todo el día, en que mejor me siento, abandonándome a una sensación de estupor. Cuando llega a la norma de que no puede haber comida en la cabaña, estoy a punto de levantar la mano para preguntar si tomar pastillas para adelgazar como si fueran caramelos cuenta como comida, pero para ello tendría que levantar la mano. Me quedo con la mirada fija en el suelo, removiendo la tierra con el zapato y conjugando verbos.

J'ai fini

Tu as fini

Il a fini

—Cuarta regla: si estáis tomando medicación, tenéis que seguir haciéndolo en el campamento. La enfermera repartirá las medicinas por la mañana y por la noche en la enfermería. Id a verla de inmediato si notáis cambios de humor o pensáis que podéis lastimaros.

Nous avons fini

Vous avez fini

—Cualquiera pensaría que se trata de un campamento para locos por cómo habla este tipo. —Miro al chico que hay a mi lado. Mide como un millón de metros y tengo que hacer visera con la mano para tapar el sol al mirarlo.

—Yo no creo que sea para locos, lo sé —susurro.

—Creo que en el tríptico ponía «para chicos con estado mental alterado o emocionalmente hipersensibles». Técnicamente, todos los adolescentes tienen el estado mental alterado, al menos los chicos. Yo pienso en el sexo como unas cien veces al día, y eso es estar emocionalmente hipersensible. Y tener el estado físico listo para la acción. —Se mira la entrepierna.

—¿Tanto piensas en el sexo?

—Sí.

Vuelvo a mirar a Kerry. No sé qué responder a este chico, ya estamos hablando de sexo y ni siquiera sé cómo se llama.

—Y en la comida —susurra.

—¿Qué?

La comida. Los chicos también piensan mucho en la comida. —Se acerca para hablarme al oído—: Por si te interesa.

Asiento sin tener ni idea de dónde quiere ir a parar.

—¿Quieres que te diga en qué piensan las chicas?

—No, porque entonces voy a tener que pensar en eso y ya estoy demasiado ocupado pensando en comida y en sexo. La mente no puede con tanto. —Se da un golpecito en la sien—. No quiero presionarla. Estado emocional aguzado, ya sabes.

—De acuerdo —respondo y fijo de nuevo la vista en el suelo, pero cada pocos segundos vuelvo a mirarlo.

Es delgado y alargado por todas partes. Parece probable que vaya a engordar cuando vaya a la universidad, pero es como si, por ahora, tuviera un metabolismo tan acelerado que fuera incapaz de comer lo suficiente como para superar su ritmo. El pelo castaño le cae sobre los ojos marrones y azulados, que son demasiado grandes para su cara y le hacen parecer un personaje de dibujos animados; no el príncipe, tal vez su amigo estrafalario.

—Décima regla —señala Kerry, prácticamente a voces—: los chicos duermen en las habitaciones de chicos. Las chicas, en las habitaciones de chicas.

El muchacho que tengo al lado levanta la mano para hacer una pregunta.

—¿Y qué pasa con las chicas que creen que son chicos? ¿Dónde duermen?

Kerry se cruza de brazos.

—En las habitaciones de las chicas.

—Solo quería asegurarme. —El chico asiente y me sonríe de nuevo. Noto que se me tensa el estómago, como si acabara de hacer veinticinco abdominales en clase de Educación Física. La sensación me sorprende.

—Por cierto, yo soy Grover —murmura—. Grover Cleveland.

CAPÍTULO 3

Cher papa,
J'ai été enlevé par des étrangers. S'il te plaît,
envoie de l'aide.
  Cordialement,

Alex Trebek

Kerry nos informa de que podemos elegir todos los días entre una gran variedad de actividades, desde manualidades hasta equitación, pero, cuanto más habla, más me cuesta concentrarme en nada que no sea el chico que está a mi lado.

—Vosotros sois responsables de vuestro camino —continúa Kerry—. Los monitores están aquí para guiaros, pero ya sois lo suficientemente mayores para tomar vuestras propias decisiones. El único requisito diario es que asistáis a la sesión de terapia de grupo de vuestra cabaña. —Termina el discurso y nos avisa de que la cena es en una hora. El sol me alumbra los ojos y miro al chico que tengo al lado.

—¿Te llamas Grover Cleveland? ¿Como el presidente? —pregunto.

Asiente y se mete la mano en el bolsillo trasero. Saca un cuaderno pequeño y un bolígrafo.

—¿Y tú eres…?

Me aparto de él y pienso en la lista de desórdenes que recitó Cassie.

—¿Crees que eres Grover Cleveland o de verdad te llamas así?

—Lo de ser de verdad es lo importante. ¿Tú eres de verdad?

—Sí, soy de verdad.

Se da un golpecito en la barbilla con el bolígrafo y sacude la cabeza.

—Aunque si fueras imaginaria, dirías que eres de verdad solo para que yo piense que eres de verdad, así que esa forma de proceder no va a funcionar.

—¿Qué?

—Estoy tratando de determinar si eres de verdad.

—Te acabo de decir que soy de verdad.

—Eso no demuestra nada. Dame un pisotón.

—¿Qué? —pregunto.

—Que me des un pisotón.

Grover chasquea la lengua.

—Mierda. Eres imaginaria.

—No soy imaginaria.

—¿Entonces por qué no me das un pisotón?

—Porque puedo hacerte daño.

—Físicamente, puede. Pero eso tiene cura. Solo puedes hacerme daño, de forma indefinida, si eres imaginaria —señala y levanta un pie—. Venga, puedo soportarlo.

—No voy a darte un pisotón —repito en voz más alta—. Y no has respondido a mi pregunta. ¿Crees que eres Grover Cleveland o eres Grover Cleveland?

—Soy Grover Cleveland.

—¿El presidente?

—Técnicamente, sí.

Me llevo las manos a la cabeza.

—Dios.

—Dios no, Grover. —Comienza a escribir en la hoja de papel.

—¿Qué haces? —pregunto, echando un vistazo entre los dedos y poniéndome de puntillas para comprobar qué ha escrito.

—Anotar cosas.

—¿Sobre qué?

—Sobre ti. —Me mira de arriba abajo y empieza a escribir de nuevo—. Morena, ojos marrones. Aparenta unos dieciséis años. ¿De dónde eres?

—De Arizona.

—Qué raro, no conozco a nadie de Arizona —comenta mientras escribe.

—¿Y por qué es raro?

—Me parece interesante que mi primera alucinación sea de Arizona.

—No soy una alucinación —vuelvo a decir, esta vez con tono más firme.

Grover sonríe.

—Bonita sonrisa —comenta al tiempo que escribe.

—¿Te parece que tengo una sonrisa bonita?

—Aún no lo sé, no has sonreído. Es una hipótesis. Tengo pensado llevar a cabo varios experimentos para comprobar si se trata de un hecho. —Anota unas cuantas cosas más en el cuaderno—. ¿Sabías que la probabilidad de que una persona tenga ojos verdes de verdad es de una entre cincuenta?

—¿Qué?

—Es verdad. —Grover se lleva el bolígrafo a la boca—. Sería una pena que no fueras real.

Noto calor en las mejillas y bajo la mirada al suelo.

—Te he dicho que soy real.

—Necesitamos a otra persona para llegar a una conclusión. Ven. —Grover me toma de la mano y tira de mí hasta el campo de *tetherball*, que está al lado del comedor. Hay un grupo de chicos mirando cómo golpea Cassie una pelota atada a una cuerda colgada a un poste. Tiene una sonrisa retorcida en los labios mientras golpea una y otra vez el balón por encima de la cabeza de un niño pequeño que no tendrá más de trece años.

—¡Muerde el polvo, idiota! —grita cuando gana. El niño con el que está jugando se va corriendo del campo, llorando.

—¡Hola, Palillo! —la saluda Grover—. Necesito tu ayuda.

—Estupendo. —Tiro del brazo para soltarme de la mano de Grover cuando se acerca Cassie, cuyos pechos sin sujetador rebotan bajo la camiseta.

—¿Qué pasa, Cleve?

—¿Os conocéis? —pregunto.

Cassie pone los ojos en blanco, pero no responde.

—¿En qué puedo ayudarte?

Grover sonríe y me señala.

—¿La ves?

—Por desgracia. —Cassie mueve la cadera a un lado—. Zander es real, Cleve.

—¿Zander? Es real y tiene nombre. Encantado de conocerte, Zander.

Me tiende la mano para que se la estreche. Me quedo mirándola, no tengo claro si quiero conocer a nadie en este campamento. Cuando considero la idea de juntar la mano con la suya, la presión vuelve al estómago. Es una sensación desagradable e incómoda, así que respiro profundamente para calmarla y saludo a Grover con la mano en lugar de estrechar la suya.

—Bien, ahora que hemos llegado a la conclusión de que eres real… —Se balancea sobre los talones y se mira la mano vacía antes de bajarla—. ¿Qué te trae a este hermoso lugar de Míchigan, Zander?

Cassie se ríe.

—Está aquí porque sus padres la han inscrito.

Grover le pone el tapón al bolígrafo.

—Interesante.

—¿No vas a anotar eso en la libreta? —le pregunto.

—Solo apunto las cosas que no quiero olvidar.

—¿Llevas una libreta encima para no olvidarte de nada?

—No —responde él—. Para recordar.

—¿Recordar qué? —pregunto.

Echa un vistazo a su alrededor e inspira como si estuviera oliendo un ramo de flores.

—Cómo era todo antes.

Cassic se acerca y se coloca al lado de Grover Cleveland. Por un momento da la sensación de que algo le importa de verdad.

—Cleve está P. L.

—¿P. L.?

—Preloco —me explica Grover. Se mete el cuaderno en el bolsillo trasero—. Un día de estos sucederá.

—¿Cómo lo sabes?

—Mi padre habla con presidentes muertos.

—¿Y se lo han dicho ellos? —pregunto.

Grover se ríe y echa la cabeza hacia atrás.

—Algunas personas heredan los ojos verdes de sus padres. Algunas, la esquizofrenia. Está claro que yo no he heredado los ojos verdes.

—Entonces, el nombre…

—Mi padre siente un amor profundo por los presidentes pasados. Por suerte para él, compartíamos el apellido.

—Pero ahora no te pasa nada, así que ¿por qué estás aquí?

Grover fija sus grandes ojos marrones y azulados de personaje de dibujos animados en mí.

—A algunas personas les gusta esperar a que llegue lo inevitable. Yo nunca he sido muy de esperar. ¿Y tú qué, Zander?

Me trago el repentino nudo que se me ha formado en la garganta. *Fini*. Se acabó. El final es el final, sin importar cuándo llegue. Esperar solo hace que duela más. Un mechón de pelo que se me ha soltado me hace cosquillas en la nuca y me rasco con demasiada fuerza.

—Yo odio esperar —concluyo.

—Eso solo hace que te aferres con más fuerza. —Los ojos de Grover siguen fijos en los míos un instante más, y después se mete las manos en los bolsillos—. Si ese va a ser mi futuro, puedo ir acostumbrándome ya. Mi padre estaba P. L. hasta un día en que estaba en clase de Historia en la universidad y Teddy Roosevelt cruzó la puerta. Supongo que, si tengo suerte, aún me quedan unos cuantos años buenos.

—¿De qué conoces a Cassie?

Grover le echa el brazo por los hombros.

—Palillo y yo venimos aquí desde que estábamos en octavo. —Le dedica una sonrisa a la chica y le susurra al oído tan bajito que no oigo nada. Luego se da un golpecito en el bolsillo delantero de los *jeans*.

—¿Qué pasa?

—No es de tu incumbencia. —Cassie me lanza una mirada asesina—. En nombre de la amistad, debería advertirte, Cleve: Zander hace unas mamadas terribles.

Grover va a sacar la libreta, pero lo detengo.

—No, no es verdad, ¡y no anotes eso!

El chico suelta una carcajada.

—Solo iba a apuntar que Zander está adorable cuando se ruboriza.

Me toco las mejillas.

—No me he ruborizado.

—¿Pero sí admites que has hecho mamadas? —me pregunta Cassie.

La miro con furia.

—Tengo novio.

—Qué decepción —comenta Grover.

—Se llama Coop.

—Doble decepción. No me digas que juega al fútbol.

—Sí —admito.

—¿Me estás diciendo que, en ese caso, debería abandonar?

Miro los ojos muy abiertos de Grover y él me mira mirarlo. Reflejan el sol y eso hace que parezca que en cualquier momento van a saltársele las lágrimas.

—Ponme una mordaza —dice Cassie cuando suena un timbre que me sobresalta.

—¿Por qué? Has estado haciendo un trabajo estupendo tú sola —le responde Grover, señalando el cuerpo demasiado delgado de la chica—. Venga, mi cerebro emocionalmente aguzado necesita comida. Vamos a comer.

Grover se adelanta hasta el comedor con Cassie justo detrás. Me quedo parada y un mosquito me pica en la pierna. Lo aparto y me rasco.

Grover me mira por encima del hombro y sonríe. ¿A qué estoy esperando? Si tengo que convivir con estos bichos cinco semanas, es mejor que pida prestado repelente de insectos.

🍃 🍃 🍃

Nos ponemos a la cola en el comedor y alcanzo un juego de cubiertos envueltos en una servilleta y una bandeja de plástico. La comida está servida en una mesa grande, como un bufé, y elijo entre las opciones que hay. El grupo de alimentos amarillos está descartado: macarrones, patatas fritas, pan blanco, jarabe de maíz con mucha fructosa. Mi madre se horrorizaría si viera esto. Coop se queja cada vez que viene a casa de que mis padres no tienen comida. A mi madre le gusta corregirle diciendo: «Sí tenemos comida en esta casa. Lo que pasa es que estás acostumbrado a la comida basura», después de lo cual le ofrece un cuenco con uvas o una barrita energética.

Me salto todo lo que es amarillo y me acerco a la zona de ensaladas que hay al final de la fila. Me lleno el plato con todos los colores del arcoíris: hojas verdes, pimientos verdes, tomates rojos, aceitunas negras y, en lugar de salsas, una cucharada de queso fresco. Opto por agua, en lugar de leche, para hidratarme.

Cuando paso junto a una cesta con manzanas al final de la mesa, me detengo. Observo la pila de fruta, tomo una y me la acerco a la cara. El exterior pulido brilla bajo la tenue luz amarilla del comedor, haciendo que la piel roja parezca comestible. Nutricionalmente hablando es buena y, durante un segundo, considero incluso ponerla en la bandeja.

—¿Valorando si deberías comer la fruta prohibida? —me pregunta Grover por encima del hombro.

Mantengo los ojos fijos en la pieza.

—En mi casa nunca hay manzanas.

—¿Eres alérgica?

—No.

—¿Sencillamente te desagrada esa fruta?

No puedo hacerlo, da igual lo bien que pueda sentarme comérmela. Dejo la manzana. La cola de gente está parada detrás de nosotros.

—Algo así —contesto y alcanzo un bollo de pan integral. Sin mantequilla.

Grover, Cassie y yo nos sentamos a una mesa vacía. Mientras que la bandeja de Grover tiene un montón de macarrones, queso y pollo rebozado, Cassie lleva una mísera ración de lechuga iceberg y cinco zanahorias.

—Esa lechuga no tiene valor nutricional. —Señalo la bandeja—. Es prácticamente agua.

—¿Tengo pinta de estar interesada en el valor nutricional? —Pincha un trozo de lechuga y se lo mete en la boca.

—Supongo que no —respondo y empiezo a separar el bollo de pan en tres partes. Cuando era pequeña, mi madre me enseñó que tres partes era lo correcto. No sé qué tiene de malo dos partes o siete o tres millones, pero mi madre es una tiquismiquis con el protocolo y todo lo que tiene hojas y es verde. Se aferra a esas cosas como si fueran un chaleco salvavidas que pudiera salvarla de ahogarse, pero trocear el pan en tres partes no la salvará. Cuando te aferras tanto a las cosas, se te pudren en las manos.

Vuelvo a mirar la cesta llena de manzanas. Pero ni por asomo se iba a sentir decepcionada mi madre por verme alejarme de eso.

—Zander —me llama Grover.

—¿Qué?

—¿Esperas que las miguitas de pan te lleven de vuelta a casa? —Sonríe y me señala las manos. He destrozado el bollo en trocitos muy pequeños que ahora están esparcidos por toda la mesa. Los reúno rápidamente y los vuelvo a poner en la bandeja.

—No quiero volver a casa. —Soy incapaz de mirarlo al decirlo.

Cuando todo el mundo ha abandonado la cola, el director del campamento, Kerry, se levanta en la parte delantera del comedor y silencia a la gente.

—Es tradición en el campamento rezar a san Antonio de Padua, el patrón de las causas perdidas, antes de comer. Vamos a tomarnos un momento y a inclinar la cabeza.

Miro a mi alrededor en lugar de seguir las instrucciones. Todos los monitores tienen la cabeza inclinada hacia abajo. Cuando Cassie agarra un cuchillo y finge que se raja la garganta, me río por lo bajo. No puedo evitarlo.

—Rezamos a san Antonio de Padua por tres razones. Que se encuentre lo perdido, que las almas sean libres y que la vida sea eterna.

—Y que yo me acueste con alguien —interviene Grover. Kerry levanta la mirada con cara de pocos amigos—. ¿No es el patrón de las causas perdidas? Yo quiero perder la virginidad.

—Por favor, tómatelo en serio —le pide Kerry.

—Hablo en serio. —Grover se dibuja una cruz en el pecho.

—A comer. —Kerry niega con la cabeza y se acerca a una mesa para sentarse con el resto de monitores.

—Muy buena, Cleve —comenta Cassie y se come otro trozo de lechuga.

—No puedo evitarlo. Es mi estado emocional aguzado. De mi boca salen cosas que no deberían. Como que Zander tiene unos ojos bonitos. —Suelta el tenedor y me mira. Me mira de verdad, con la comisura de los labios alzada.

—Solamente son marrones, mucha gente tiene los ojos marrones.

—Una de cada dos personas, para ser exactos.

Cassie gruñe.

—No vas a ganar nada con ella. Ha dicho que tiene novio, lo único que vas a lograr es un caso grave de dolor de huevos.

Grove no aparta la mirada de mí.

—¿Ha dicho alguien huevos? —Me guiña un ojo. Miro el plato, con un montón de migas de pan, y siento calor en las mejillas. Coop no me hace enrojecer, no me hace nada aparte de lograr que mejore conjugando en francés, y me gusta que sea así.

Le echo una mirada a Grover, incómoda por el poco espacio que hay entre los dos, y alguien se sienta a mi lado. Un chico bajo y gordo con el pelo rubio cortado recto por la frente respira con dificultad y me mira con los ojos muy abiertos.

—Quieren matarme —expone.

—¿Quiénes? —pregunto.

—Los monitores.

—¿Por qué? —Grover se inclina sobre la mesa en dirección al chico, intrigado.

Este mira a su alrededor con cara de miedo. Se retrepa en la silla.

—De acuerdo, no quieren matarme. Pero me he enterado de que llevan a cabo experimentos secretos con los campistas en mitad de la noche.

—¿En serio? —pregunto, y él asiente.

—Por eso nos encierran. —Me da una palmada en el hombro y se echa a reír—. Es broma.

—¿Cómo te llamas, chico? —Grover saca el cuaderno.

—Tim. —Alcanza un trozo de pan de mi bandeja y se lo mete en la boca.

—Encantado de conocerte, Tim. —Grover le tiende la mano—. Doy por hecho que eres real porque las señoritas te ven. ¿Por qué estás en este lugar?

—He matado a una persona —responde con la boca llena de comida al tiempo que le estrecha la mano—. Y me llamo Pete, por cierto.

—¿A quién has matado, Pete? —le pregunta.

Este me quita el agua y bebe un trago.

—Es broma. Y en realidad me llamo George.

—De acuerdo, George. —Grover toma nota—. Déjame adivinarlo… —Se lleva el bolígrafo a los labios—. ¿Mentiroso compulsivo?

—No soy un mentiroso compulsivo. —Se retrepa en la silla con el ceño fruncido y niega con la cabeza—. De acuerdo, igual sí. Pero podría estar mintiendo.

Lo miro, totalmente confundida.

—¿Y cuál es tu nombre de verdad?

Tim/Pete/George me mira directamente a los ojos. Lo más probable es que vaya a primer curso del instituto, tiene las mejillas rosadas y la piel tan clara que podría quemarse si se expone cinco minutos al sol sin protección solar, como la mía.

—Alex Trebek.

—¿Como el Alex del programa de televisión *Jeopardy*? —pregunto.

—Ese no es tu nombre —farfulla Cassie.

—Sí lo es.

—¿Cómo sabemos que no mientes? —digo yo.

—No estoy mintiendo.

—Pero eres un mentiroso compulsivo, así que cualquier cosa que digas puede ser una mentira —comenta Grover, que da golpecitos con el bolígrafo en la mesa.

—A lo mejor es mentira que soy un mentiroso compulsivo. —Alex Trebek toma otro trago de mi botella de agua.

—Eso te convierte en un mentiroso compulsivo. —Grover entrecierra los ojos como si estuviera pensando.

—Pero mi nombre es Alex Trebek, de verdad.

Grover niega con la cabeza.

—Pero podrías estar mintiendo.

—Así pues, básicamente no podemos confiar en nada que nos digas —lo interrumpo.

—Correcto —confirma Alex.

—Pero ¿y si está mintiendo a ese respecto? —Grover señala a Alex con el dedo—. Eso quiere decir que sí que podemos confiar en lo que diga.

—Me duele la cabeza. —Me doblo sobre mí misma y presiono la frente contra la mesa fría.

Grover me da una palmada en la espalda.

—Esto es fascinante —señala y continúa hablando, pero a lo único que puedo prestar atención es a la mano que me ha puesto en la espalda. La siento caliente a través de la ropa. Cuando no puedo soportarlo más, levanto la cabeza de la mesa y alejo la silla de Grover.

Alex Trebek se queda en nuestra mesa el resto de la cena. Como un poco de lo que me queda de pan y ensalada. Las espinacas me dejan una capa asquerosa en los dientes, pero no toco el agua porque Alex se ha bebido la mitad. Con esta humedad, ni siquiera estoy segura de necesitar beber agua para hidratarme.

Cuando todo el mundo ha terminado de comer, Kerry nos muestra el sistema de limpieza del campamento.

—Dejad la bandeja aquí. Tirad las sobras aquí. Colocad los platos aquí. Las servilletas van en el cubo de reciclaje. Dadle los cubiertos al monitor que hay al final de la fila. —Señala al hombre que hay tras la mesa con un contenedor delante.

—Dádmelas a mí —dice Grover, que se mueve para apilar nuestras bandejas encima de la suya. Cassie y Alex Trebek, o sea cual sea su nombre, le dan la suya por voluntad propia, pero yo me quedo con la mía.

—Ya lo hago yo.

—No me importa encargarme. —Grover me sonríe.

Me aferro con más fuerza a la bandeja.

—No, gracias.

— Una feminista. Ahora me gustas todavía más, Zander.

Grover empieza a limpiar las cosas, pero yo mantengo las distancias. No sé qué esperar de un campamento como este, hasta ahora, el primer día ha sido más que raro. Entre Cassie, Alex y Grover, no sé dónde encajo yo. Probablemente en ninguna parte, lo que es buena señal. Si mis padres entendieran que «ninguna parte» es un lugar de verdad, uno en el que no quieren que esté, todo iría bien. Estoy bien ahí. Bastante bien.

Se arma un escándalo unos minutos más tarde al otro lado de la fila, donde el monitor recoge los cubiertos.

—Solo hay ocho cubiertos. —El chico lanza una mirada acusatoria a Grover—. ¿Dónde está el último?

El aludido se encoge de hombros, pero no dice nada. Cuanto más tiempo permanece en silencio, más parece enfadarse el monitor. Me siento y miro a Cassie, que está retrepada en la silla, como si disfrutara del espectáculo. Kerry se acerca para ver qué sucede y cuando ve que Grover es el acusado, deja escapar un suspiro hondo y exagerado.

—¿Dónde está el tenedor, Grover?

—No lo sé.

—Sí lo sabes. Sabes dónde está exactamente.

—Kerry, tú, más que nadie, deberías saber que a veces las cosas se pierden sin que haya ninguna explicación. Simplemente las perdemos. Si no fuera así, me aseguraría de no perder nunca la razón, pero, según las estadísticas, hay una probabilidad bastante elevada de que un día me abandone. Habré perdido la razón, para siempre. —Grover toma aliento—. Como el tenedor.

Kerry pone los ojos en blanco.

—¿Dónde estabas sentado?

Él lo lleva hasta nuestra mesa y todo el campamento observa en silencio. Me concentro en las manos cuando Kerry llega adonde estamos.

—Cassie. —Kerry vuelve a suspirar—. Debería de haberlo sabido.

—¿Saber qué? —pregunta ella.

—Que tenías algo que ver en esto.

—¿Por qué estás tan obsesionado con los cubiertos? —se interesa Cassie.

—Para empezar, a este campamento no le sobra el dinero. —Kerry levanta un dedo—. Y, en segundo lugar, como bien aparece en el tríptico, garantizamos la seguridad de todos nuestros campistas. Y eso incluye contar los cubiertos. ¿Dónde está el cubierto?

—No lo sé. —Cassie aparta la mirada, aparentemente tranquila.

—Sí lo sabes. —La cara del monitor se contorsiona por el enfado y la vena que le recorre la frente comienza a hincharse.

Cassie le devuelve una mirada serena que es la clara yuxtaposición a la de él.

—Los cubiertos se pierden todo el tiempo. El mundo es un lugar imperfecto.

El hombre aprieta la mandíbula y fija la mirada en Alex Trebek.

Grover Cleveland se sienta y estira las piernas debajo de la mesa.

—No vas a sonsacarle nada. Mucho menos la verdad.

—¿Sabes dónde está el tenedor? —le pregunta Kerry a Alex.

—¿Qué es un tenedor?

El hombre gruñe y me mira a mí.

—Tú eres Zander, ¿no es así?

—¿Cómo lo sabes? —pregunto.

—Me aseguro de conocer a todos los campistas. —Mira a Cassie por el rabillo del ojo—. Por eso pedimos una fotografía con la inscripción. Es por motivos de seguridad.

Me recuesto en el asiento y me siento un poco traicionada. ¿Mis padres le han enviado una foto mía? ¿Qué más le han contado? Me remuevo en la silla, incómoda por el hecho de que un hombre que es un completo extraño probablemente sepa cosas de mí que no quiero que sepa nadie. Y han sido mis padres quienes se las han contado.

—¿Sabes dónde está el tenedor, Zander? —me pregunta.

—Yo... —Miro a Grover, y después a Alex y a Cassie. Ella está sentada con los labios fruncidos y los brazos cruzados. Sé que Cassie tiene el tenedor y también sé que no quiero que Kerry lo recupere, así como no quiero que Madison me enseñe a montar a caballo o a pintarme las uñas. Cassie me mira con los ojos entornados, como si esto fuera un examen—. No sé de lo que hablas —concluyo.

—Bien. —Kerry vuelve a mirar a Cassie—. Alguien tendrá que quedarse sin tenedor el resto de su estancia aquí.

Cassie resopla.

—Como si yo comiera algo que requiriese un tenedor.

Cuando Kerry se aleja de la mesa, Grover, Alex, Cassie y yo nos miramos como si nos acabáramos de librar de un castigo. Grover esboza una enorme sonrisa.

Kerry anuncia en voz alta al resto de los campistas que la cena ha terminado oficialmente.

—No es fácil buscar lo que hemos perdido —señala—. Sobre todo, cuando tenemos que buscarnos a nosotros mismos. Vamos a dormir un poco. Aquellos que necesitéis medicación, por favor, id a la enfermería.

Cassie se levanta rápidamente y, sin decir una palabra, sale del comedor. Ni siquiera se molesta en darnos las gracias por haberla encubierto.

—Pareces preocupada, Zander —me dice Grover, que se acerca a mí.

—No estoy preocupada.

—Bien.

El chico se dispone a marcharse, pero lo detengo.

—¿Qué pasa si hay un incendio? Estamos encerrados.

—No te preocupes. Las restricciones físicas no son nada en comparación con las mentales. Ahora, repite después de mí: rezamos a san Antonio de Padua para que se encuentre lo perdido, para que las almas sean libres y para que la vida sea eterna.

CAPÍTULO 4

Tía Chey:
Mi monitora es Madison. He oído que se masturbó con un perrito caliente crudo en el instituto. Espero que esté leyendo esto justo ahora, porque sé que está detrás de mí MIRANDO CÓMO LO ESCRIBO.

BESOS:

Cassie

La cola de la enfermería para recoger la medicación es larga. Dori, Hannah y Katie están aquí. Cuando paso por su lado, Dori me para. Lleva un vasito de papel.

—¿Tú no tomas nada? —me pregunta.

—No.

Niega con la cabeza.

—Es verdad. Estás aquí porque te han inscrito tus padres. —Pone los ojos en blanco y se toma las pastillas como si fueran un chupito de licor.

—Es Prozac —me explica Hannah enseñándome lo que tiene dentro del vasito.

Cassie se acerca a nosotras.

—Qué aburrido —alarga la palabra—. Todo el mundo toma Prozac.

—¿Y tú? —le pregunto—. ¿No tomas medicinas?

—¿Crees que permitiría que se me acercara un médico? Ellos no van a darme lo que quiero. Además, ya tengo todos los medicamentos que necesito. —Se dispone a marcharse, pero la agarro del brazo para detenerla.

—¿Dónde está el tenedor?

Se suelta, pero no responde. Niega con la cabeza y se va. Las piernas esqueléticas lo parecen todavía más a la luz del crepúsculo.

En la cabaña, nos lavamos los dientes y nos cambiamos para acostarnos. Dori elige la cama que hay encima de la mía y Cassie se acuesta en la litera de abajo que tengo al lado, con Hannah encima. Kattie es la desafortunada que tiene que compartir litera con Madison. Miro la bolsa de lona que hay debajo de la cama de Cassie, llena de «medicamentos».

—Se apagarán las luces en quince minutos, chicas —nos comunica Madison—. Dormir es importante.

Me tumbo en la cama, encima de la sábana, y hojeo la revista *Seventeen* que compré en el aeropuerto cuando venía de camino. La compré para que mi padre no hablara conmigo durante el vuelo, pero no he leído ningún artículo. Por cada página que pasaba, contaba mentalmente hasta cien y luego pasaba a la siguiente. Funcionó. Mi padre estuvo escuchando audios en el teléfono todo el vuelo y yo disfruté de la soledad contando mentalmente.

Estoy sola… Al pensarlo me acuerdo de la manta que tengo en la mochila y tengo que tragar la bilis que me sube por la garganta.

Me centro de nuevo en la revista. La luz tenue de la puesta de sol entra por la ventana que hay encima de mi cama, pero incluso así me cuesta leer las letras de la revista. Hannah y Katie llevan auriculares y ponen la música tan alta que oigo la melodía. El campamento no permite teléfonos móviles. Cuando me lo dijeron mis padres, sentí alivio. Me parecía bien pasar un verano sin recibir una sola llamada de mi madre.

Es una escritora de mensajes de texto compulsiva.

¿Te has acordado de llevarte el almuerzo que te he preparado?
Te he pedido cita en la peluquería para el viernes.
Vamos a que conduzcas un poco después de clase.
Estoy preparando lasaña para cenar.
Bebe al menos dos litros de agua hoy.
El sol se pone a las 5:45.

Un día, el año pasado, la cosa se puso tan fea que el profesor de inglés me confiscó el teléfono y me echó de clase. El señor Ortiz me dijo que no podía dar clase con todas esas notificaciones. Incluso llamó a mi madre con mi teléfono. Ella se disculpó y se puso a llorar. Oía los sollozos al otro lado de la línea. El señor Ortiz se sintió tan mal que me devolvió el teléfono y me dijo que, si el mío moría, podía usar el que había en el aula de inglés. Después se disculpó por mencionar la palabra «moría».

«Me refería a si te quedas sin batería», se corrigió.

La norma de no teléfonos fue la única del Campamento Padua por la que discutieron mis padres. Mi madre gritó tan fuerte lo injusto que era que no pudiera tenerlo que oía la voz aguda desde mi habitación con la puerta cerrada, y luego lanzó algo contra la pared. Cuando bajé a cenar, ya había limpiado lo que fuera que hubiera tirado. Mi madre preparó *strogonoff* vegano y mi padre le dijo que era lo mejor que había cocinado en al menos un año. El tríptico del Campamento Padua seguía debajo del imán en el frigorífico.

El título del artículo de la portada de la revista es *Cómo flirtear sin que resulte demasiado evidente*. Me quedo mirando las palabras hasta que se vuelven borrosas y comienza el zumbido. El sonido de un mosquito que se mueve cerca de la oreja, como si diera vueltas en torno a la cabeza. Enrollo la revista, la agarro como si fuera un garrote y me siento. Cuando veo al mosquito posarse en la sábana blanca, bajo la revista con fuerza y aplasto al insecto en el algodón. Tiro el bicho muerto al suelo.

—Ah, es verdad —dice Cassie—. Tus padres te inscribieron. —Hace círculos con el dedo en la sien y se da la vuelta en la cama para mirar la pared. El resto de chicas se ríen al unísono.

Miro al lado contrario de donde está Cassie con la intención de poner la máxima distancia posible entre las dos. No me importa que hayamos comido en la misma mesa, no quiero tener nada que ver con ella. No quiero tener nada que ver con nadie de este campamento, ni con nadie de fuera de este campamento.

La cerradura plateada de la puerta de la cabaña brilla bajo la tenue luz que entra por la ventana. Estoy encerrada, obligada a compartir espacio con esta gente. Me pongo la revista sobre la cara y, tumbada encima de la sábana, empiezo a conjugar verbos en francés en *imperfait*.

Hablar:

Je parlais

Tu parlais

Il parlait

Nous parlions

Vous parliez

Ils parlaient

Me quedo muy quieta, me alejo de la realidad y siento que me voy quedando dormida. Dormir es tan placentero. Puedo vagar en la negrura y a nadie le importa. Es algo normal.

Llevo solo un instante grogui cuando noto algo en el duermevela en el que estoy sumida, como agua que me cae a la cabeza de una gotera del techo. Me deshago de la sensación y me doy la vuelta.

El sonido de la revista al caer al suelo desencadena algo en mi subconsciente que me recuerda que no tengo el techo sobre la cabeza. Está la cama de Dori. El chorreo. Me siento en la oscuridad y estoy a punto de golpearme la cabeza con la litera de arriba. Cassie está a unos centímetros de mi cara y el blanco de sus grandes ojos oscuros prácticamente resplandece.

—¿Qué haces? —pregunto y me aparto.

La cabaña está a oscuras, pero me doy cuenta de que Cassie tiene más cara de loca de lo habitual.

—Te estoy despertando para que me ayudes, inútil —me dice.

—¿Por qué iba a querer ayudarte? Me acabas de llamar inútil.

—Porque esa cerradura te gusta tan poco como a mí. —Señala la puerta.

Me retrepo en la cama. Madison está recostada bajo la manta con la boca ligeramente abierta y un poco de baba en la almohada. Lleva la llave atada al cuello. Debo de haber dormido más de lo que imaginaba.

—¿Vas a ayudarme o no, idiota?

—No me llames idiota —me quejo—. Tengo un sobresaliente alto en francés.

Cassie pone los ojos en blanco.

—Mira, estoy a un minuto de estrangular a Madison con su colgante, así que o me ayudas a salir de aquí o te conviertes en cómplice de asesinato.

—Voy a seguir durmiendo. —Me tumbo.

—Tú misma. —Se acerca a la cama de Madison y saca algo puntiagudo y afilado del bolsillo trasero.

—¿Estás loca? —susurro al tiempo que me levanto.

—Claro que estoy loca. Y tú, aunque no quieras admitirlo. Tienes un secreto, Zander, y este verano saldrá a la luz, lo quieras o no. —Se pone en cuclillas delante de mí. Tiene la cara tan cerca de la mía que huelo su aliento dulzón. Atisbo un toque a limón incluso. Quiero apartarla de mí, ¿quién es ella para hablar de mi vida? Ni siquiera me conoce. Pero no puedo tocarla, porque una parte de mí sabe que tiene razón—. ¿Sabes cuál es tu problema? Que no me tienes miedo a mí, tienes miedo de ser como yo —señala.

—No. —Me atraganto con la palabra, como si luchara físicamente contra la verdad. Cuanto más tiempo y más esfuerzo me cuesta reprimirla, más pugna por salir—. Me da miedo que mates a Madison con eso que tienes en la mano.

—¿Nunca has querido matar a nadie cuando estás muy enfadada?

No puedo responder porque me parece una pregunta ridícula, pero se me forma un nudo en la garganta tan grande que podría ahogarme. Trago saliva para deshacerme de él e inhalo su aliento extrañamente dulce. Cassie levanta el objeto puntiagudo.

—Solo es un tenedor, imbécil. ¿Qué crees que voy a hacer?, ¿clavárselo hasta matarla?

—Sabía que lo tenías tú.

—Bah. —Pone los ojos en blanco—. ¿Qué más da? Es un tenedor. Además, la gente come demasiado.

Me relajo en la cama.

—¿Cómo piensas salir? ¿Y Madison qué?

—¿Y Madison qué? No la tocaría ni aunque tuviera una vara de tres metros cubierta de fango. Y con el fango lleno de bacterias.

—La llave. —Le señalo el cuello.

—Eso es problema tuyo. ¿Crees que una llave nos va a sacar de aquí? La llave no puede hacer nada por ti ni por mí.

—De acuerdo, ¿entonces qué te va a sacar de aquí? —pregunto.

—Tú. —Señala la puerta del baño—. Mi tía siempre dice que cuando Dios cierra una puerta, abre una ventana en otra parte.

—Creo que eso es de una película. —O de uno de los imanes que hay en el frigorífico de mi casa.

—Me da igual de dónde viene. Y tampoco me lo creo. Cuanto yo sé es que todas las ventanas y puertas conducen a más ventanas y puertas.

—¿No existe entonces salida de nada? —pregunto.

—Claro que sí. La muerte es una salida.

—La muerte. —No me muevo cuando digo la palabra. Cuando asiente, la sombra de Cassie desplaza el brillo de la luz de la luna sobre la sábana blanca de mi cama.

—Entonces, ¿me vas a ayudar o qué?

—No me parece que escaparnos sea una buena idea.

—¿Y qué te parece buena idea? —pregunta.

Me quedo un rato pensativa.

—No lo sé —respondo.

—Ese es otro problema que tienes. Que no lo sabes. —Niega con la cabeza y contiene una carcajada—. Dios, Cleve está muy equivocado contigo.

—¿Qué ha dicho Grover?

—Se llama Cleve. —Cassie se mete el tenedor en el bolsillo trasero—. Y el tiempo vuela. Yo me voy de aquí.

Entra al baño de puntillas. Yo me tumbo en la cama y me subo la sábana hasta el cuello. Si Cassie quiere largarse, que lo haga ella sola. Yo no soy su cómplice ni confidente ni amiga. No soy nada para ella y quiero que siga siendo así.

Y, de repente, antes de darme cuenta, me he retorcido alrededor del dedo un pequeño mechón de pelo de la base del cuello con tanta fuerza que he arrancado algunos pelos.

—Maldita sea —susurro, mirando los pelos sueltos. Tardarán años en volver a crecer. Nunca aprendo. Tengo que dejar de tocarme el pelo, dejar de tirarme con tanta fuerza. Es lo que llevo intentando todo este año. Dejar todo en paz, pero mis padres no lo entienden. Ellos quieren que yo sea algo, porque algo es mejor que nada. Yo difiero. De todos modos, todos acabamos sin ser nada al final. Pero después de tener a Cassie delante de las narices y de que Grover me haya tocado hoy, cuesta no hacer caso a estos dos. Hago una bola con los pelos y la suelto en el suelo.

Intento distraerme con la revista, pero no puedo soportar mirar a la modelo que hay en la portada con el pelo largo, espeso y perfecto, así que la arranco. La rasgo una y otra vez hasta que solo quedan fragmentos de papel tan rotos que sería imposible recomponerlos. Los aparto de la cama con una sonrisa.

En el baño veo a Cassie desgoznando la ventana con el tenedor. Quita un tornillo largo y afloja la ventana lo suficiente como para que quepa el cuerpo de un adolescente. Especialmente el de una chica que no come.

Cassie me tiende el tornillo.

—Guárdalo.

—No lo quiero. —Pero no se lo devuelvo.

Cuando Cassie está fuera, la oigo decir:

—Cuéntale esto a alguien y me veré obligada a usar el tenedor contigo.

No cierro la ventana. Guardo el tornillo en la maleta y vuelvo a la cama.

CAPÍTULO 5

Queridos mamá y papá:
Por favor, enviadme repelente de insectos. Se os olvidó
meterlo en la maleta. ¿Veis? Hasta los padres cometen
errores.

Z

—¿Sirven café aquí? —le pregunta Dori a Madison cuando llegamos a la cola del desayuno en el comedor—. Necesito café.

—Nada de sustancias con químicos que alteren física o mentalmente —responde Madison como si estuviera leyéndolo en el tríptico.

—El café no es un químico. Es un soporte vital.

Cassie estaba en la cama cuando me desperté esta mañana, con la pierna colgando del borde. Primero sentí alivio y luego frustración por preocuparme, así que me quedé tumbada mirando la litera de arriba, fantaseando con mi aburrida casa de estuco de dos plantas que siempre huele a limpiador con aroma a uva. Pero cuanto más tiempo pasaba tumbada, más silenciosa me parecía la cabaña y más deseaba que alguien hiciera algún ruido. Por suerte, Cassie se despertó unos minutos después y empezó una discusión con Madison que terminó con Cassie amenazando con contarle a su tía Chey que le habían contagiado ladillas en el campamento.

—Vamos a trabajar para que te conviertas en tu propio soporte vital —explica Madison, agarrando a Dori por los hombros, como un profesor que ofrece una charla motivadora. Echo unos cuantos frutos rojos en la crema de avena y bostezo con la mano en la boca. Cuanto más hablan, más me zumban los oídos.

—Esta máquina tiene que estar rota porque necesita café para sobrevivir —indica Dori.

—Para eso estoy aquí. Para ayudarte a arreglar tu máquina rota. —Madison sonríe.

—El soporte vital solo te mantiene con vida —intervengo en voz baja—. No te ayuda a vivir.

—¿Y qué tiene de malo estar rota? ¿Es que tú eres perfecta? —pregunta Dori a Madison.

—No —contesta, un poco desprevenida—. Por supuesto que no.

Grover y Alex Trebek se sientan en el mismo sitio de ayer. No sé si ir a la mesa, pero sentarme en otra parte ahora no tiene mucho sentido. Algo me dice que eso atraería más atención por parte de Grover y de Cassie.

Dejo las cosas al lado de Grover y me tenso las tiras del bañador, que me queda muy apretado debajo de la ropa.

Grover toma una manzana de su bandeja y me la lanza. Logro alcanzarla, por poco, antes de que caiga en la mesa.

—¿Sabes que las semillas de las manzanas son venenosas? —me pregunta.

—Qué bien —respondo sin ganas.

—Una manzana no te va a matar, tienes que comerte un montón.

La vuelvo a dejar en su bandeja.

—Qué interesante.

Grover me la devuelve.

—Es para ti.

—¿Estás intentando envenenarme?

—Te acabo de decir que una manzana no te va a matar.

—No la quiero.

—Ya sé que dijiste que no te gustan, pero no tienes por qué temer.

—Te he dicho que no la quiero —repito, y me remuevo incómoda en la silla—. ¿Por qué me habrá puesto mi madre este bañador en la maleta?

La tensión entre los dos solo se desvanece cuando Cassie se sienta.

—Ya veo que estás desayunando lo mismo de siempre. Aire y pastillas para adelgazar —le dice Grover a Cassie.

—No necesito el tenedor. —La aludida sonríe, pero la sonrisa no le llega a los ojos.

Grover le pasa por detrás de mi espalda algo que repiquetea y suena, sospechosamente, a pastillas.

—No me puedo creer que le hayas dado eso —me quejo.

—No es lo que… —comienza Cassie, pero Grover la interrumpe.

—¿Por qué no? La hace feliz, y necesita más felicidad cn la vida.

—Pero le hace daño.

—Solo un poco. Además, todo lo que nos hace felices acaba haciéndonos daño.

—Pensaba que ella te importaba. —Bajo la mirada al cuenco de avena.

—Y me importa —replica él.

—Entonces, ¿por qué le das más pastillas?

Cassie se echa a reír y levanta lo que le ha dado Grover.

—Son caramelos, idiota. —Sacude una caja de caramelitos de limón.

—¿Caramelos? —pregunto.

—Algo tendré que comer para mantenerme con vida.

—Caramelos. —Lanzo una mirada asesina a Grover, que tiene una sonrisa ladeada en la cara.

—Yo nunca como nada —comenta Alex Trebek. Tiene las mejillas redondeadas más hinchadas que de costumbre por la sonrisa. Toma un poco de huevos revueltos de la bandeja—. Nunca —repite con la boca llena de comida.

—Muy buena, Bek. —Grover le da una palmada en la espalda.

—¿Por qué está el mentiroso otra vez con nosotros? —refunfuña Cassie.

—Porque me ha contado que se está muriendo de cáncer. Solo le quedan unos días de vida. Me da pena.

Cassie se vacía la caja entera de caramelos de limón en la boca. Casi huelo el azúcar desde el otro lado de la mesa.

—¿No te cansas de eso? —pregunto—. Están muy dulces.

Se inclina en mi dirección con las mejillas hinchadas.

—Es lo único dulce que hay en mi vida. Así que no, no me canso.

—Muy bien. —Ataco la avena y me tomo unas cuantas cucharadas, aunque no tengo hambre.

Cuando todos terminamos de comer, Kerry se pone en pie delante del grupo y da tres palmadas.

—La única forma de que nos encuentren —grita.

—Es admitiendo que nos hemos perdido —lo secundan el resto de monitores.

—El primer paso para encontrarte a ti mismo es aceptar lo que ya tienes —dice en voz alta Kerry. Para ser tan temprano, está muy bien peinado, bastante sexi. Ayer no me di cuenta, estaba concentrada en la vena que tiene en la cara—. Antes de empezar la jornada, ¿quiere alguien reconocer algo?

Nadie se mueve. Bajo la mirada y me enrollo la servilleta en el dedo hasta que este se pone morado. Bostezo. Por el rabillo del ojo, veo que Grover levanta la mano y se pone en pie.

—Yo quiero reconocer que Zander no come manzanas.

—¿Qué? —Me quedo mirándolo.

—Me refería a algo sobre ti mismo —especifica Kerry.

—Ah, entonces quiero reconocer que reconozco que Zander no come manzanas.

Resoplo y me pongo de pie.

—Yo quiero reconocer que no es asunto de Grover lo que como.

—Y yo quiero reconocer que puede que sea verdad —coincide él.

—Gracias. —Me dispongo a sentarme.

—Pero —me quedo de pie al oír que mi compañero vuelve a hablar— quiero reconocer que porque haya reconocido que no es asunto mío no quiere decir que no haya reconocido que Zander no come manzanas.

—Por favor, da ejemplo y tómate esto en serio, Grover —le pide Kerry.

—Me lo estoy tomando en serio. Creo que lo que quieres decir es «por favor, haz esto a mi manera», pero me interesa mucho más Zander.

—Eso es porque evitas enfrentarte a tus problemas. —Kerry se cruza de brazos—. Ya lo sabes, Grover.

—Sí. Pero los problemas son deprimentes y ya estoy rodeado de bastante depresión.

—Amén —interviene Cassie.

—Como veo que no vais a sacar ningún beneficio de esto, creo que el ejercicio ya ha terminado. —Kerry se dispone a sentarse.

—Puede que Zander sí —continúa Grover.

—Déjame en paz —digo en voz alta.

—Demasiado tarde. —Grover se encoge de hombros—. Ya lo he reconocido.

Me dejo caer en la silla, con la servilleta arrugada entre los dedos.

—Gracias, Grover —señala Kerry sin entusiasmo.

—Una cosa más. —El chico levanta un dedo y saca el cuaderno. Comienza a escribir—. Ahora me acuerdo. También quiero reconocer que Zander lleva un bañador negro que me gustaría ver. Aunque no coma manzanas.

—Las relaciones entre chicos y chicas no están permitidas en el campamento. —Kerry repite una de las reglas como si fuera un robot.

—Entonces quiero reconocer que esa regla es una tontería. Además, Zander y Grover suena más a pareja de gais.

—Muy bien. —Kerry sacude la cabeza.

Bek levanta la mano y se pone en pie al lado de Grover.

—Quiero reconocer que Cassie es guapa y que quiero verla desnuda. Sin el bañador. —Lo dice en voz alta y un tanto temblorosa. Mira al otro lado de la mesa, a Cassie, con ojos brillantes.

—¿Está mintiendo, Cleve? —pregunta ella con los ojos muy abiertos.

Grover se encoge de hombros.

—No lo sé.

—Aposenta ese trasero gordo en la silla, rechoncho —le dice Cassie.

—Lo que tú digas, preciosa —responde Bek, y le guiña un ojo.

Me quedo congelada en el asiento, incluso después de que Kerry dé por concluido el ejercicio. Ojalá estuviera adormecida, pero estoy zumbando, vibrando, prácticamente temblando en la silla. Cuando Grover recoge sus cosas, se acerca a mí y deja la manzana que se ha comido en el centro de mi bandeja.

—Siento el comentario del bañador, pero tenía que decirlo. Estado emocional aguzado, ya sabes.

Soy incapaz de mirarlo.

—Soy un capullo, lo reconozco. Y tengo problemas. —Me toca el hombro.

—No me toques —bramo.

—Una de cada dos personas contraerá una ETS en su vida, pero las probabilidades de contraerla solo tocando a alguien son de cero.

Me levanto sin decir una palabra, pero, antes de salir del comedor, tomo un sobre de azúcar de la mesa de comida. Miro el cuenco de avena del que apenas he comido nada y que sabía a copos de cartón.

«La avena es una comida buena para el corazón —oigo la voz de mi madre—. No vayas a fastidiarla echando cualquier porquería encima».

Sin embargo, Cassie tiene razón con los dulces. Abro el sobre de azúcar y me echo el contenido en la boca. Después me como otro y enseguida me da la sensación de que voy a vomitar, pero entonces me imagino a alguien diciéndome que me estoy purgando y me trago las ganas.

Con los sobres vacíos en la mano, no puedo creerme que acabe de reconocer que Cassie tiene razón en algo.

—Cada vez que venís a la playa tenéis que colgar vuestra arandela en este tablero para que el monitor encargado sepa quién está en el agua y qué habilidades tiene cada persona. Cada una tendrá una de un color distinto. —Madison está delante de un tablero grande de madera con las palabras «En el Campamento Padua hay REcreo y REglas» escritas en la parte superior. El tablero está lleno de ganchos y dividido en tres secciones de distintos colores: rojo, amarillo y verde. Mece un silbato entre los dedos al tiempo que habla—. Si tenéis el rojo, tenéis que llevar chaleco salvavidas y quedaros en la parte poco profunda del muelle. —Señala la sección que está más cerca de la orilla, cercada por tres partes del muelle de metal—. Los chalecos salvavidas están en el cobertizo. Si tenéis el amarillo, podéis alejaros hasta el extremo del muelle, que está marcado por aquella fila de boyas. Si tenéis el verde, podéis alejaros hasta la balsa que hay más lejos. Ahí es donde termina la propiedad del Campamento Padua.

La balsa a la que se refiere tiene una escalera y flota a una distancia pequeña del muelle. Probablemente quepan unas cinco personas encima.

Me quedo mirando el agua verde. Aparte de los pasos con los que me interné ayer en el lago Kimball, llevo sin estar en una masa grande de agua desde que me pidieron que dejara el equipo de natación del instituto el año pasado. El agua está tranquila también hoy, tan solo hay unas olas pequeñas e insignificantes en la orilla. Las cuento conforme rompen en la arena.

—Zander —me llama Madison.

—¿Sí? —le contesto.

—Esto es importante —sigue hablando sin cesar sobre la prueba—. Consiste en una prueba de brazada, cinco minutos a flote y otra prueba de buceo. —Sonríe al fin—. Seguro que lo hacéis estupendamente. ¡Vamos a empezar!

Nos quedamos todas en bañador, mirándonos las unas a las otras, todas cohibidas menos Cassie, que parece muy cómoda al quitarse la ropa. Resulta todavía más extraño que Hannah se deje puesta la camiseta de manga larga.

—No quiero quemarme —explica, a pesar de que tiene la piel tostada y dudo que el sol le haga otra cosa que no sea conferirle un bonito bronceado. Pongo una mueca al comprender que lo que le preocupa es enseñar los daños que ella misma se ha infligido.

Esperamos en el borde del lago y Cassie se sienta en la toalla con el bikini rosa y sexi y se coloca mirando al sol.

—Cassie, ¿puedes venir con nosotras? —le pregunta Madison.

—No voy a hacer la prueba. —No mueve la cara, sigue con ella alzada hacia el cielo.

—Entonces tendré que ponerte el nivel rojo y no quiero hacer eso.

—Como si te importara. De todas formas, no voy a meterme en el agua. Seguro que hay sanguijuelas ahí dentro.

—Sí me importa y no hay sanguijuelas.

—Prefiero broncearme.

—¿Broncearte? —Madison intenta ocultar el sarcasmo en el tono de voz. Cassie es más negra que todas nosotras juntas—. Bien, si eso es lo que quieres, no voy a obligarte. Es decisión tuya. —Saca una arandela roja de una bolsa y la deja en la toalla de Cassie junto a un rotulador permanente negro—. Por favor, escribe tu nombre y cuélgala en el tablero de madera. Las demás podéis empezar ya.

Hundo los dedos en la arena cuando nos adentramos en el agua hasta la cintura, y me gusta la sensación. Hace un día cálido y húmedo, el ambiente parece una esponja empapada. Pongo las manos sobre el agua y siento el líquido entre los dedos.

—Para la prueba de brazada, tenéis que nadar de muelle a muelle dos veces en la zona de color rojo con el estilo que prefiráis. Elegid la manera que se os dé mejor —explica Madison.

Cuando sumerjo la cabeza en el agua fría, se me entrecorta la respiración al tratar de acostumbrarme a la temperatura. Siento lo mismo que cuando me lanzaba a la piscina prácticamente helada del instituto a las cinco y media de la mañana todos los días durante dos meses. Estoy de nuevo en el equipo de natación. Pero cuando abro los ojos bajo el agua, a mi alrededor todo es verde y marrón. El agua está tan turbia que apenas veo nada. Elijo el estilo de braza y empleo la menor energía posible. Cuando llego al muelle, me meto debajo del agua para cambiar de dirección. Me retraso un poco al efectuar el giro. Mi entrenador se decepcionaría al ver que mis giros no son tan rápidos como antes.

—Buen trabajo —me felicita Madison cuando termino.

La siguiente prueba es la de cinco minutos flotando.

—Tenéis que permanecer a flote durante cinco minutos, no podéis meter la cabeza debajo del agua. Si os cansáis, volved al muelle. No os arriesguéis —expone Madison.

Me pongo de espaldas, mirando al sol, y muevo suavemente las piernas en el agua, meciendo los brazos como si fueran alas.

Esto es lo que siempre me ha gustado de nadar. Perderme en el ritmo. Ganaba todas las competiciones haciendo eso. Todas menos la última. Después, mi padre colocó el tríptico del Campamento Padua en el frigorífico con uno de los imanes inspiradores de mi madre. Pasaba por al lado todas las mañanas y todas las tardes cuando iba y venía del instituto. Un día me paré delante y me quedé mirando las caras sonrientes de los campistas que posaban en la portada.

—¿Qué es eso? —preguntó Coop, que daba mordiscos a los *chips* de col rizada que había hecho esa mañana mi madre—. Esto sabe a caca.

Toqué el papel y estuve a punto de quitarlo del frigorífico, pero no podía dejar de apartar la mirada del imán con la palabra «Esperanza». Menuda palabra más ridícula. En lugar de leer el tríptico, me fui al sofá con Coop a besarnos. No sabía a caca después de comer los *chips*, más bien a marihuana.

Cierro los ojos ante los recuerdos que me embargan y la barbilla se me empieza a hundir en el agua.

Mi padre se puso a llorar cuando me echaron del equipo de natación. Fue a suplicar al entrenador que me dejara quedarme. Le prometió que mejoraría, que no iba a volver a ponerme a mí o al equipo en peligro, pero esas palabras eran suyas, no mías. La vida es riesgo. El entrenador le dijo que yo era un lastre.

Mi padre me gritó cuando llegamos a casa después de la competición, aunque no estoy segura de qué fue lo que me dijo, estaba completamente perdida realizando conjugaciones en francés. Cuando levantó la mano para pegarme, mi madre lo frenó. Fue entonces cuando mi padre empezó a llorar. Se puso de rodillas y me abrazó por la cintura. Yo tenía el pelo todavía mojado y la parte de atrás de la camiseta fría, así que cuando por fin me soltó, me fui al baño a secármelo.

Tener esperanza en francés: *espérer*.

Miro al cielo, con la boca tan cerca de la superficie del agua que puedo saborearla. Un sonido estridente me saca del trance.

Dori, Katie y Hannah están ya en el muelle y Madison mueve los brazos para avisarme de que vuelva con ellas.

—Buen trabajo, Zander —repite. También el entrenador solía decirme eso. «Buen trabajo, Zander». Y me daba una palmada en la cabeza, como si fuera un perro.

—Creo que no puedo más —dice Hannah y sale del agua.

—¿Estás segura? Lo estás haciendo muy bien —la anima Madison.

—De todos modos, no tengo pensado nadar mucho este verano —responde ella y toma una arandela amarilla.

Madison parece decepcionada cuando Hannah se aleja del muelle para sentarse en la playa con Cassie.

—Bien, señoritas, la siguiente prueba es la de buceo. Tenéis que nadar hasta el fondo del lago, encontrar uno de los bastones acuáticos y traérmelo al muelle. Vamos a hacer esto de una en una. ¿Quién quiere empezar?

Dori y Katie se turnan y las dos logran sacar el bastón acuático amarillo a la superficie. Cuando Madison me llama, me coloco en el muelle con los dedos de los pies flexionados en el borde y ella lanza el bastón al agua.

Toco el agua con las manos, como si cercenara un bloque de hielo. El frío me recorre el cuerpo y cuanto más hondo me sumerjo, más frío siento. Veo el bastón amarillo en la arena y lo alcanzo, pero me detengo. Floto unos centímetros por encima del fondo, rozando la arena con la mano. Está suave y me cae entre los dedos. Se me pasa por la cabeza que podría quedarme aquí, donde todo simplemente flota en el tiempo y se hunde en el fondo.

Cuando empiezan a escocerme los pulmones y me quedo sin aire, me impulso con los pies en la arena y salgo a la superficie.

—¡Zander! —grita Madison desde el borde del muelle. Parece lista para saltar al agua—. Por un momento pensé que no ibas a conseguirlo. Me has asustado.

Le tiendo el bastón amarillo.

—Lo siento.

—Kerry me ha contado que tus padres le comentaron que tuviste un problema nadando.

—¿Mis padres se lo han contado? —pregunto, y ella asiente. Me doy cuenta de que está preocupada de verdad y eso me enfada todavía más. No quiero su preocupación ni su lástima.

No respondo. Escribo mi nombre en la arandela verde que me da y la cuelgo en el tablero. *Fini.*

CAPÍTULO 6

Tengo el pelo todavía mojado y agua en el oido, cuando me dirijo al campo de tiro con arco. Camino dando saltitos a la pata coja para que se me salga el agua y me acerco al grupo de campistas que rodean al monitor Hayes. Me quedé sorprendida cuando Madison me enseñó el campo de tiro con arco, me resultó un poco peligroso teniendo en consideración la clientela del campamento. Tengo una compañera de cabaña a la que le gusta autolesionarse. Y Kerry se cabreó anoche por culpa de un tenedor.

—Si tenemos precauciones de seguridad nos divertimos más —señala Hayes con el equipamiento en alto. Las flechas y los arcos que tiene en las manos son de plástico, de los que usan los niños para jugar. No hay puntas de flechas afiladas, solo ventosas.

—Me lo imaginaba —murmuro para mis adentros. Levanto la mano para preguntar si aún hay tiempo para cambiar de actividad.

—Sí, Durga, ¿en qué puedo ayudarte? —Hayes me tiende un juego de tiro con arco y sonríe. Tiene la cabeza llena de rastas negras y es tan oscuro de piel como Cassie. De una de las rastas le cuelga un cascabel.

—¿Durga? Me llamo Zander.

El monitor sonríe.

—Durga es una diosa guerrera hindú fabulosa. Derrotó al poderoso Mahishaura cuando los otros hombres no pudieron hacerlo. Me da la sensación de que tú tienes a una pequeña guerrera dentro.

Acepto las flechas y el arco sin saber qué responder a eso. Yo no me siento una guerrera, ni hindú ni de ninguna clase. Estoy cansada, pero ya es tarde para marcharme.

—El tiro con arco requiere precisión y paciencia. —Hayes parpadea lentamente—. Igual que la vida. Inspiramos y apuntamos. Después espiramos y soltamos. Nos tomamos nuestro tiempo. No se trata de acertar en el objetivo, sino más bien el camino que nos lleva al objetivo. Como sucede en la vida, cuando aciertas en un objetivo, siempre hay otro delante de ti. —Exhala todo el aire de los pulmones y esboza una sonrisa—. Vamos a respirar juntos.

El grupo de campistas toma aliento al mismo tiempo.

—Buen comienzo. Vamos a intentarlo una vez más. Cuando respiramos juntos, nos convertimos en parte de algo más grande que nosotros mismos. Apoyad a vuestros compañeros y dejad que ellos os apoyen a vosotros —comenta Hayes—. Es el viaje, no el destino.

Inspiramos profundamente y volvemos a hacerlo.

—Inspirad. Apuntad. Espirad. Soltad. Acertad en el objetivo. Disfrutad del viaje. —Levanta y baja los brazos en el aire, haciendo gestos con cada inspiración que hacemos—. Estupendo. Vamos a practicar ya. Solo con las flechas. Recordad que tenéis que seguir respirando. Esto es una lección para todo en la vida. Seguid respirando.

«Sigue respirando. Por favor. Eso es lo único que te pido». Las palabras se me meten en el cuerpo y la voz de mi madre resuena en los oídos. No la quiero aquí conmigo, quiero quedarme sola con el murmullo en la cabeza, como una manta cálida que me protege del tiempo frío. Una manta que me puedo echar por encima para desaparecer.

—Sigues con el bañador puesto.

Me doy la vuelta y veo a Grover a mi lado. Me desconcentro y bajo la flecha.

—¿Qué haces aquí? —pregunto.

—Bek me ha convencido. —Señala hacia el otro lado del grupo, donde Bek practica apuntando y respirando—. Sigues con el bañador puesto —repite.

No respondo, pero me tiro de la camiseta para que no me quede tan ajustada.

—¿No me respondes porque sigues enfadada conmigo?

—No estoy enfadada. Has hecho una afirmación, no tengo que responder nada.

—Qué inteligente eres, ¿eh? —Va a darme un apretón en el hombro, pero lo esquivo.

—No importa.

—Todo importa. —Me mira con los ojos entornados—. ¿Esto es por tu novio, el que juega al fútbol?

—No —respondo. De repente me siento protectora, a pesar de que Coop no me importa en absoluto. Si ahora mismo estuviera acostándose con Miley Ryder, la chica más popular de nuestro curso, probablemente me molestaría más que bajaran mis notas de francés, por dejar de conjugar mientras nos besamos, que el hecho de que me engañara.

Hayes se acerca a nosotros.

—¿Estáis respirando juntos?

—Siempre. —Grover mueve las cejas arriba y abajo. Lame la ventosa de su flecha y me la pega en el brazo—. Apunta. Suelta. Acierta en el objetivo.

Miro la flecha, que está llena de babas de Grover. Está caliente y me parece asquerosa... o no.

Me la arranco.

—Qué asco —me quejo, y se la lanzo.

Hayes nos pide que nos coloquemos delante de los objetivos de plástico y practiquemos. Grover no se aparta de mi lado y no se me sale el agua del oído. El eco me distrae. Me llevo el dedo a la oreja y aprieto una y otra vez. Sacudo la cabeza, pero no funciona.

—Qué sexi eres —dice Grover cuando vuelvo a mover la cabeza y salto sobre un pie.

—Tienes problemas.

—Lo reconozco.

—No vuelvas a decir eso —gruño.

—De acuerdo. Pero que sepas que lo reconozco.

Practicamos apuntando y soltando, y la mayoría fallamos una y otra vez. En un momento dado, Grover tira el arco y grita:

—¡Esto es imposible! No puedo despejarme y concentrarme. En los últimos diez segundos, he pensado en siete clases distintas de sándwiches y me he imaginado a Zander comiéndoselos.

—Deja de pensar en mí —le digo, y la voz me retumba en la cabeza. Pero el agua sigue dentro.

—Eso es imposible.

Hayes recoge el arco de Grover y se lo tiende.

—Respira —le pide.

Miro a los demás campistas, que no parecen acertar más que Grover y que yo, y entonces veo a Bek acertar en el centro de la diana con la flecha de plástico. Y vuelve a hacerlo, no sé cómo.

Estoy tan fascinada con Bek y su destreza que me olvido del agua que tengo en el oído y de que Grover piensa en sándwiches y me imagina a mí comiéndomelos. Bek no aparta la mirada del blanco que tiene delante. Sostiene el arco por encima de la mejilla, lo tensa hacia atrás, inspira y, antes de espirar y soltar la flecha, veo que dice algo para sus adentros. Vuelve a dar en el centro sin esfuerzo.

Me acerco más a él para entender lo que dice, pero solo murmura y oigo únicamente una parte por culpa de la dichosa agua que tengo en el oído. Me pongo a saltar para ver si sale. Noto algo cálido en el lóbulo cuando al fin sale el agua y entiendo con claridad las palabras de Bek.

—Estás hablando en francés —le digo.

Bek se sobresalta al oír mi voz y suelta el arco en el suelo.

—No.

—Eso es mentira.

—Puede.

—¿Cuál es tu secreto?

—No tengo secretos.

—Sí, sí que los tienes. Te he escuchado. Has dicho: *Voici mon secret*.

—¿Sabes francés?

Asiento.

—No tengo ningún secreto.

—Entonces ¿por qué has dicho eso?

Recoge el arco.

—Muy bien, me has descubierto. Sí tengo un secreto. Tengo visión de rayos x. Bonito bañador, por cierto. Seguro que Grover se pondría celoso si supiera que yo lo he visto antes.

Me cruzo de brazos, a pesar de que sé de sobra que está mintiendo.

—¿Qué estabas diciendo?

—No sé de qué hablas. Ni siquiera sé francés. —El sudor empapa la frente de Bek debajo del pelo rubio. Suena el timbre del almuerzo.

—Parece que es la hora de comer. Por favor, devolvedme todo el equipamiento —nos pide Hayes.

—*Voici mon secret* —digo en voz baja cuando veo que Bek atraviesa el campo en dirección al comedor—. Este es mi secreto.

—¿Qué secreto? —me pregunta Grover, que se acerca a mí.

—Nada.

—No es verdad. —Me guiña un ojo—. Siempre es algo.

🌿 🌿 🌿

—No os toméis esto como una terapia. Tomáoslo como…
una *comparterapia* —indica Madison cuando nos sentamos
en torno al Círculo de la Esperanza—. Este es un foro
abierto para que compartáis con nosotros detalles sobre
vuestras vidas. Yo estoy aquí para apoyaros sin juzgar.
—Tiene una figura pequeña en el regazo y habla haciendo
aspavientos.

Estamos todas sentadas alrededor del Círculo de la Esperanza: una bulímica, una chica que se autolesiona, una
adolescente deprimida, una que tiene un trastorno bipolar
maníaco-depresivo, anoréxica y que a veces piensa que es un
chico encerrado en el cuerpo de una mujer, Madison y yo.

—¿Eso es lo que os ha enseñado Kerry en el entrenamiento del campamento? —se queja Cassie.

—Sí —confirma Madison—. La verdad es que sí.

—¿Está al menos cualificado para entrenaros?

—Kerry tiene un doctorado en Psicología y Trabajo
Social. Ha escrito varios artículos sobre su trabajo en el
campamento. Es amable y un genio.

A Cassie se le iluminan los ojos.

—Quieres acostarte con él, ¿eh?

Madison se queda muy quieta, pero no responde al comentario. Levanta la figura.

—Este es san Antonio de Padua. Va a ser nuestro bastón de la palabra. Se lo vamos a pasar a quien esté com-
partiendo algo con nosotros para recordar que es su turno
para hablar. Nuestro trabajo es escuchar.

Hundo el pie en el suelo y remuevo la tierra con la punta de la zapatilla. No pienso hablar, ya he hecho demasiado últimamente nadando y participando. Ahora lo que necesito es una siesta. Me posee un incontrolable ataque de bostezos mientras esperamos a que empiece alguien.

—De acuerdo, comienzo yo —vuelve a hablar Madison—. Me crie en Birmingham, a unas horas de aquí. Estoy estudiando un máster en Trabajo Social en Míchigan, estoy graduada en Psicología y tengo un título en Filología inglesa.

Cassie bosteza al unísono conmigo.

—Eso no es compartir información. Eso es alardear. Habla de problemas de verdad, Mads —comenta.

—Por favor, no me llames Mads.

—Muy bien, Mads.

Madison se endereza y le ofrece a Cassie la figura de san Antonio.

—¿Por qué no sigues tú?

Cassie se cruza de brazos.

—No tengo nada de lo que alardear.

—¿Alguien quiere? —La monitora mira a su alrededor—. Dori, ¿qué te parece?

La aludida nos mira a todos y, a regañadientes, acepta la figura.

—Tengo quince años y soy de Chicago. Mis padres están divorciados y yo vivo con mi madre.

—Está bien —señala Madison.

—En realidad no está tan bien. Odio a mi padrastro.

—Me refería a que está bien que hayas compartido información con nosotras.

—No está bien. Es un asco. —Dori juguetea con el bajo de la camiseta y enrolla a san Antonio con la tela.

—¿Y si nos cuentas por qué es un asco? —la anima Madison.

—No sé. —Dori no aparta la mirada de la camiseta—. Mi padrastro es un capullo. Mi madre le presta más atención a él que a mí. Y me gustaría vivir con mi padre, pero se mudó a Oregón con su nueva esposa.

—¿Cómo te hace sentir eso?

—Olvídalo —murmura Dori, pero Madison no cambia de tema. Todas esperamos a que Dori diga algo más—. Debería estar contenta por mis padres, pero no es así.

Madison le da una palmada en la rodilla.

—No te presiones con los debería, Dori.

—¿No te presiones con los debería? —interrumpe Cassie y prorrumpe en risotadas—. ¿Acabas de decir eso de verdad?

—No quicro seguir con esto. —Dori le da a Madison la figura de san Antonio y baja la mirada al suelo, como si pudiera abrir un agujero que la tragase.

Madison mira muy seria a Cassie.

—No me mires, Mads. Eres tú la que habla de gente que se presiona con los jodería.

—Con los debería —la corrige—. Decir cómo debes sentirte es contraproducente con lidiar con cómo te sientes de verdad.

Cassie pone los ojos en blanco, pero Madison vuelve a centrarse en Dori.

—Sé de lo que hablas. Me acuerdo de cuando se divorciaron mis padres. Fue un asco.

—¿Tus padres están divorciados? —Dori se anima y Madison asiente.

—Bien. ¿Quién quiere ser el siguiente? —pregunta la monitora.

Hannah y Katie comparten que son las dos de Indiana, pero no de la misma ciudad. Los padres de Katie también están divorciados, pero a ella le gusta más su padrastro que su padre biológico. Cada vez que hablan las chicas, Cassie se ríe, o hace ruiditos y no deja de poner los ojos en blanco.

—Cassie, por favor, ¿puedes dejar de hacer eso? —le pide Madison.

—¿Yo? Yo no soy el problema aquí.

—¿Cuál es el problema entonces?

Cassie entrecierra los ojos y el aire que circunda el círculo se vuelve más denso. Parece como si una nube nos envolviera y bajara la temperatura.

—¿Por qué no le preguntas a Katie lo que de verdad quieres saber? —sugiere Cassie.

—Solo quiero conocerla —responde Madison—. A la Katie de verdad. En eso vamos a centrarnos durante la primera semana: en conocernos a nosotras mismas.

—Tú solo quieres saber por qué se mete los dedos en la garganta. Y luego te darás una palmadita en la espalda por haber conseguido que Katie admita cosas que no son de nuestra incumbencia.

—Eso no es verdad. —Le pasa el san Antonio a Cassie—. ¿Por qué no compartes con nosotros qué es lo que esperas encontrar?

Cassie le quita la figura de las manos a Madison con un movimiento rápido que sorprende a todo el mundo.

—¿Qué es lo que espero encontrar? —Frunce el ceño—. ¿Qué esperas encontrar tú aquí, Madison? ¿Una enfermedad venérea?

—Ya basta, Cassie. —La monitora recupera la figura.

—No. Todas somos una línea en tu perfecto currículum. No quieres ayudarnos. Somos tu experimento de ciencias para que puedas regresar a la universidad y alardear de cómo has ayudado a unas adolescentes perdidas este verano mientras te follas a un chico que apesta y que tiene el pelo más largo que tú.

—Eso no es verdad.

—Te diré lo que es verdad. —Cassie se vuelve hacia el grupo—. Katie vomita porque la sociedad le dice que está gorda y que no se quiere lo suficiente como para que eso no le importe. Dori odia a su padrastro porque su padre biológico la ha abandonado por otra mujer. Y tengo que admitir que eso debe de joder.

—Ya basta, Cassie. Siéntate, por favor —le dice Madison.

—Hannah se autolesiona porque prefiere sentir dolor físico antes que admitir el dolor emocional. Aunque no estoy segura de qué es lo que le hace tanto daño. Y puede que Zander sea la que esté más jodida de todas nosotras porque ella no admite nada.

Me quedo congelada cuando escucho mi nombre.

—¿Qué? —pregunto.

—Es verdad, Z., tú estás más jodida que yo. —Me dedica una sonrisa amplia y me tiende el san Antonio—. ¿Y si le cuentas al grupo por qué estás en este lugar?

Chapurreo las palabras.

—Porque me han inscrito mis padres.

—Eso es mentira —señala Cassie.

—No, no lo es.

—Me imagino que intentaste suicidarte.

—No intenté suicidarme. —Miro a las otras chicas.

—Tu novio te pega, pero tú le perdonas una y otra vez. O te han echado del instituto. ¿Me estoy acercando? —se burla.

—No —respondo—. He sacado sobresalientes.

—Ya, de acuerdo. Puede que... —Se acerca a mí y se coloca delante de mi cara—. Puede que simplemente seas una niña mimada y egoísta que nunca ha experimentado nada malo en la vida, pero mami y papi te han descubierto acostándote con tu novio en el bonito sofá de piel y no podían creerse que su preciosa hija haya dejado que un chico le meta el rabo en su inocente agujero.

Noto presión en el vientre, como si tuviera algo enrollado en el cuerpo que me apretara para hacer que todo saliera. Me aferro al banco de madera hasta que me duelen las uñas, pero no emito sonido alguno. Fuerzo un bostezo en la cara de Cassie. Se me tensa el cuello y me quedo sin aliento.

—O tal vez sea peor. Tal vez seas un ser humano apático. Un bulto a la espera de que lo arrollen —se burla—. Y tú te crees que yo estoy loca. Al menos yo tengo sentimientos y no me da miedo hablar de ellos. ¿Acaso tú sientes algo, Zander?

Apática. En francés: *apathique*.

La psicóloga del instituto, la señora Núñez, me dijo lo mismo. Mi padre quería enviarme a lo que él llamaba un «profesional de verdad» del hospital de Phoenix, pero mi madre insistió en que, entre sus esfuerzos y los del orientador del instituto, estaría bien. A ella no le gustan los hospitales. La condición de mi padre fue que también asistiera al Campamento Padua.

—Me parece que eres apática, Zander —señaló la señora Núñez—. ¿Sabes lo que significa apática?

—Tengo un sobresaliente en Lengua. —Me limité a mirar por la ventanilla.

—Sí. —Sacudió el expediente sobre la mesa—. Tienes sobresaliente en todas las asignaturas. Por eso me extraña tanto que haya pasado esto. Eres inteligente, Zander, deberías de haber sido más sensata.

—No volverá a suceder —prometí.

—Sé que tienes que estar pasando una mala época por lo que le pasó a tu hermana, pero llegar a esos extremos… —Me tocó la pierna.

—No volverá a suceder —repetí, más alto esta vez.

—¿Has llorado mucho desde que ocurrió?

—Sí —respondí.

Unas semanas antes, Coop estaba haciéndome cosquillas en la cama, lo que era sinónimo de que en realidad me estaba intentando quitar la camiseta. Me quedé quieta, mirando el techo y conjugando verbos en francés. Apenas lo sentía tocándome. De repente se sentó y me dijo:

—Maldita sea, estás llorando. Qué mierda, Zander.

Se marchó y me dio igual.

—Me paso todo el tiempo llorando —le conté a la señora Núñez.

Pareció satisfecha y, después de eso, tomó una dirección distinta.

—Se me da bien la organización. Vamos a planear tu futuro, ya que me has asegurado que deseas contar con un futuro —comentó. Me llevé a casa una lista de posibles universidades y mi madre la colocó en el frigorífico, debajo del imán inspirador que dice: «El presente es un regalo».

No obstante, justo ahora, este presente no es ningún regalo. Cassie vuelve a acercárseme a la cara.

—¿No me estás haciendo caso, Zander? ¿Te estás concentrando en algo con lo que te resulte más sencillo lidiar? ¿Finges que no existo? Peor para ti, porque sí existo. Soy cien por cien real, quieras verlo o no.

—Ya basta, Cassie —dice una vez más Madison.

Me remuevo en el asiento del Círculo de la Esperanza cuando Cassie se dispone a sentarse. Podría romper el banco con los dedos o usar el tenedor de Cassie para sacarle los ojos.

—A lo mejor la mentirosa eres tú —estallo.

—¿Qué? —Se vuelve lentamente hacia mí.

—No has compartido nada sobre ti. ¿Cómo sabemos que hay algo que compartir? Podrías haber mentido en todo.

—¿Quieres que comparta algo sobre mí? —Cuando se acerca a mí, el aliento dulce me golpea de lleno en la nariz. Sube el pie sobre el banco—. ¿Ves esto? —Señala una cicatriz de varios centímetros que tiene en la espinilla. No me puedo creer que no la haya visto antes. Pero la realidad es que últimamente no he reparado en muchas cosas—. Esto es de cuando el novio de mi madre me empujó por las escaleras. Le parecía divertido pegar a una niña de cinco años mientras mi madre miraba. ¿Has sentido alguna vez un clavo oxidado rasgándote la piel, Zander?

Se me va la sangre de la cara, pero no consigo pronunciar palabra.

—Siento lo que te pasó —apremia Madison.

—¿De veras lo sientes, Mads? ¿O solo sientes tener que tratar conmigo? —Cassie lanza la figura a la tierra, junto a mis pies—. Ya estoy harta de esto.

Se retira del Círculo de la Esperanza. Yo vuelvo a hundir los pies en el suelo y empujo todo lo que puedo, hincándolos en la tierra hasta que la rabia que siento en el vientre desaparece. Ojalá todo pudiera desaparecer.

—Me parece que por hoy es suficiente —concluye Madison. Recoge el san Antonio y se lo vuelve a meter en el bolsillo.

CAPÍTULO 7

Cassie no viene a cenar. Me preparo una ensalada de espinacas, pero no tengo mucha hambre. Noto el estómago como si alguien me hubiera pegado un puñetazo. Me duele. Me detengo delante de una bandeja de galletas del tamaño de mi cabeza, no son caseras. Parecen preparadas industrialmente con fecha de caducidad: nunca.

«Ingerir comida producida industrialmente es sinónimo de comer pesticidas», dice siempre mi madre.

Pongo una galleta en la bandeja y me siento al lado de Grover.

—¿Dónde está Palillo? —me pregunta.

—No lo sé. —Me centro en la ensalada y me meto un tomate en la boca. Sabe a ácido en la garganta.

—Ha huido —comenta Bek.

—Ah, ¿sí? — grito prácticamente.

—Con mi corazón. —Bek sonríe, pero Grover no dice nada. Cada pocos segundos, me mira.

—¿Qué? —le pregunto.

—Nada. —Se encoge de hombros.

Como e intento hacer caso omiso de la sensación de podredumbre que noto en mi interior. Eso es lo que no comprenden mis padres. Sentirme bien solo hace que sentirme mal sea peor. Mucho peor. Solo quiero estar tranquila, no tiene nada de malo. Pero ahora mismo es imposible. Cassie me ha presionado tanto que no puedo olvidarme de la rabia, y, al mismo tiempo, me siento mal por ella. Yo lo que quiero es sentir indiferencia. La preocupación provoca dolor, da igual lo mucho o poco que te preocupes.

Cuando no puedo seguir comiendo más del plato verde, saco la galleta del envoltorio. Luego vuelvo a liarla. Lamo las migas que se me han quedado en los dedos. Miro a mi alrededor para comprobar si alguien me ha visto, pero nadie me presta atención, solo Grover. Está sentado a mi lado y de vez en cuando roza la rodilla desnuda con la mía debajo de la mesa. Cada vez que lo hace, me aparto corriendo, pero siempre encuentra el modo de volver a hacerlo.

Cuando termina la cena, deposita una manzana en mi bandeja.

—Por si cambias de opinión —me dice, pero se la devuelvo—. Hay personas que prefieren pelarla porque así es más fácil de comer.

—¿Y?

—Que, aunque la peles, el veneno sigue dentro.

—No voy a comérmela —aseguro.

—¿Quién ha dicho nada de comerla? Solo quiero que lo entiendas. —Grover toca la silla vacía de Cassie—. Bajo un exterior duro, normalmente hay algo dulce.

Comprendo la indirecta más que directa.

—¿Y qué pasa con el veneno de las semillas?

—Todas las manzanas tienen veneno dentro. Si tenemos cuidado, podemos quitar las semillas, pero hay que ser pacientes.

—Pensaba que odiabas esperar.

—Odio esperar. —Me dedica una sonrisa—. Pero eso combate el veneno.

—¿Y cuál es tu veneno? —Me cruzo de brazos.

Grover toma la manzana y la lanza al aire. La vuelve a alcanzar fácilmente.

—Puede que mañana.

Cassie está en la cabaña cuando regresamos. Huele a caramelos de limón. Nadie dice nada y ella tampoco lo hace. Alcanza la maleta y saca un esmalte de uñas rojo. Se sienta en su cama y empieza a pintarse las uñas de los pies; cada pocos minutos se come otro caramelo.

Cuando me tumbo frente a ella, no puedo evitar mirar la cicatriz de la pierna. ¿Cómo no me había dado cuenta antes?

—Como sigas mirándome, te voy a pintar la frente con esmalte de uñas en mitad de la noche.

Cuando me despierto en algún momento entre el crepúsculo y la mañana, veo la cama de Cassie vacía y la ventana abierta en el baño. Me subo al inodoro e intento cerrarla, pero no puedo.

Así pues, abro la ventana todavía más, para que a Cassie no le cueste mucho entrar de nuevo.

CAPÍTULO 8

Tía Chey:
Ya iba siendo hora de que te contara que he practicado sexo en tu cama... con tu novio.
  Besos:

                                                            Cassie

Pruebo con el voleibol, manualidades y los caballos. Incluso compito con Bek al *tetherball* una tarde después de la tortuosa sesión de grupo de *comparterapia*. En un ejercicio con el fin de conocernos mejor, Madison pide al grupo que comparta algo que no haya contado a nadie. Katie comenta que copió en el examen de Matemáticas del primer curso. Hannah, que besó al novio de su mejor amiga. Dori, que la mayoría de los días está segura de que no existe Dios, y eso molestaría mucho a su padrastro, que es muy pesado con la Biblia. Yo admito que odio las espinacas.

—Y, entonces, ¿por qué comes ensalada de espinacas todas las noches? —replica Cassie.

Me miro los pies e intento recordar la palabra espinacas en francés, pero me quedo en blanco.

—¿Y tú, Cassie? ¿Algo que nunca le hayas contado a nadie? —la anima Madison.

La aludida chasquea la lengua en el cielo de la boca.

—Nunca le he contado a nadie lo raro que es que Zander coma espinacas si las odia.

Después, me encamino directamente al campo de *tetherball*. Me gusta golpear cosas, pero no me espero esa sensación de disfrutar con algo y querer hacerlo de nuevo. No recuerdo la última vez que me pasó. Para mi sorpresa, gano. Hayes me anima desde un lateral canturreando «¡Durga! ¡Durga! ¡Durga!». Bek no parece demasiado decepcionado y afirma que el brazo artificial lo ha retrasado.

—¿Por qué mientes siempre? —le pregunto.

—No lo hago. —Se frota el más que evidente brazo y se marcha.

Más adelante, una tarde de esa misma semana, me tumbo sola en la balsa, secándome al aire después de un baño. Otra cosa que había olvidado: lo mucho que me gusta estar en el agua. O puede que no se me hubiera olvidado y simplemente no quisiera recordarlo. En medio del lago, casi siento que no estoy en el campamento. Se me empañan los ojos y la mente se dispersa, pero caigo en la cuenta de que, si no estoy en el campamento, es que estoy en casa y la rabia vuelve. Me clavo las uñas en las palmas de las manos. Como temía, el inconveniente de reconocer que me gusta algo es comprender que también hay algo que no me gusta.

La balsa se mueve cuando Grover sube por la escalera y se sacude el pelo mojado encima de mí. Las gotitas de agua me caen en la cara.

—Por fin, el legendario bañador negro. Todos mis sueños se han cumplido. —Coloca una manzana a mi lado—. No te has tomado esto en el almuerzo.

—¿Cuántas veces tengo que decirte que no la quiero? —Me doy la vuelta y me pongo de lado.

—Tenía que intentarlo. —Lanza la manzana al agua. Esta se hunde bajo la superficie, pero enseguida reaparece y se queda flotando.

—¿Vas a tirarla? —pregunto.

—Eso de «comer una manzana al día mantiene al médico en la lejanía» no funciona conmigo. —Se queda mirando las ondas en el agua.

—¿Cómo sabes que vas a volverte esquizofrénico?

—No lo sé, pero lo siento.

«Sentir». Asiento al escuchar la palabra.

—¿Cómo es? —pregunto.

—Como sentarme en una silla tambaleante que acabará rompiéndose bajo la presión. —Se queda mirando un segundo la manzana antes de centrarse de nuevo en mí—. Pero no quiero que hablemos de mí. Vamos a hablar de ti.

—No. —Me tumbo mirando al sol. Un segundo después, noto que una sombra me tapa el calor. Abro los ojos y veo la cara de Grover a unos centímetros de la mía.

—Eres muy guapa. ¿Te lo dice tu novio, el que juega al fútbol?

No me muevo, me quedo ahí, mirando los ojos grandes de Grover.

—Debería —insiste.

—No le importo mucho —comento—. Solo le gustan mis tetas.

—No lo culpo por ello. —Esboza una sonrisa—. ¿Cómo sabes que no le importas?

Se me revuelve el estómago por la rabia. Cuando intento ahogar la sensación, oigo la voz de Cassie en mi mente. «Apática». La rabia crece y no puedo deshacerme de ella.

—Porque siempre se olvida del cumpleaños de mi hermana —respondo.

Nunca lo había dicho en voz alta.

—¿Tienes una hermana? ¿Cómo se llama? —Me caen en la frente gotitas de agua del pelo de Grover.

—Molly.

Reconozco a Molly.

—¿Cuándo es el cumpleaños de Molly?

—El dieciséis de septiembre.

—Voy a anotarlo en la libreta cuando vuelva a la playa. Puedo enviarle una tarjeta. ¿Quieres dejar a tu novio?

—No tienes que hacerlo.

—Quiero hacerlo —dice.

—No va a recibirla.

—¿Se ha marchado a la universidad?

—No, es más joven que yo.

—¿A un internado? Puedo enviarla allí.

—Está muerta, Grover.

En cuanto las palabras emergen, siento que un globo estalla en el pecho, dentro de mí. Me desinflo. Grover se queda quieto y apenas parpadea.

—Deberías dejar a tu novio —dice.

—Es cierto, lo reconozco. —Cierro los ojos. El esfuerzo al mirarlo tan de cerca hace que hasta pueda verle los poros de la nariz y las pecas que le enmarcan los ojos y me nubla la vista. No decimos nada durante unos segundos que se me hacen demasiado largos. Intento encontrar un verbo para conjugarlo mentalmente en francés, pero todo es un desastre.

—¿Por qué te preocupas tanto por Cassie? Es mala —pregunto al fin.

—¿Cómo te hace sentir?

«Sentir». La palabra me persigue.

—Cassie hace que me enfade —admito.

—Entonces, funciona. —Miro a Grover, confundida—. Si estás enfadada con ella, ella puede enfadarse contigo. ¿Lo entiendes? —Sonríe.

—¿Y enfadarse es algo bueno?

—¿Qué tiene de malo? —Soy incapaz de reunir la energía para responder. Estar enfadada significa «estar» y, algunos días, sencillamente no quiero estar—. Puede que no quieras estar enfadada, Zander, pero tal vez necesites estarlo.

—¿Cómo lo sabes?

—No lo sé. Solo tú te conoces a ti misma. —Se acerca más a mí, como si quisiera contarme un secreto—. Me preocupo porque ella no quiere que me preocupe.

—Pero si Cassie no quiere que te preocupes por ella, ¿por qué no le das lo que quiere?

—No se trata de hacer lo que la gente quiere que hagas, sino de dar a la gente lo que necesita. —Se acerca todavía más y pone la nariz a pocos milímetros de mi cara. Por un momento, creo que va a besarme y se me acelera el corazón—. Quiero recordarte así el resto de mi vida.

Y entonces se retira. El sol me apunta directamente a los ojos y se me llenan de lágrimas.

—Deberías plantearte seriamente lo de dejar a ese novio tuyo.

—¿Y tú? —Me siento—. ¿Qué te hace enfadar a ti?

Sonríe y se lanza al agua, salpicándome. El frío me empapa la piel y, cuando saca la cabeza, grita.

—Por ti, puedo esperar, Zander.

—Creía que odiabas esperar.

—Y odio esperar. —El agua le cae por la cara—. Pero eso no significa que no necesite hacerlo.

Se aleja nadando y yo me quedo allí, sudando bajo el sol de la tarde. Cuando tengo mucho calor, me bajo de la balsa y me zambullo hasta el fondo del lago. El pelo flota a mi alrededor cuando me siento en el fondo del lago Kimball. Tomo un puñado de arena y la dejo escapar entre los dedos lentamente, como granos que caen en un reloj de arena. Intento aclarar la mente. Cuando noto una punzada de asfixia en los pulmones, me impulso hacia la superficie y tomo aire. Un segundo más tarde y tal vez no lo hubiera logrado.

En la playa me encuentro a Cassie sentada en la toalla. La nariz apunta al cielo y se apoya sobre las manos. Me seco y me recojo el pelo mojado en una coleta. Se me quedan algunos pelos en la mano, pegados a los dedos mojados.

—Maldita sea —susurro.

—¿Hablando sola otra vez, Z.?

Me limpio las manos en la toalla y suelto los pelos.

—Cuando estoy frustrada, me tiro con mucha fuerza del pelo. Me temo que voy a quedarme calva —admito—. Y también tengo una hermana.

—Como si me importara —dice ella.

—Y está muerta. —Cassie me mira, pero soy incapaz de leerle la cara—. No lo he dicho mucho en voz alta. —Estiro los dedos y me resisto a las ganas de apretarlos en puños—. Puedo enseñarte a nadar.

Cassie pone cara de amargada.

—¿Quién dice que no sé nadar?

—Nadie, me lo he imaginado.

Exhala un suspiro exagerado.

—¿Y quién dice que quiero aprender a nadar? Si eso significa que tengo que ponerme un bañador como el tuyo, prefiero ahogarme.

—Bien. —Le echo un poco de arena en la toalla—. Pero si decides que me necesitas, ya sabes dónde encontrarme.

TRABAJO EN GRUPO

CAPÍTULO 9

Mamá y papá:
Gracias por el repelente de insectos.

Z

Cuando llevamos ya una semana en el campamento, Dori decide soltar una bomba en el grupo de *comparterapia*: en una ocasión intentó suicidarse.

—Fue hace unos años, justo después de que mi madre se volviera a casar. Me encerré en el baño y me tomé un frasco de pastillas. Agarré lo primero que encontré y me lo tomé —explica.

—Dios mío —exclama Hannah.

—No fue tan mal. —Dori sacude la cabeza—. Estaba llorando tanto que no podía ver la etiqueta del frasco. Resulta que era Beano, unas pastillas naturales digestivas. No pasó nada.

Cassie se echa a reír.

—Tu primer error fue tomar pastillas. Es el suicidio de los cobardes.

Dori no le hace caso.

—Después de todo, fue positivo. Me di cuenta de que no quería morir, solo estaba siendo dramática.

—Dori, es aterrador —comenta Madison—. ¿Y si te hubieras hecho daño de verdad?

—¿Te crees que no lo sé? —replica la chica—. Habría dejado sola a mi madre, viviendo con su marido neandertal. —Pone los ojos en blanco, pero Madison no se da por aludida.

—Gracias por compartirlo con nosotras —dice, y le toca la rodilla. Después se vuelve hacia el resto del grupo—. ¿Alguien más ha valorado la idea de llegar hasta ese extremo?

—Menuda pregunta más estúpida, Mads. Claro que sí. Estamos aquí.

—Yo nunca he intentado suicidarme —interviene Hannah.

—No, tú te mutilas el cuerpo. Diría que eso ya es bastante dramático, cuchillitas.

—No me corto con cuchillas.

—Quieres juzgar a Dori porque intentó suicidarse con Beano, pero tú lo haces tan mal como ella —se burla Cassie.

Tras eso, el resto de la sesión pierde interés.

Al día siguiente, me siento en el borde de la cama y doy golpecitos en el suelo con los pies con un ritmo regular. Seguir un ritmo me ayuda.

—*Devenir, revenir, monter, rester, sortir* —susurro para mis adentros. Los dedos empiezan a quedárseme dormidos—.

Venir, aller, naître, descendre, entrer, rentrer… —Me detengo de golpe. Tengo el pie sobre el suelo, listo para marcar otro pulso, pero no encuentro la palabra. Los verbos del doctor y la señora Vandertramp son mi especialidad para recordar en francés. Me los conozco como el olor de mi propia casa.

Me paso las manos por el pelo, pero justo antes de tirar de un mechón, me detengo. Toco con los dedos el cuero cabelludo y palpo la densidad. Tendría más pelo si pudiera dejar de tirarme con tanta fuerza. No sirve de nada y me hago daño. Bajo las manos, apoyo la cabeza en las palmas y miro la cabaña, como si el verbo en francés que no encuentro en el cerebro estuviera escondido aquí, en algún lugar.

—¿Qué narices viene después? —murmuro.

Dori entra poco después con un montón de cartas en las manos. Me tiende una.

—Reparto de correo. Y Madison quiere que nos veamos en el Círculo de la Esperanza en quince minutos.

—Gracias. —Alcanzo la carta y reconozco la letra y la dirección: Nina Osborne.

—¿No vas a abrirla? —pregunta Dori.

—Es de mi madre.

Se pone a agitar una carta en el aire.

—Ya veo. Mi madre me acaba de comunicar que está embarazada. Por carta. Eso quiere decir que se acuesta con mi asqueroso padrastro. Me dan ganas de vomitar.

—Se deja caer en la cama, al lado de mí—. No puedo creerme que algunos de mis genes vayan a mezclarse con los suyos para crear a una persona. Qué horror.

Algunas tardes Dori dice que se va a hacer alguna actividad, pero me la encuentro durmiendo en la cabaña. Nunca la despierto.

—Siento que tu madre vaya a tener un bebé con una persona a la que odias.

—Está bien. —Le cuelga la piel de alrededor de la boca, como si le pesara.

—¿Cómo sabes que estás deprimida? —pregunto de repente cuando va a salir de la cabaña.

Se detiene y toca la cerradura de la puerta, rodeando el metal con los dedos.

—Porque algunos días creo que esto no tiene ningún sentido.

—¿El campamento?

—No, Zander. La vida.

Cierra despacio la puerta cuando se marcha. Le doy varias vueltas a la carta en las manos. Pienso en quemarla, pero con la humedad de la lluvia no creo que arda. Así pues, la abro.

Querida Zander:

Hay mucho silencio por aquí sin ti. Tu padre ha formado un club de radiodifusión multimedia. No sé si puede llamársele club a un grupo cuyos únicos miembros somos él y yo, pero no le he dicho nada. Me hace escuchar charlas de TED, el programa de Freakonomics y un montón de cosas que te parecerían del todo aburridas. No está tan mal como pensaba. Me parece que incluso estoy aprendiendo algo.

En eso he decidido emplear el verano. En aprender. Tú estás aprendiendo en Míchigan y tu padre y yo estamos aprendiendo en casa. Aunque no sé si podré aprender a acostumbrarme al silencio de no tenerte aquí. Ojalá el campamento hubiera hecho una excepción con la regla de «no teléfonos» contigo. Hemos pasado por muchas dificultades, me parece cruel que me aparten de mi hija.

Espero que te lo estés pasando bien. No me queda claro por tus cartas, son muy cortas.

Vi la semana pasada a Cooper trabajando en la frutería. Parecía demasiado ocupado para acercarse, pero lo saludé con la mano. Espero que te estén alimentando bien en el campamento. Acabo de escuchar un programa sobre la abundancia de azúcar que hay en la comida, en los alimentos amarillos, en particular. Mantente alejada del amarillo. Y del naranja. No hay nada que sea naranja natural, a menos que sea una naranja o una zanahoria. Eso sí te lo puedes comer.

Te echo de menos.

Con cariño:

Mamá

Me quedo mirando su letra alargada, como si las palabras tuvieran espinas. Las frases mundanas me escuecen. Hago una bola con la carta y saco una hoja de papel y un bolígrafo de la maleta.

Escribo:

Devenir

Revenir

Monter

Rester

Sortir

Venir

Aller

Naître

Descendre

Entrer

Rentrer

Tamborileo con el pie mientras repito en la cabeza una y otra vez las palabras, pero aparto, de vez en cuando, la mirada hacia la carta arrugada que hay a mi lado.

Cuando siento que no puedo soportarlo más, tiro la carta y me pongo a rebuscar entre el montón de ropa en la cama de Cassie. Sé que están por aquí. Sacudo unos pantalones cortos y oigo algo dentro: los caramelos de limón. Me meto tres en la boca, como si fueran pastillas. Pastillas dulces, azucaradas, amarillas. Se me hace la boca agua al masticar los caramelos. Doblo la hoja con mi método para recordar en francés sin terminar y lo meto en un sobre con la dirección de mi madre.

De camino al Círculo de la Esperanza, me desvío hacia el buzón de correo saliente que hay junto al comedor y echo la carta por la ranura.

—¿Rompiendo con tu novio? —pregunta Grover detrás de mí.

Se me acelera el corazón por la sorpresa.

—No, es una carta para mi madre.

—¿Le has hablado de mí?

—No. Le he hablado de mí, aunque no la va a entender.

Grover asiente y el silencio cae sobre nosotros. No puedo pensar en qué decir, porque con Grover no se habla por hablar. Tiene esos ojos grandes que siempre parecen a punto de llorar. Da la sensación de que cada palabra que pronuncia va a ser la última, y me dan ganas de aferrarme a él y hacer que todo desaparezca. Tiene el pelo húmedo y lleva un bañador mojado y una camiseta en la que pone: «No cuesta divertirse cuando tienes el carné de la biblioteca».

Se acerca a mí.

—¿Eso es…?

Retrocedo.

—¿Qué?

Me mira los labios.

—Azúcar.

Me llevo la mano a la boca y me huelo el aliento.

—No se lo digas a Cassie —le pido.

Sonríe y aprieta los labios. Ninguno de los dos nos movemos.

—Odio que mi madre diga cosas sin decir nada en realidad —admito por fin.

—¿Como qué?

—Odia las cartas que envío a casa, pero no me lo dice. Solo comenta que son muy cortas, pero lo que quiere decir en realidad es que no son suficiente. Hay una diferencia. —Los ojos de Grover parecen a punto de echarse a llorar y noto una presión en el estómago, como si fuera a estallarme—. Es como si quisiera que todo fuera largo y eterno porque es mejor que haya ruido a que no haya nada. Pero da igual que escribas mil palabras, estas no tienen el mismo poder que un «te quiero».

—Te quiero —dice Grover.

—Exacto. Te quiero.

—Mejor, díselo a tu novio.

—Un momento, ¿qué? A ver, estaba haciendo una comparación.

—Creo que, más bien, lo has reconocido. —Me guiña un ojo.

Gruño y me dispongo a marcharme, negando con la cabeza. Malditos sean esos ojos hiperactivos.

—Espera —me pide.

Me alcanza y me toca el brazo, y yo lo aparto.

—Ya te lo he dicho. Odio esperar —bramo.

—Y yo te he dicho que a veces esperar es inevitable. Deja de resistirte.

—No me estoy resistiendo a nada.

—Sí lo haces —insiste.

—No. —Le sostengo la mirada. El brillo acuoso de la piel hace que el sol se refleje en su nariz. Me fijo en que la punta es perfectamente redonda y suave—. ¿Y tú?

—¿Qué pasa conmigo?

—Nunca reconoces nada.

—Sí lo hago. De hecho, me gustaría reconocer ahora mismo que hueles bien. El azúcar te sienta bien.

—Eso no cuenta.

—Claro que sí.

—Pero no es nada sobre ti.

—La gente es demasiado egoísta. ¿Sabes que, si se diera el caso, la gente preferiría ganar la lotería a encontrar la cura del sida?

—Olvídalo. —Echo a andar.

—Eres igual que tu madre. —Grover me sigue.

Me doy la vuelta.

—¿Cómo puedes decir eso?

Cubre el espacio que hay entre los dos.

—Dices que le gusta prolongar las cosas. A ti también.

—No. —Vuelvo a moverme, pero él lo hace conmigo.

—Sí, lo estás haciendo ahora mismo.

Doy otro paso atrás y me choco contra un árbol. Me golpeo la cabeza con la corteza y me quedo ahí clavada.

—¿Estás bien de la cabeza? —pregunta.

—Es obvio que no. Estoy aquí, ¿no?

—Me refiero a esta cabeza. —Me toca la nuca y luego vuelve a apartarse, tanto que el aire se vuelve frío, como cuando se pone el sol en un desierto—. Seguro que tu madre se alegra de recibir la carta de todos modos. Probablemente la esté esperando.

Se marcha y yo me dejo caer junto al árbol. Me llevo las rodillas al pecho y entierro en ellas la cara. Noto los ojos cansados cuando me siento en el suelo, me estoy quedando sin energía. Contemplo la idea de hacer como Dori y saltarme la *comparterapia* en grupo para echarme una siesta. Sin embargo, al pensar en Coop se desvanece el cansancio y aparece, en su lugar, la rabia. Tengo ganas de llamarlo y gritarle por no haber hablado con mi madre en la frutería. Puede que a ella no le guste ver la realidad, pero seguro que sabe que no es que estuviera demasiado ocupado como para no poder hablar con ella. Coop la estaba evitando.

De camino al Círculo de la Esperanza, paso por el campo de *tetherball*. Sin dudarlo, golpeo la bola con todas mis fuerzas y esta se alza en el aire. Se enrolla rápidamente en el poste y choca contra él con un ruido sordo. Vuelvo a golpearla con la otra mano.

—Durga, Durga, Durga —declaro con los dientes apretados. Mis habilidades en el *tetherball* han mejorado mucho,
aunque este lugar no ha conseguido que deje de hablar
sola.

CAPÍTULO 10

Tía Chey:
No mires debajo de mi cama.
Besos:

Cassie

—Cuando digo «trabajo en grupo», ¿qué es lo primero que se os viene a la mente? —pregunta Madison.

—Una cara con demasiado bótox —responde Cassie. Se trenza el pelo de forma desordenada. Las trenzas se reparten de forma caótica y parecen antenas rotas. Cuento siete en total. Cassie se detiene un momento—. Perdona, debería haber especificado más: tu cara con demasiado bótox.

—Yo no llevo bótox en la cara.

—Ahora no, pero te lo pondrás. —Vuelve a trenzarse el pelo—. Me lo imagino. Dentro de veinte años, serás una de esas mujeres con una frente lisa y mejillas de plástico cuyo labio superior no se mueve. Seguro que te vas corriendo al dermatólogo en tu veinticinco cumpleaños, cuando veas la primera arruga.

—He hecho la pregunta en serio, Cassie.

—No era mi intención ser graciosa, Mads —dice ella impávida mientras se ata el extremo de una trenza con una goma—. Solo intentaba ser honesta. Cuando dices algo, lo primero que se me viene a la mente es tu futura cara de plástico.

—Bien, te agradecería tu honestidad, pero no me gusta.

—Ni a la mayoría de la gente. —Se apoya en las manos y alza la cara al cielo—. Cuando estés arrugada por culpa de las quemaduras del sol tras pasar demasiadas vacaciones en Panamá, donde habrás follado con un tipo con un tatuaje de un águila al que veías guapo con tus gafas de cerveza puestas, sentirás celos de mi piel. Yo cumpliré los ochenta antes de arrugarme. —Vuelve a sentarse y sonríe—. Si elijo vivir tanto tiempo.

Por primera vez desde que empezó el campamento, Madison parece derrotada. La chica con las uñas perfectas y el pelo largo y sedoso que parece indestructible puede estar al borde del colapso.

—En un grupo no existe un «yo» —intervengo, pues deseo que la tensión entre Cassie y Madison se desvanezca. Todo el mundo se vuelve para mirarme—. Querías saber qué pienso cuando dices «trabajo en grupo». Que en un grupo no existe un «yo». Eso es lo que decía siempre mi entrenador.

—¿Tu entrenador de natación? —pregunta Madison, que ha relajado los hombros.

Asiento.

—En una ocasión le dije que sí hay un «ego» si reordenas las letras, pero no me hizo caso.

Madison me tiende la figura de san Antonio.

—Gracias —susurra.

Le doy vueltas al hombrecillo entre las manos. Antes de hoy, no he hablado mucho en el grupo de *comparterapia*.

—Háblanos del equipo de natación —me pide entonces la monitora.

—El entrenador olía a ajo. ¿Alguna vez has estado en un espacio cerrado y húmedo con alguien que huele a ajo? —Formulo la pregunta con la mirada gacha, como si estuviera hablando con san Antonio—. Cada molécula de aire porta el peor caso de mal aliento.

—Qué asco —dice Dori.

—Una vez intenté respirar por la boca. Creía que así no olería el ajo, pero fue como si lo probara.

—Madre mía, Z., voy a vomitar. —Cassie se mete el dedo en la garganta y mira a Katie—. ¿Te quieres unir, Deditos?

—Cállate. —Katie le lanza una mirada asesina.

—Con trabajo en grupo se puede alcanzar el sueño —continúo—. Eso es lo otro que solía decir.

—Mi entrenador de voleibol también decía eso. —Madison esboza una sonrisa—. Seguro que los entrenadores tienen un manual con esas frases.

—Igual que los monitores de los campamentos —señala Cassie.

No hago caso de sus réplicas. Me aferro a la figurita de san Antonio e intento ahogar lentamente al hombre de plástico con la mano apretada.

—Lo decía antes de cada competición. Y yo me centraba en intentar no inspirar lo que fuera que hubiera cenado la noche anterior, pensando: ¿de qué sueño habla? ¿El sueño de ganar la carrera de relevos? ¿Toda la maldita competición? Eso no son sueños. Son éxitos. Y unos muy estúpidos.

—¿Y ganasteis? —pregunta Dori.

—Todas las veces —respondo, pero luego me corrijo—. Casi todas.

—Ganar no es un éxito estúpido, Zander. Te hace sentir bien. Siéntete orgullosa por ser una buena nadadora —me anima Madison.

—A eso me refiero. No me hacía sentir bien.

—¿Y cómo te hacía sentir?

Dejo la figura de san Antonio en el banco, a mi lado.

—No me hacía sentir nada. —Me aseguro de mirar a Cassie antes de decir, por fin—: No sentía nada.

Todas en el círculo se quedan calladas. Cuando no puedo aguantar más silencio en la cabeza, repito la oración del Campamento Padua una y otra vez, ya que no me acuerdo de las palabras en francés. Cualquier cosa es mejor que el silencio.

«Rezamos a san Antonio de Padua para que se encuentre lo perdido, para que las almas sean libres y para que la vida sea eterna».

Una y otra vez. Para olvidarme del espacio muerto.

Madison cambia al fin de tema y nos indica que vamos a jugar a un juego en grupo. Estamos todas en un avión que está cayendo, pero hay un barco que va a salvarnos y a llevarnos a una isla desierta. Podemos llevarnos, como grupo, una cosa, y tenemos que estar todas de acuerdo.

—Tenéis cinco minutos para decidirlo. Es el momento de trabajar juntas, señoritas. —Madison mira el reloj y nos anima a empezar.

Tardamos todas un momento en intervenir, pero por fin lo hace Cassie.

—No necesitamos cinco minutos porque sé qué es lo que necesitamos.

—Necesitamos agua —señala Katie.

—No, Deditos. Estamos rodeadas de agua.

—No puedes beber agua salada —argumenta ella.

—La podemos hervir. —Cassie se encoge de hombros.

—Entonces necesitamos cerillas —propone Dori.

—Menudo desperdicio. Podemos frotar dos palos —contesta Cassie.

Madison da golpecitos en el suelo con el pie.

—Tres minutos.

—¿Y un teléfono? —sugiere Hannah.

—Sí, seguro que el operador de telefonía móvil tiene una antena en una isla desierta, Cuchillitas. Qué genio. —Cassie niega con la cabeza.

—No me llames Cuchillitas.

—¿Por qué? Te cortas las extremidades para llamar la atención. Me limito a prestarte atención.

—No me corto para llamar la atención.

—Entonces, ¿por qué lo haces? —Cassie se cruza de brazos y le lanza una mirada cargada de curiosidad.

La aludida mira al grupo.

—Sigo pensando que un teléfono es buena idea.

—Treinta segundos —canturrea Madison.

—Es una idea terrible. Ya os he dicho que sé qué necesitamos.

—Pues cuéntanoslo —digo yo.

Cassie esboza una sonrisa ladeada y habla lentamente.

—Si yo fuera en un avión que se está cayendo…

—Quince segundos —nos avisa Madison.

—Y la única opción fuera vivir en una isla desierta con vosotras cuatro… —Se inclina hacia nosotras y baja la voz—: llevaría un frasco de Beano para suicidarme.

—Se acabó el tiempo —señala Madison con una exhalación—. Estáis todas muertas.

Cassie sonríe.

—Supongo que entonces no necesito el Beano.

CAPÍTULO 11

Mamá:
Lo del club de radiodifusión multimedia suena horrible.
Z

P. D.: Siento la letra.

Empieza a llover antes de cenar. Un trueno se apodera del cielo justo cuando llego al comedor. Estiro el brazo y unas gotas de lluvia me caen en la piel. Lo más probable es que se suspenda la hoguera que nos prometió Kerry para esta noche, aunque yo no pienso quejarme. Hace unas cuantas noches acabé con veinte picaduras de mosquitos nuevas cuando nos juntamos en el Círculo de la Esperanza y Hayes nos animó a cantar canciones viejas de vaqueros y *Kumbaya* mientras él tocaba la guitarra.

Me cae una gota de agua en el brazo, encima de una de las picaduras hinchadas, y me la restriego en la piel. Me alegra que llueva.

Bek está sentado solo a nuestra mesa, ha llegado antes que nadie al comedor. Elijo una ensalada y limonada y luego vuelvo y añado una cucharada de macarrones con queso, amarillos y naranjas, al plato.

—Necesito tu ayuda —le digo a Bek cuando me siento.

Le da un bocado al pollo frito que está comiendo.

—¿Tú quién eres?

—Zander.

—No conozco a ninguna Zander.

—Déjalo ya, Bek. Me cuesta recordar las palabras en francés. —Tomo un poco de los macarrones, están hechos con queso en polvo.

—¿Quién es Bek?

—Tú.

—No conozco a ningún Bek.

—De acuerdo. Alex, necesito tu ayuda. Eres la única persona que habla francés aquí.

—Creía que habías dicho que me llamo Bek.

—Sí.

—Entonces, dime, ¿quién es ese Alex del que hablas? —pregunta.

—Eres tú.

—Creo que me has confundido con un antiguo novio francés tuyo que se llamaba Alex Bek. Aunque tengo que decir que ese nombre no suena muy francés. ¿Cómo te llamabas?

—Llevamos más de una semana sentándonos a la misma mesa, Bek. Me llamo Zander. —Justo en ese momento, Grover se sienta a mi lado con la bandeja llena de comida. El estómago pasa de estar perfectamente colocado en el vientre a obstruirme la garganta. Lo miro por el rabillo del ojo.

—Bienvenido a nuestra mesa —saluda Bek a Grover—. ¿No serás tú Alex Bek? Zander, aquí presente, está buscando a su exnovio francés.

—Mi nombre es Grover Cleveland. —Le tiende la mano—. Soy el futuro novio de Zander.

Todo el calor del cuerpo me sube a la cara y me dan ganas de pegar un puñetazo a Grover y, al mismo tiempo, de no hacerlo. Podría hacerle daño. Lo que pasa es que no sé qué es lo que quiero de él.

—Encantado de conocerte, futuro novio de Zander, Grover Cleveland. —Bek le estrecha la mano como si fuera la primera vez que se ven.

—Lo mismo digo —responde Grover.

—¿Qué está pasando aquí? —pregunto.

—No lo sé —contesta Bek.

—Claro que no. —Grover le da una palmada en la espalda—. Te han golpeado en la cabeza con un bate de béisbol y por ese motivo sufres amnesia traumática.

—¿Cómo lo sabes? —le pregunta Bek a Grover.

—Porque lo vi.

Suelto un gruñido.

—Los dos sois ridículos. —Me meto una cucharada grande de macarrones en la boca.

—Es cierto, lo reconozco. —Grover me guiña un ojo.

—Yo no —tercia Bek.

Debería de habérmelo pensado mejor antes de venir a pedir ayuda a Bek. Ni siquiera sabemos si Alex Trebek es su nombre verdadero. No obstante, la frustración comienza a desvanecerse cuando el sabor rico y mantecoso de los macarrones y el queso me llena la boca. La sensación se me queda en los dientes y la lengua.

—Dios mío —musito.

—Puedes llamarme solo Grover.

Hago caso omiso del comentario y me meto otra cucharada en la boca, y otra más.

—Tranquila, cerdita. —Cassie se sienta con una bandeja llena de tomates y pepinos.

—Cállate —le reprendo con la boca llena—. Están buenísimos.

—Son macarrones con queso, Z., no un orgasmo. —Cassie le da un bocado a un pepino.

—¿Has tenido un orgasmo? —pregunta Bek—. Cuéntame todos los detalles.

—Ya te gustaría, gordito.

—Creía que mi nombre era Bek.

—Y lo es. —Grover le da otra palmada en la espalda y luego me pregunta—: ¿Nunca has comido macarrones con queso?

Me detengo a medio bocado. Toda la mesa se vuelve para mirarme y me trago la comida que tengo en la boca.

—Claro. —Me limpio los labios.

—Mentira —me acusa Bek, y me señala la cara.

—Quién va a hablar —replico.

—Los macarrones con queso son la comida por excelencia para los niños. Todo el mundo come macarrones con queso. ¿Qué le pasa a tu familia, Z.? —pregunta Cassie.

Me encojo al escuchar las palabras. ¿Qué le pasa a mi familia? ¿Cómo contárselo todo y no contarle nada al mismo tiempo?

—¿En serio no habías probado nunca macarrones con queso? —insiste Grover, inclinándose sobre la mesa y buscándome la mirada. En silencio le suplico que no parpadee, pues temo que le caiga una lágrima por la mejilla y tenga que secársela y admitir que no recuerdo cuándo fue la última vez que vi queso en polvo.

Kerry da tres palmadas para acaparar la atención de todo el mundo.

—La única forma de que nos encuentren… —grita. Parpadeo y aparto la mirada. Suelto la cuchara y aparto la bandeja—. Es admitiendo que nos hemos perdido…

—Como está lloviendo, tenemos que cambiar los planes de esta noche. Vamos a tener una noche de juegos. —Kerry señala un armario lleno de juegos de mesa que hay en un rincón de la habitación —. Cuando hayáis terminado la cena, podéis elegir un juego y que empiece la diversión. Los que necesiten medicación nocturna pueden ir a la enfermería.

El resto de los macarrones con queso de la bandeja se quedan sin tocar durante la cena. Cuando he terminado, los tiro a la basura.

Solitario. A eso es a lo que quiero jugar esta noche. Voy a buscar una baraja de cartas al armario cuando Grover se interpone en mi camino.

—¿Quién es quién?

—¿Este es otro de tus jueguecitos con Bek? —pregunto e intento rodearlo, pero no me deja.

—No.

—¿Qué es entonces?

—¿Quién es quién?

—¡No quiero saber quién es quién! —grito—. Ya sé quién eres. Eres Grover Cleveland.

—No —responde con una sonrisa ladeada en la cara y luego levanta una caja—. ¿Quién es quién? El juego. ¿Quieres jugar conmigo?

Miro a mi alrededor, a las personas que me están mirando. Y, sí, me están mirando.

—De acuerdo. —Le quito la caja de las manos.

—Por cierto, estás muy guapa cuando te enfadas.

—No estoy enfadada. Estoy frustrada. —Dejo el juego en la mesa y abro la caja.

—Eso está bien.

—¿Cómo va a estar bien? —pregunto.

—¿Sabes cuántas personas hay en este mundo que no saben cómo se sienten? Si me cuesta distinguir el jamón del pavo en los bocadillos, con mi estado emocional alterado, imagínate lo que me cuesta saber cómo me siento. Y la verdad es que ambas cosas me parecen bastante buenas ahora mismo.

—Podrías probar —digo.

—¿El qué? ¿El jamón o el pavo?

—No. Admitir cómo te sientes.

—Sabes cómo me siento. —Sube y baja las cejas, mirándome.

—Con respecto a mí, tal vez. Pero no con respecto a ti.

—Pues ahora mismo siento hambre —dice.

—Acabamos de comer.

—¿Sabes qué me apetece? Galletas saladas. ¿Sabes que es prácticamente imposible comer seis galletas saladas en menos de un minuto?

—¿Qué? —Me confunde cómo hemos llegado a este tema.

—Sí, la boca se te seca demasiado —confirma—. Podríamos intentarlo.

Se levanta del asiento antes de que me dé tiempo a decirle que no me apetecen galletas saladas ni ningún otro alimento. Tendría que haber elegido el solitario, pero Grover siempre logra atraparme. No acepta un no por respuesta, y a una parte de mí le gusta, pero la otra quiere desesperadamente que me deje en paz.

—Las encontré. —Grover se vuelve a sentar en la silla. Se saca del bolsillo un puñado de galletas saladas empaquetadas de forma individual, como las que ofrecen en los restaurantes con la sopa.

—¿Dónde las has encontrado? —pregunto.

—En la cocina.

—¿Cómo has entrado en la cocina?

—No te lo voy a contar. —Esboza una sonrisa—. Venga, ¿quién empieza?

—No voy a hacer esto.

—Venga, ¿no quieres comprobar si puedes hacerlo?

—¿A quién le importa si puedo comerme seis galletas saladas en menos de sesenta segundos?

—A mí me importa.

—¿Por qué? —Me inclino sobre la mesa y apoyo los brazos, imitando su postura.

—Porque eso demostrará mi teoría.

—¿Y qué teoría es esa?

—Que tú no eres como ninguna otra persona de este mundo. Que las probabilidades de que exista otra persona exactamente como tú son de una entre infinito. —Posa la mano encima de la mía y pone cara seria—. Y, antes de que me vuelva loco, quiero poder alardear de que conozco a una persona de verdad que es capaz de comerse seis galletas saladas en menos de sesenta segundos.

Le miro la mano, la ha puesto encima de la mía. No se me ve ni un centímetro de piel, él me la cubre por completo.

—De acuerdo. —Acepto las galletas y me pongo a abrir los paquetes.

—Las reglas son: un minuto, nada de agua, y tienes que comerte todas las migas —explica con la vista fija en el reloj.

—No puedo creerme que vaya a hacer esto.

—Yo sí. —Me guiña un ojo—. ¿Estás lista? —Asiento, echa otro vistazo al reloj y susurra—: ¡Ya!

Empiezo a comerme las galletas. Están saladas y saben deliciosas. Trago unos cuantos bocados antes de que se me empiecen a acumular en las mejillas. Las muevo con la lengua y me trago los trozos pequeños.

—Te pones muy guapa cuando te das un atracón de comida.

—Cállate —siseo con la boca llena de galletas y escupo algunas migas en la mesa.

—Tienes que comerte eso —señala Grover.

—¡Cállate! —Las recojo de la mesa y me las meto en la boca. No me puedo creer que me esté comiendo trozos de comida ya masticados que he recogido de una mesa sucia del comedor. Seguro que mis padres no han leído esto en el tríptico del campamento.

—Treinta segundos.

Grover me mira como si fuera la cosa más extraordinaria que ha visto nunca. Aprieto los labios en un intento de buscar algo de saliva que me ayude a empujar las galletas garganta abajo. No quiero decepcionarlo. Por fin ha admitido algo sobre él, y eso es algo que nunca hace. Deseo hacer esto por él. Lo necesito. Mientras mastico, me doy cuenta de que me gustaría poder arreglar la silla rota premonitoria en la que está sentado Grover. Ojalá pudiera recomponerla para que su vida nunca se viera devastada.

—Diez segundos.

Pero solo noto sequedad. Me trago un trozo, y después otro, pero no lo hago lo suficientemente rápido. La boca es un desierto.

Cinco segundos.

Hago un último intento de vaciar la boca, pero no sucede nada. No puedes evitar que la vida termine devastada. Eso es lo que mejor se le da. Se resquebraja y se marchita y languidece hasta que no queda nada excepto migas y pedazos perdidos. Cuando se termina el tiempo, me siento frente a Grover con la boca llena de galletas.

—Ha sido increíble —exclama.

Trago hasta que me lo he comido todo.

—Soy como todos los demás.

—Con las galletas saladas, puede. —Aparta una miga de la mesa. Toma las cartas del juego ¿Quién es quién? y, como quien no quiere la cosa, cambiamos de tema, como si no acabara de decepcionarlo—. Tú empiezas.

Miro a la persona que he sacado. Se llama George. Tiene el pelo rubio y gafas, y se parece un poco a mi padre.

—¿Tu persona es pelirroja? —pregunto.

Grover niega con la cabeza.

—No.

Doy la vuelta a todas las personas de mi tablero que son pelirrojas.

—¿Tu persona es pelirroja?

—No.

Grover descarta a sus personas.

—¿Tiene los ojos azules?

—Sí. —Parpadea de forma repetida.

Descarto a los que tienen los ojos marrones o verdes y solo me quedan siete opciones.

—¿Tiene gafas tu persona? —pregunta él.

—Sí —respondo.

Grover descarta todo el tablero excepto a tres personas.

—¿Lleva la tuya un sombrero?

—No.

Solo quito a una persona.

—¿Jugabas a esto cuando eras pequeña? —me pregunta.

—¿Por qué?

—Por preguntar.

—Sí —contesto—. ¿Tiene el pelo castaño tu persona?

—¿Jugabas con Molly?

—¿Tiene el pelo castaño tu persona? —repito.

—Es mi turno para preguntar —indica—. ¿Jugabas a este juego con Molly?

—No. —Aprieto los dientes.

—¿Por qué?

—Era demasiado pequeña para jugar. ¿Tiene el pelo castaño?

—Sigue tocándome a mí. ¿Cómo era Molly?

—Tenía el pelo rubio —cedo.

—Y…

—Ojos castaños.

—Y…

Suelto un gruñido.

—Piel morena. Herencia de la familia de mi madre.

Grover da la vuelta a todas las personas de su tablero y me toma la mano por encima de la mesa.

—No quiero saber qué aspecto tenía, Zander. Quiero saber quién era.

Me agarra con fuerza, pero no me hace daño, más bien lo contrario. Tiene la mano caliente, parece una manta, y hace que me piquen los ojos.

—Tú no hablas de tu familia —le echo en cara.

—Tú me pareces más interesante.

—Yo creo que estás evitando tus problemas.

—Es verdad. Y tú también. Hacemos una pareja perfecta. —Me acaricia la piel con el pulgar—. ¿Cómo era Molly?

—Suéltame la mano.

—No.

—¿Por qué tienes que tocarme siempre?

—Porque me recuerda que eres real. Y me hace feliz. ¿Ves? Sí que admito algunas cosas.

—A mí no me hace feliz.

—No siempre podemos ser felices, Zander —señala.

—Ya lo sé.

—¿Cómo lo sabes? ¿Por lo que le sucedió a Molly?

Noto un hilillo de sudor por la espalda. Lo siento formarse en el pelo. Esto no va a acabar. Nunca va a terminar. La silla se romperá y todo acabará devastado y yo me quedaré con las piezas podridas de lo que solía tener a mis pies. Y no hay forma de arreglarlo.

Recupero la mano y me alejo corriendo de la mesa, tirando el juego al suelo de paso. Fuera, la lluvia golpetea el suelo, desluciéndolo todo. Un trueno atraviesa el cielo y me sobresalto. Me voy corriendo a la cabaña. Pero me tropiezo con algo, una roca, o la rama de un árbol, y me caigo. Me hago una herida en la rodilla.

—¡Espera, Zander! Para, por favor —me grita Grover.

Me doy la vuelta y el peso de la rabia y la tristeza y todo lo que él me hace sentir cuando me toca me aporrea el pecho. No quiero sentir nada de esto. Quiero volver a estar como estaba, cuando las cosas no dolían y no me importaban las piezas rotas. Corro a toda velocidad hacia Grover y le golpeo en el pecho. Le golpeo tan fuerte como a la pelota del *tetherball*. Me duelen las manos y los huesos.

—No sé cómo era Molly, ¿de acuerdo? ¡No sé nada de ella! ¿Eso es lo que quieres escuchar? —grito y retrocedo. Soy incapaz de seguirle el ritmo al cuerpo con los pies. La lluvia cae con fuerza a nuestro alrededor, en la oscuridad. Mis pies se topan con algo en el suelo y se retuercen de un modo antinatural y noto un dolor fuerte en la pierna. Grito cuando aterrizo en un charco.

Grover arremete contra mí, pero me aparto de él. Tengo la ropa manchada de barro y las manos sucias cuando me limpio la cara mojada.

—No —le digo. Me arde la garganta de retener las lágrimas. Me agarro el tobillo dolorido—. No me toques.

Me pongo en pie y apoyo la mayor parte del peso en el pie bueno.

—Por favor, deja que te lleve a la enfermería. Estás sangrando. —Señala un hilillo de sangre que me cae por la pierna de una herida de la rodilla.

Me doy la vuelta sin decir palabra y me encamino hacia la cabaña. Con cada paso que doy, el dolor es más agudo. Una vez dentro, saco la maleta de debajo de la cama y busco la manta vieja de Molly. El barro cae al suelo. Tengo el calcetín empapado en sangre de la rodilla. Me dan ganas de abrir un agujero en la tela, pero en lugar de ello la aprieto con todas mis fuerzas. Caigo de rodillas en el suelo duro de la cabaña y entierro la cara en la tela raída. Con cada inspiración, trato de olerla a ella, a mi hermana pequeña, como si hubiera estado tapada con esta manta ayer mismo, pero la verdad es que nunca ha dormido con la manta, no como yo quería que lo hiciera.

Cuando por fin me levanto, tengo la pierna con una costra de sangre seca. Me quito la ropa mojada y me meto en la ducha. El tobillo está hinchado y amoratado, pero no tiene tan mal aspecto como me imaginaba. Cuando he terminado en el baño, oigo a las demás chicas y a Madison entrar en la cabaña. Me pongo los pantalones del pijama y la sudadera de la Universidad de Arizona y salgo cojeando, preparada para meterme en la cama.

—¿Qué narices te ha pasado? —pregunta Cassie cuando meto la ropa mojada y llena de sangre en mi bolsa de la colada.

—Nada.

—Zander, me gustaría que gozaras de libertad este verano, pero, por favor, no abandones las actividades de grupo sin avisarme —me dice Madison mientras cierra con llave la puerta—. Estaba preocupada.

—De acuerdo. —Me tumbo bajo la manta de Molly y me la subo hasta las orejas. Está llena de barro y sangre, pero me hace sentir mejor. Por fin alguien vivo duerme con ella.

CAPÍTULO 12

Mamá y presidente Cleveland:
He decidido que quiero ser farero. ¿Así se llama a la persona que guía a los barcos para ponerlos a salvo en el puerto? Me gustaría ser el guardián de los barcos. Por favor, mandadme una carta si existe aún ese oficio. Y más ropa interior.
Vuestro hijo,

Grover Cleveland

La ventana del baño está abierta y la cama de Cassie vacía cuando me despierto en mitad de la noche. Noto un latido en el tobillo y la rodilla me palpita, como si los pequeños granos de arena se manifestaran poco a poco en una infección bacteriana. Mi madre va a ponerse como loca si vuelvo herida del campamento.

Me dirijo cojeando al aseo y me paso un trapo húmedo por la piel. Al principio me escuece, pero luego me alivia.

Me apoyo en el lavabo y me quedo mirando la ventana abierta. Una parte visceral de mí necesita saber qué hace Cassie todas las noches.

Me subo al retrete y me alzo para comprobar cómo entra y sale de aquí. Incluso con la diferencia significativa de tamaño entre Cassie y yo, creo que quepo fácilmente por la ventana.

Antes de pensar en las consecuencias o en cómo voy a volver a entrar, paso por la ventana y aterrizo en el suelo sobre un pie como si fuera un flamenco. Se me hunde un poco la chancla en el barro y apoyo el otro pie con cautela. Es vivificante y liberador. Tengo que contener un grito de emoción. Lo he hecho. He escapado de una habitación cerrada con llave.

El cielo se ha despejado y la luna cuelga en cuarto creciente justo a un lado del cielo. Me aparto de puntillas de la cabaña.

En el lago, el muelle brilla bajo la luz de la luna. Ahí encuentro a Cassie sentada, mirando el agua. No sé por qué creí que podría estar aquí, pero así es. Tampoco sé por qué he salido por la ventana pequeña del baño con un tobillo lastimado y sin modo alguno de volver a entrar. Pero lo he hecho, y me siento bien.

—¿Qué diablos haces aquí?

—¿Qué diablos haces tú aquí? —le pregunto.

—No es asunto tuyo —replica—. No te acerques más.

—¿Por qué?

—Me da miedo que el peso de tu enorme cuerpo hunda el muelle.

—No tengo un cuerpo enorme.

—Te he visto comerte esos macarrones con queso esta noche, gorda. —Hincha las mejillas de aire.

Me acerco más a ella, sin hacerle ningún caso. Se pone rígida y el blanco de los ojos se vuelve más pronunciado.

—Tranquila, si el muelle se hunde, yo te salvaré, ¿de acuerdo?

—¿Por qué ibas a salvarme? Yo no te salvaría a ti.

—Porque al menos eres honesta.

Tiene una mirada de duda en la cara. Es extraño verla flaquear. Como si hubiera algo con lo que no se sintiera segura. Seguro que se sentiría segura sobre lo de no sentirse segura.

—Prometo salvarte —repito, y Cassie relaja un poco esa mirada asesina. Le cuelgan las piernas del borde del muelle, pero tiene los pies flexionados para no tocar el agua, como si rozara algo que pudiera quemarla.

—¿Por qué cojeas? —pregunta cuando me siento a su lado.

—Me he torcido el tobillo. —Me quito las chanclas y meto los dedos en el agua fría. Me acerco más al borde del muelle para poder introducir el tobillo hinchado y suspiro.

—¿Me lo estás restregando en las narices? —pregunta.

—No, es que me sienta bien.

Cassie mira la luna con una expresión afilada y de enfado en la cara.

—Ya te he dicho que puedo enseñarte a nadar. —Mantiene los pies a pocos milímetros del agua; sopla una brisa fresca. Espero a que diga algo, pero no lo hace—. ¿No tienes frío?

—No.

Está mintiendo. Con lo poco que pesa, seguro que siempre tiene frío. Me quito la sudadera de la Universidad de Arizona y se la ofrezco.

—Toma.

—Te he dicho que no tengo frío.

—Por si te entra frío, entonces. —Gruñe como si acabara de pedirle que se pusiera un disfraz de pollo y bailara en una calle con un cartel. Pero eso no me impide ofrecerle la sudadera. Sé lo que necesita, aunque no quiera admitirlo.

El reflejo de la luna en la superficie del lago hace que parezca una sábana negra y grande de satén, suave y delicada. Parece que alguien pudiera desaparecer debajo.

—Mi padre me compró esta sudadera —comento.

—¿Y se supone que eso me tiene que importar?

—Fue a la Universidad de Arizona.

—Y seguro que vais allí de viaje familiar todos los veranos —declara con voz animada y sarcásticamente dulce—. Tu padre te lleva por el campus y te cuenta historias sobre la fraternidad, y afirma que fueron los mejores años de su vida. Y luego te compra una sudadera y te dice que está deseando que vayas a estudiar allí.

Doy golpecitos en el agua con el pie, creando pequeñas ondas.

—En realidad, pidió la sudadera por Internet. —Cassie me mira al fin—. Hasta este verano, lo más lejos que he viajado en los últimos siete años ha sido a una competición de natación a pocas ciudades de distancia.

—¿Se supone que me tengo que sentir mal por ti?

—No —respondo sin emoción alguna, y vuelvo a mover los dedos en el agua—. Puedes quedarte la sudadera. No la quiero.

—¿Para siempre? —pregunta, y yo asiento. Se la acerca al cuerpo—. Es demasiado grande para mí. —Pero se la pone de todos modos.

Nos quedamos en silencio un rato y repaso un millón de preguntas que tengo para Cassie en la punta de la lengua. ¿Por qué viene aquí todas las noches? ¿Cuándo fue la última vez que alguien le regaló algo? ¿Recuerda lo que le dolió cuando se hizo la herida de la pierna? Pero no le pregunto nada. Me guardo las preguntas para más adelante y por ahora nos limitamos a quedarnos la una al lado de la otra. A veces el silencio es necesario cuando la vida está tan llena de ruido. Y la vida de Cassie debe de estar llena de ruido.

En un momento dado, acerca los pies tanto al agua que me da la impresión de que va a tocarla, pero, un instante después, se pone en pie.

—Espera a que me aleje del muelle. No quiero que hagas que se tambalee —me pide.

Se dirige a la playa como si caminara sobre una cuerda floja, con ambos brazos levantados para mantener el equilibro y justo por el centro. La observo, con la sudadera colgándole casi por debajo de los pantalones cortos. Me pongo las chanclas y me acerco a ella cojeando.

—Mañana vas a enseñarme a nadar —declara. Asiento y me agarra del codo. Tiene la piel áspera y estoy a punto de apartarme por instinto. Se acerca a mí y su brazo se convierte en una especie de palanca que me sostiene.

Disminuyo un poco la presión del pie malo y me apoyo en Cassie mientras ella me ayuda a regresar a la cabaña.

Cuando estamos junto a la ventana del baño, gruñe al levantarme del suelo.

—Se acabaron los macarrones con queso, Z.

—Cállate.

—Cállate tú.

Oigo el sonido de un palo rompiéndose y me quedo congelada en la ventana. Miro a mi alrededor.

—¿Has oído eso? —susurro.

—Tranquila, Z. ¿Qué es lo peor que pueden hacernos? —Se remueve debajo de mi peso—. Entra por la ventana, no puedo sostenerte más.

Miro por encima del hombro de nuevo y veo una sombra larga que se oculta entre los árboles. Es una sombra familiar, aunque una que no esperaba ver. Y, entonces, desaparece.

CAPÍTULO 13

Cher papa,
J'ai récement souffert de paralysie. Je n'ai pas été
vacciné contre la poliomyélite. Je réflechis à ma nouvelle
condition.
   cordialement,

Alex Trebek

El campo de tiro con arco está lleno de charcos de lluvia por la mañana. Hace ya calor y que tenga el bañador debajo de la ropa no sirve para que la situación mejore. Me limpio el sudor de la frente y me aparto un mosquito de la piel.

Hayes me da un juego de arco y flecha de plástico y paso la mano por la ventosa. No sé si Grover vendrá a tiro con arco hoy, y aún no he decidido si me importa.

—Has llegado pronto —apunta Hayes.

—Me he saltado el desayuno.

—Eso no está bien, Durga. Si quieres alimentar la mente, tienes que alimentar el cuerpo. Las guerreras necesitan energía.

—¿Por qué piensas que soy una guerrera? —No digo que una parte de mí grita que no me siento como tal.

Hayes me sonríe.

—Todos somos guerreros de nuestras batallas internas. Durga existe en ti, aquí. —Me señala el corazón—. Pero necesitas comida.

Se pone a hablarme de la pirámide de Maslow, que estudió cuando hacía el grado en Desarrollo infantil. Si no tenemos comida y agua, no podemos sentirnos seguros, y si no nos sentimos seguros, no nos podemos sentir amados, y si no nos sentimos amados, entonces no tenemos autoestima, y si no tenemos autoestima no podremos autorrealizarnos.

—¿Todo eso parte de la comida y el agua? —pregunto.

—Por eso todo el mundo tiene que tomar un desayuno saludable, Durga. —Se saca una barrita energética del bolsillo—. Cómete esto.

Lo hago porque, si Hayes deja de llamarme Durga, me voy a enfadar y… darme cuenta de que estoy enfadada… sentir que estoy enfadada ya no me importa tanto. Si Maslow tiene razón, estoy ascendiendo por la pirámide y no quiero caer ahora.

Mientras como, alguien se acerca por detrás y, cuando me doy la vuelta, me encuentro cara a cara con Grover. Casi me atraganto. Igual sí que puedo caer.

—No has ido a desayunar. ¿De fiesta anoche? —pregunta. Esboza una sonrisa que no soy capaz de leer. Aunque tampoco suelo comprender lo que sale de su boca.

Cada vez que pienso que sí, me doy cuenta de que no tengo ni idea.

Levanto la barrita energética.

—¿Sabías que la comida es el portal hacia la autorrealización?

—Y yo que he pensado todo este tiempo que comía por culpa de mi estado emocional y mental alterado.

No me río a pesar de que, en el fondo, quiero hacerlo. Quiero sentirme mejor, algo tan nuevo y distinto para mí que no sé qué hacer. Me trago el sentimiento y bajo la mirada al suelo.

—¿Cómo tienes el pie? —me pregunta.

Equilibro el peso adrede. La presión hace que me duela un poco el tobillo, pero meterlo anoche en agua fría parece que ha surtido efecto.

—Sobreviviré.

—Sí. —Grover se acerca a mí y recupera mi atención. Una parte de mí quiere darle un puñetazo en la adorable nariz y otra desea tocarle los labios para palpar la sonrisa. Sea lo que sea, no me gusta—. Te he traído una cosa. —Se mete la mano en el bolsillo.

—No tenías que… —Me aparto un paso de él, pero me agarra. Me cruzo de brazos y él saca un frasco.

—Antiséptico. Para la rodilla. —Mete la mano otra vez en el bolsillo—. Neosporin y una tirita. Quiero que me recuerdes el resto de tu vida, pero no porque te hice una cicatriz.

—Gracias. —Le tiendo la mano.

—Déjame a mí. —Se arrodilla delante de mí y me toca con la punta del dedo la costra que se está formando en la rodilla—. No tiene muy mal aspecto.

—No. —Me aparto para que no me toque.

Grover me mira con esos ojos grandes. Por primera vez, no parece el Grover confiado que he visto todos los días. Parece un niño pequeño con problemas. Problemas de verdad, de los que no quieres que tenga ningún niño. Conozco bien esa mirada.

—De acuerdo. —Me acerco lentamente.

—Siento lo de ayer.

Echa antiséptico en la piel. Me escuece y aprieto los dientes. Me sopla en el rasguño y el aliento hace que el dolor se desvanezca. Me echa Neosporin y yo me muerdo el labio cuando los ojos se me llenan de lágrimas. Dentro de mí, todo duele y al mismo tiempo siente euforia. Y no sé cómo controlarlo. No sé cómo sentir esto. Con Coop era sencillo porque él no me hacía sentir nada. Con él soy una muñeca de trapo. Pero con Grover siento como si todos mis sentidos se iluminaran. Como si estuviera en llamas y rodeada de agua y flotando en el aire al mismo tiempo.

—Casi he terminado —indica, y le quita el envoltorio a la tirita—. Para protegerla y que no se abra la herida.

«Herida abierta».

Así me siento.

No puedo soportarlo más y me aparto.

—Grover, no tienes que salvarme.

Se levanta y se vuelve a meter el botiquín de primeros auxilios en el bolsillo.

—Quiero hacerlo.

—Pero no tienes que hacerlo —repito. Soy mi propia guerrera, no necesito que nadie luche mis batallas.

—De acuerdo.

—Tienes… —Le señalo las rodillas. Las tiene llenas de tierra de haberse arrodillado en el suelo. Sin decir palabra, me agacho delante de él y me tiembla la mano cuando la acerco. Tomo aliento y de pronto sé qué es lo que tengo que hacer. Lo toco. Mi piel conecta con la piel de Grover y le sacudo la tierra de la rodilla. Es sencillo y, al mismo tiempo, no lo es. Es todo.

—Tal vez sea yo quien necesite salvación —comenta. Cuando me levanto, está sonriendo y la seguridad ha vuelto a sus ojos.

—Sé que estabas allí anoche —digo—. Siempre estás allí, ¿no?

Asiente.

—Solo por si acaso.

—¿Por si acaso qué?

—Por si decide saltar algún día.

El aire de los pulmones cae al suelo en una cascada de realidad y siento que me rompo de nuevo. Grover vigila a Cassie por si puede salvarla.

—Grover, no te he visto llegar. —Hayes se acerca a nosotros.

Doy un paso atrás, con las mejillas acaloradas, y le doy a Hayes el envoltorio de la barrita.

—Gracias por la comida.

—Estás en proceso de autorrealización, Durga.

—Algo así —confirmo.

CAPÍTULO 14

Cooper:
El cumpleaños de Molly es el dieciséis de septiembre y
sé que viste a mi madre en la frutería.

Zander

P. D.: Te dejo.

—Tienes que entrar en el agua —señalo.

—No. —Cassie se cruza de brazos—. No me voy a poner esa cosa.

—Tienes que hacerlo.

—Veo cómo le sale moho a eso. —Señala el chaleco
salvavidas naranja que tengo en la mano.

—No puedes meterte en el agua sin él. —Echo una mirada al monitor encargado.

Cassie entrecierra los ojos.

—Pareces lesbiana con ese bañador.

—No.

—Lo que tú digas, Ellen. Lo único que te digo es que seguro que te gusta comer coños. No me extraña que se te den fatal las mamadas.

—¡No se me dan mal las mamadas! —grito fuerte. Cassie esboza una sonrisa retorcida—. Y no soy lesbiana.

—Puede que me hayas engañado. Mejor aviso a Cleve antes de que se encariñe demasiado.

Nos quedamos a centímetros de la orilla del lago Kimball, Cassie con el bikini rosa y sexi y yo con el bañador negro. He tardado una eternidad en convencerla de que se levante de la toalla.

—Olvídalo. Está claro que no quieres aprender a nadar. —Doy un paso atrás.

—De acuerdo. —Cassie vuelve a la toalla y se sienta.

Estoy a punto de marcharme y abandonar cuando me acuerdo —Cassie te hace odiarla para poder tener razón— de que nadie se preocupa por ella. Y yo sí me preocupo por ella, no me habría ofrecido a enseñarle a nadar si no fuera así. No habría salido por la ventana del baño, arriesgándome a que me descubriera Madison, o peor, Kerry. Me acerco a ella pisando fuerte cuando se sienta en la toalla.

—Quédate aquí y no te muevas.

Dentro del comedor, Grover y Bek están inmersos en un juego de velocidad, soltando cartas en la mesa rápidamente. Hay más campistas con juegos de mesa.

—Necesito ayuda —declaro.

Grover se vuelve hacia mí. Tan solo llevo el bañador puesto.

—Este es, y lo digo de manera oficial, el mejor día de mi vida —comenta.

Intento taparme el cuerpo con los brazos.

—Necesito galletas saladas.

—¿Por qué? —pregunta Bek, que está barajando su mazo.

—La pirámide de Maslow.

—Conozco a Maslow. —Bek mantiene la mirada fija en las cartas—. Un tipo estupendo.

—Galletas saladas. ¿Puedes ayudarme? —pregunto a Grover.

Asiente y después desaparece tras la puerta de la cocina. Me muevo adelante y atrás. Ojalá me hubiera traído una toalla.

—No te preocupes, no eres mi tipo —me dice Bek.

—¿Qué?

—El bañador. No me provocas con él. Tengo en mente a otra persona. —No levanta la mirada de las cartas que está barajando, pero me doy cuenta de que se ha ruborizado.

—¿Tenemos permiso para entrar ahí? —pregunto cuando vuelve Grover con un puñado de galletas.

—No lo sé, nunca he preguntado —responde al tiempo que me las pasa.

Cassie está sentada en la toalla de cara al cielo cuando regreso. Le lanzo las galletas al regazo.

—Come.

—¿Qué parte de anoréxica no entiendes, Z.?

—Bien que comes caramelos de limón.

—Eso no cuenta.

—¿Por qué no?

—Porque todo el mundo sabe que los caramelos no son comida de verdad.

—Cómete las galletas. — Actúo con toda la decisión que puedo, teniendo en consideración que estoy tratando con una persona que podría apuñalarme con un tenedor mientras duermo. Pero necesita comer. No se va a sentir segura conmigo si no come nada.

Cassie levanta una.

—¿Cuántas calorías tiene esta cosa?

—Piénsalo de este modo: llevas sin comer comida de verdad desde… siempre. Estás a miles de calorías negativas. Una galleta salada no va a hacerte ningún daño.

—Así no funcionan las calorías, idiota.

—Cómetela —bramo.

Cassie se sienta en la toalla con los labios apretados, como si lo próximo que fuera a salir de su boca fuera lo más cruel que hubiera dicho nunca. El comentario sobre los coños y las mamadas seguro no será nada en comparación con lo que tiene reservado para mí.

Y entonces hace lo inesperado. Le quita el envoltorio a una galleta y se la come.

—¿Qué? —pregunta con la boca llena.

—Nada —balbuceo. Supongo que nada debería de sorprenderme cuando se trata de Cassie.

Cuando se ha comido varias galletas, le vuelvo a preguntar si quiere aprender a nadar.

—De acuerdo. —Se pone en pie y se sacude el trasero lleno de arena.

—Pero tienes que ponerte esto. —Señalo el chaleco salvavidas que hay en la arena.

—Bueno, pero me pido ducharme la primera cuando volvamos a la cabaña.

—De acuerdo. —Le abrocho el chaleco—. Por cierto, me gusta cuando comes.

No hace caso del comentario y nos encaminamos hacia la orilla del lago. Cassie se detiene antes de entrar en él y se queda mirando el agua. Hay pequeños grupos de algas en la arena. El agua es verde con un toque azulado, pero en el centro del lago, es azul oscuro.

Pasan los minutos y entonces Cassie habla:

—Me enviaron cinco veces a casa cuando iba a la guardería porque tenía piojos.

—¿Qué?

—No me obligues a decirlo otra vez.

—¿Cinco veces?

—Mi madre nunca me bañaba. Me lavaba con un trapo y me echaba polvos de bebé en la cabeza.

Coloca el dedo gordo del pie justo por encima del agua.

—¿Le daba miedo el agua?

—No lo sé. No hablaba conmigo. —Cassie se mira la pierna. Su mirada se vuelve fuerte, como si tuviera tan presente los recuerdos que no pudiera evitar reconocerlos.

Roza el agua con el dedo del pie y hace una pequeña onda.

—¿Quieres ser igual que tu madre? —le pregunto.

Niega con la cabeza, así que le agarro la mano. Esta vez no se aparta.

—Demuéstralo —la animo.

Entramos juntas en el agua.

CAPÍTULO 15

Queridos mamá y papá:
¿Podéis enviarme otro bañador? Paso mucho tiempo en
el agua. No os preocupéis, no es como antes. Os lo
prometo.
    Y que sea un bikini.

                                                                    Z

El campamento se divide en dos grupos en el campo de tiro
con arco. El sol está bajo en el cielo, que cambia de azul
celeste a rosa, morado y naranja. Al menos, la oscuridad le
dará un respiro a mi piel. Me radia calor de los hombros
quemados. Mañana, igual me salen ampollas. Bostezo en
la mano, con el cuerpo perezoso, cuando Kerry repite las
reglas para jugar a capturar la bandera.

—Al fin sé por qué te han enviado aquí —me susurra
Dori.

Se me cae el alma a los pies.

—¿Por qué?

Se me acerca a la oreja.

—Porque está claro que eres masoquista.

—No soy masoquista.

—¿Qué haces entonces con Cassie? —pregunta demasiado alto. Kerry nos mira.

—Trabajo en grupo —dice el hombre en voz alta—. Es esencial para lograr éxito en la vida. Nadie puede sobrevivir solo. No estáis solos. Quiero que os acordéis de esto cuando os marchéis del Campamento Padua. No estáis solos. Nos necesitamos los unos a los otros y, si os sentís perdidos, recordad que es más fácil que os encontréis si otros os ayudan a buscar. —Mira en nuestra dirección. Intenta convertir el juego de capturar la bandera en una actividad en equipo que ayude a las almas perdidas.

—Nada —le digo a Dori en el momento en que Kerry aparta la mirada.

—Habéis pasado tres horas en el agua y has dejado que se ría de ti.

—No se reía de mí. —Me cruzo de brazos y me remuevo, incómoda en mi propia piel. Necesito aloe vera.

Dori ladea la cabeza.

—¿No?

Repaso algunos de los comentarios de hoy de Cassie en la clase de natación. Dori tiene razón en lo de las tres horas. El agua nos llegaba hasta los muslos porque Cassie se negó a agacharse, meter la cabeza en el agua y hacer burbujas. No quiso hacerlo y, cuando sonó el timbre, dejó el chaleco salvavidas naranja en la playa, y lo dejó ahí para que lo guardara yo. Intenté no sentirme decepcionada, pero me di cuenta de que sí quería sentirme así. Me había quemado bajo el sol para nada.

—Eran, más bien, observaciones —murmuro.

Dori niega con la cabeza y Kerry termina la explicación.

—Una persona no puede sobrevivir sola. La vida requiere trabajo en equipo —afirma. Levanta las banderas y especifica las condiciones del juego—. Podéis esconder la bandera en cualquier parte del bosque, alrededor del campo de tiro con arco y los establos. Por favor, no salgáis de esa zona. ¿Alguna pregunta?

Una mano se alza entre la multitud. Miro los dedos largos conectados a un brazo todavía más largo que está conectado a un cuerpo delgaducho aún más largo. La cabeza de Grover asoma por encima de la mayoría de los campistas.

—Sí, Grover —dice Kerry.

—Tengo una pregunta.

—Bien.

—En realidad, tengo muchas preguntas —rectifica.

—De acuerdo, ¿sobre qué?

Grover sacude la cabeza.

—Sobre chicas… ¿o debería llamarlas mujeres? Esa es mi primera pregunta.

—Deberías llamarlas mujeres —responde Kerry.

—De acuerdo. Mi primera pregunta es sobre las mujeres. ¿Por qué huelen tan bien?

—¿Qué tiene eso que ver con el juego? —Kerry parece a punto de perder la paciencia.

—¿Cómo voy a jugar a un juego cuando hay mujeres corriendo que huelen tan bien? Apenas soy capaz de sentarme junto a Zander para cenar sin sentir la necesidad de olerle el cuello. Es una distracción y me parece injusto.

Dori me mira. La piel quemada me arde todavía más.

—Ya te lo he dicho —señala Kerry—. Nada de relaciones entre chicos y chicas en el campamento.

—Y yo también te lo he dicho, Grover y Zander suena más bien a pareja de gais. Nadie va a enterarse.

—Está claro que Zander no es un chico. —Kerry me señala.

—Tal vez sí lo sea —interviene Cassie—. ¿La has visto en bañador?

—Sí, sí que la he visto. —La voz de Grover suena juguetona y sube y baja las cejas.

Me tapo la cara con la mano.

—Volvamos a las preguntas —declara Kerry.

—Técnicamente, Palillo ha hecho una pregunta —señala Grover—. ¿Y qué pasa con los chicos a los que les gustan los chicos o las chicas a las que les gustan las chicas? ¿Ellos sí pueden tener una relación en el campamento?

Cassie alza la mano.

—¿Y con las chicas que creen que pueden ser chicos que tienen una relación con chicos o chicas, según del día?

—Sí. —Grover señala a Cassie—. Lo que me lleva a otra pregunta. Si una chica cree que es un chico encerrado en el cuerpo de una chica, ¿huele a chica o a chico?

—Querrás decir una mujer —especifica Cassie.

—Eso. Mujer —rectifica Grover.

—No se permiten relaciones de ningún tipo —explica Kerry—. ¿Podemos centrarnos ya en el tema que nos atañe?

—Has preguntado si tenía preguntas. Solo estoy formulándolas —apunta Grover inocentemente.

—Sobre el juego —dice Kerry con rotundidad.

—¿El juego? —Grover parece sorprendido—. Jugamos el año pasado. Está bien. Continúa.

—Gracias. —Kerry silba y los campistas empiezan a moverse.

—A Grover le gustas de verdad —comenta Dori cuando nuestro equipo se reúne para idear un plan.

—No me lo recuerdes.

—¿Por qué te comportas como si fuera algo malo?

No respondo porque no sé qué decir. Me desconcierta el simple hecho de pensar en Grover y en sus vívidos sentimientos mezclándose con los míos. Podrían crear un arcoíris o una enorme masa marrón.

Nuestro equipo encuentra un lugar de escondite en lo alto de un árbol y colocamos ahí la bandera. Cuando el equipo está a punto de dividirse en grupos, Cassie interviene:

—Yo me encargo. —Señala al grupo—. Tú, tú, tú, tú no, tú, tú definitivamente no, tú y Zander. Vais conmigo. Nosotros nos encargamos de encontrar la otra bandera.

Dori me da una palmada en la espalda cuando se marcha con la otra mitad de nuestro grupo.

—Buena suerte —me desea con tono sarcástico.

Me pongo en pie, medio encorvada, mientras ideamos un plan para capturar la bandera.

—Vamos a separarnos —indica Cassie. Se acerca a mí y me agarra del hombro—. Tú vas conmigo.

—¡Au! —Me aparto—. Me he quemado.

—Los problemas de los blancos. —Sacude la cabeza—. Venga, Z., en nombre del trabajo en grupo, necesito tu ayuda.

Me arrastra por el bosque, lejos del grupo y de los límites que ha puesto Kerry para el juego. Intento apartarme, pero no me suelta el brazo. El tobillo me duele todavía un poco y trastabillo.

—¿Adónde vamos? —pregunto, sin aliento.

Pero no responde. Me aprieta con más fuerza, clavándome las uñas en la piel. Cuando me tropiezo con una raíz que sobresale del suelo y me caigo, por fin se detiene.

—¿Qué narices estamos haciendo? —grito, y estampo la mano en el suelo.

—¿No estás peleona esta noche? Ya te lo he dicho, necesito tu ayuda. Considéralo una actividad en equipo.

—Esto no es trabajo en equipo —señalo—. Eres tú mandando. Me he pasado todo el día intentando ayudarte y lo único que haces es reírte de mí.

Cassie me mira, aquí tirada en el suelo. Entrecierra los ojos y algo distinto, algo que solo he visto unas cuantas veces, resplandece en ellos. Tristeza.

—Muy bien. —Se dispone a alejarse.

Gruño y me levanto. Me da igual si Cassie se pone triste porque no quiero ir con ella. Puede alejarse todo lo que quiera. Estoy harta de correr detrás de ella. Estoy harta de esperar en el agua, harta de que sea ella quien efectúe el movimiento. Aunque…

Puede que eso sea lo que todo el mundo haya hecho con ella. Que la hayan dejado sola en el agua porque no podían soportarlo más, y sé lo sola que una persona se puede sentir.

—Espera —le grito. Cassie me mira—. Voy.

Y en ese momento la tristeza desaparece de su cara.

—Espera aquí —me indica cuando volvemos a la cabaña y desaparece dentro. Sale de ella con la sudadera de la Universidad de Arizona que le regalé y su bolsa de lona.

—¿Vas a huir o algo así?

—¿De qué? No puedes huir cuando no estás en ningún lugar. Venga.

Atravesamos el campamento sin decir más. Cassie parece tranquila a mi lado y, de vez en cuando, echa una mirada a mis hombros quemados. Yo, por el contrario, miro a mi alrededor como si fuera una ardilla preocupada porque la pudiera atropellar un automóvil.

—¿Vas a tranquilizarte, Z.? —Llegamos a la enfermería. Las luces están apagadas dentro del edificio de madera que alberga la medicación que necesitan los chicos del campamento y quién sabe qué más.

¿Qué hacemos aquí? —pregunto, pero Cassie no responde. Se acerca a la puerta cerrada y saca una llave—. ¿De dónde has sacado eso?

—No te lo voy a decir —se mofa y abre la puerta—. Quédate aquí y cúbreme las espaldas.

—No, a menos que me digas qué estamos haciendo.

—Cuanto menos sepas, mejor.

—¿Por qué? —bramo.

—Para que seas inocente, Z. Intento protegerte.

Me relajo al escuchar sus palabras.

—¿Qué hay tan importante en la enfermería?

Cassie me mira a los ojos.

—Voy a buscar algo que necesitamos.

Desaparece dentro de la estancia. Yo me muevo adelante y atrás, mirando a mi alrededor por si aparece alguien. ¿Qué puede necesitar Cassie? Me cruzan la mente un millón de posibilidades. Se trata de la chica que apareció con un puñado de pastillas para adelgazar cuando la conocí, ¿y acabo de dejarla entrar en un lugar lleno de medicamentos con una bolsa de lona? Aprieto las manos y me clavo las uñas en la piel. Me hago daño, y no quiero hacerme daño, pero no puedo parar como antes. No puedo detenerme.

Cuando estoy a punto de entrar y sacarla yo misma de ahí, oigo a alguien.

Me escondo detrás del edificio y echo un vistazo para comprobar quién es. Siento el latido del corazón en las sienes mientras espero. Cuando una sombra larga dobla la esquina seguida de otra baja y redondeada, me tranquilizo.

—¿Qué diablos hacéis aquí? —susurro con dureza cuando veo a Grover y Bek.

—Somos el refuerzo. —Grover extiende los brazos, como si me invitara a acercarme a él. No lo hago y es él quien se acerca—. Cassie no estaba segura de que tuvieras narices para hacerlo. —Me da un codazo en el costado.

—¿Narices?

—Sí, narices —dice, como si se estuviera burlando de mí—. Yo le dije que sí las tenías.

Me apoyo contra el edificio, exhausta de pronto. Tengo las piernas cansadas de pasar todo el día en el agua. ¿Y Cassie piensa que no tengo narices? Nadie en este campamento se ofrecería como víctima a sus modos sarcásticos de tortura, excepto, tal vez, Grover. Apoyo la cabeza en la pared y miro el cielo oscuro. Solo se atisban parches de color entre las copas de los árboles.

—¿Cómo es el cielo en Arizona? —se interesa Grover y la pregunta me sorprende.

—Grande, supongo. Más grande que aquí —Mantengo la mirada en el cielo y busco una estrella entre las ramas. En nuestro patio no hay ni un solo árbol, solo hierba dura y polvo. La hierba es distinta aquí, es suave como la seda. No parece pedir agua a gritos.

Me siento en el suelo y de repente siento el cuerpo deshinchado. La voz suena monótona cuando hablo.

—En Arizona todo está más expuesto.

—Creo que me gustaría. —Grover se sienta a mi lado. Niego con la cabeza, pero no lo miro.

—No te gustaría.

—¿Por qué no?

Paso la mano por la hierba viva y regada que hay a mi lado.

—Porque todo está a un segundo de morir.

Toco las marcas con forma de luna en mi mano, que ya se están desvaneciendo. Se me está mojando la parte trasera de los pantalones cortos por la lluvia que aún empapa el suelo. Si tomara un puñado de tierra, se me pegaría a la palma y a los dedos. Si hiciera lo mismo en Arizona, esta se resquebrajaría en trozos y desparecería con la brisa.

Me quedo mirándome las manos y no siento nada. Miro a Grover y lo descubro mirándome el cuello. Un momento después, él me ve mirándolo. Mueve los ojos por las quemaduras del sol y me toca el hombro. Me escuece.

—Duele —digo.

Asiente y deja la mano en su regazo.

—Tengo una pregunta —interviene Bek. Se acerca a nosotros, mirándose las uñas. Parece más nervioso que yo.

—¿Solo una? —pregunta Grover.

—¿Qué se siente con el amor? —continúa Bek.

—¿Qué? —Me enderezo un poco.

Bek abre mucho los ojos y el centro azul brilla. Parece aterrado.

—Creo que estoy enamorado.

—¿Está mintiendo? —le susurro a Grover, que se encoge de hombros.

—Está en mi lista de preguntas —indica él.

En ese momento, Cassie sale por la puerta. Corre directamente hacia Bek y se choca contra su trasero. La bolsa de lona cae al suelo.

—Lo siento, lechón. —Le ofrece la mano y él la acepta. Incluso en la oscuridad, veo que Bek se ruboriza.

—¿Has conseguido lo que necesitas, Palillo?

Cassie asiente a la pregunta de Grover y se aparta de Bek.

—Dios mío, te sudan las manos.

—*Je suis désolé* —murmura él.

Levanto la mirada cuando lo oigo hablar en francés.

—¿Qué? —pregunta Cassie.

—Nada. —Bek se mete las manos en los bolsillos y me mira con ojos saltones, como si me suplicara que no desvelara su secreto.

—¿Qué hay en la bolsa? —Voy a levantarla del suelo, pero Cassie se me pone delante.

—No te preocupes por esto. —Se la echa al hombro—. Vámonos de aquí, tengo que soltar esto antes de que nos vea alguien.

Medio caminamos, medio corremos de vuelta a la cabaña, Bek al lado de Cassie y Grover a mi lado. Me quedo mirando la bolsa, preguntándome qué puede haber dentro y al mismo tiempo sin querer saberlo.

—Casi se me olvida. —Cassie se saca un bote de los pantalones y me lo lanza.

Lo alcanzo.

—¿Aloe vera?

—Siento lo de las quemaduras, Z.

Recupera el ritmo y camina delante con Bek. Yo agarro el bote lleno de aloe vera, sorprendida.

—¿De dónde eres, Grover? —pregunto al fin.

Pero no me responde. Cuando voy a repetir la pregunta, la voz de Cassie me interrumpe.

—No pierdas el tiempo, Z. No te lo va decir.

—¿Por qué no? —Le hago la pregunta a Grover.

—¿Sabías que cuatro de cada diez personas no se marchan nunca del lugar en el que nacieron? —dice.

Gruño, estoy demasiado cansada y quemada para sus jueguecitos.

En la cabaña, Cassie esconde la bolsa debajo de la cama. Bek inspira profundamente y se queda en la puerta.

—Aquí huele a uvas.

—¿Has visto? —comenta Grover—. Las chicas huelen bien.

—¿Solo piensas en comida, gordito? —Cassie le da una palmada en el vientre.

—Y en sexo.

—Te lo dije —me dice Grover—. ¿Esta es tu cama? —Se sienta sobre la manta de Molly.

¿Por qué él puede hacer tantas preguntas, pero cuando pregunto yo nunca responde? Alcanza la manta e inspecciona la mancha de sangre de la otra noche. Me paso los dedos por el pelo y me detengo en el momento en que voy a arrancarme un mechón. Noto un nudo en la garganta.

—Vámonos de aquí antes de que contraigamos alguna ETS de Mads. —Cassie sale con Bek detrás.

Espero a que Grover se levante de mi cama, pero no lo hace. Pasa la mano por la almohada y se retrepa, acomodándose. Evito mirarlo a los ojos. Él da una palmadita en el hueco que hay a su lado, invitándome a sentarme, pero no me muevo. Me dirijo al baño y me miro los hombros quemados. Están más rojos de lo que pensaba. Me extiendo el aloe vera fresco. Cuando Grover se acerca por detrás, me estremezco. Tal vez por el aloe vera. O tal vez no.

—Me duele —apunto.

Él asiente.

—Lo sé. Pero es la única forma de que sane.

—Es un asco.

—Sí.

Me mira por el espejo y tiene el rostro tranquilo y firme. ¿Cómo lo hace? ¿Cómo mantiene el equilibro en algo inestable que puede romperse en cualquier momento? La idea me da dolor de estómago, o tal vez sea que se me ha roto el corazón. No lo sé.

—¿Por qué no me dices dónde vives?

—Porque soy un cobarde.

—No me lo creo.

—Tienes problemas —afirma.

—Y tú también.

—Lo reconozco.

Tengo problemas, pero me estoy ocupando de ellos. Ladeo la cabeza y me aparto el pelo, dejando a la vista el cuello.

—Adelante —le digo.

—¿En serio?

—Sí. —Me tiemblan las manos.

Sonríe y se acerca a mí. Me roza la piel con la nariz, como si fuera una pluma. Y entonces Grover me huele el cuello.

—Me he dado cuenta de algo —expone cuando volvemos al campo de tiro con arco.

—¿De qué?

—Cassie tiene una sudadera nueva.

Me encojo de hombros.

—Ah, ¿sí?

Grover asiente mientras pisoteamos agujas de pino en el bosque.

—¿Cómo os hicisteis amigos Cassie y tú? —pregunto.

—Me dio un puñetazo. —Una sonrisa traviesa se instala en su rostro—. Por llamarla Palillo.

—Pero sigues llamándola así.

Se me acerca un paso.

—¿Cuántos apodos crees que tiene Cassie?

—No muchos.

—¿Y por qué crees que es? —pregunta. Le miro a esos enormes ojos que tiene. Albergan secretos, prácticamente puedo verlos—. Porque nadie se preocupa lo suficiente como para ponérselos. Necesitaba que yo me preocupara.

Pasa la punta de los dedos por mi hombro cubierto de aloe vera.

—Va a aprender a nadar —declara—. No abandones.

«No abandones», repito en la mente.

—¿Dónde habéis estado, chicos? —Madison aparece por entre los árboles, sin aliento—. Os hemos estado buscando.

—Nosotros también nos hemos estado buscando —señala Grover.

—¿Qué significa eso? —pregunta Madison.

—¿Qué significa, Zander? —Grover me mira.

A veces las personas se pierden porque tienen demasiado miedo a mirar hacia el camino. A veces evitan el sendero por temor a lo que pueda haber en él. Es más fácil mantenerse en la sombra y observar.

—Trabajo en grupo. —Me encojo de hombros—. Kerry dijo que, si algo se pierde, es más fácil encontrarlo si otra gente te ayuda a buscar.

Y, en la oscuridad, veo a Grover sonreír.

—Amén.

CAPÍTULO 16

Tía Chey:
No eres mi tía de verdad, así que mejor dejamos de fingir.

BESOS:

Cassie

Cassie mete la cabeza en el agua y hace burbujas al día siguiente. Simplemente se agacha y lo hace. No tengo que insistir. Ni siquiera pronuncia un comentario sarcástico. Nos acercamos al lago Kimball, mira el agua y se sumerge.

—Toma. —Escupe agua por la boca y se limpia la cara.

—¿Qué diablos robaste anoche, a ver? —pregunto, sorprendida.

—¿Por qué?

—Porque esto es muy raro. Estás rara. ¿Robaste medicamentos de la enfermería?

—¿Qué más da? —Se echa a reír.

—A mí me importa —grito.

Esboza una media sonrisa.

—¿Por qué te importa?

Me miro la camiseta que me cubre el bañador. Hoy la necesito para protegerme los hombros, no puede darles más el sol o me saldrán ampollas. El aloe vera me ha venido bien, pero no los ha curado por completo durante la noche. Tardarán unos días en sanar.

—Anoche me di cuenta de una cosa. —Me pongo a juguetear con el bajo de la camiseta.

—¿De qué?

—Llevo tres días sin conjugar verbos en francés.

—¿Y qué tiene eso que ver conmigo?

Me muerdo el labio inferior. No recuerdo ni una vez en el último año en el que no haya tenido una corriente constante de palabras extranjeras pasándome por la mente, como un mar de letras en el que pudiera zambullirme y desaparecer. Pero Cassie lo vuelve todo duro. Ella rompe las palabras en pedazos hasta que están demasiado destrozadas para leerlas. O tal vez yo esté rota. Pero ya no me apetece recomponer las palabras.

—No quiero que me echen del campamento —admito.

—¿Por qué? ¿Porque te sentirías mal por mí?

—No, porque me sentiría mal por mí. —Cassie entrecierra los ojos, como si intentara ver más allá de la mentira, pero no es una mentira. Es la verdad—. Y también por Grover.

Cuando menciono su nombre, Cassie se pone seria.

—No te preocupes. No robé medicamentos.

—Bien.

—Pero ¿y si lo hice? —Invade mi espacio. Se acerca a mí y me mira a los ojos—. ¿Qué harías?

Es una prueba, puedo sentirlo.

—Nada.

Me dedica una mirada arrogante y retrocede.

—He metido la cabeza en el agua. ¿Qué viene después? —pregunta.

—Flotar —contesto y tomo aliento—. Para nadar, tienes que saber flotar.

Cassie se tira del chaleco naranja.

—Esto me hace flotar, idiota.

Un comentario rabioso, la confirmación de que no está tomando medicamentos. La arrastro por el chaleco de vuelta a la orilla y me saco del bolsillo un paquete de galletas saladas que me ha dado Grover por debajo de la mesa a la hora del desayuno.

—Come. —Se lo tiendo.

—Solo si es con pastillas para adelgazar de acompañamiento. —Me examina el cuerpo—. Tú también necesitas.

—Pastillas para adelgazar no.

—Pastillas para adelgazar sí —replica ella.

—Pastillas para adelgazar no —repito. Su postura rígida no cambia—. Prometo no conjugar verbos en francés siempre y cuando tú no tomes pastillas.

—¿Cómo puedo estar segura de que lo cumples?

—No puedes. Tienes que creer que te cuento la verdad.

—La verdad —repite, y luego cede—: De acuerdo. No tomaré pastillas para adelgazar si tú me cuentas por qué estás aquí.

Sus palabras me sorprenden. Por un instante, veo una frase del imperfecto en francés en la mente. Mi profesora de francés nos hacía dar vueltas por la clase y hablar de algo que solíamos hacer de pequeños usando ese tiempo verbal.

Quand j'était petite, nous allions à la plage chaque semaine.

«Cuando era pequeña, íbamos todas las semanas a la playa».

Ella chasqueaba la lengua y me decía que eso era imposible. No había una playa cerca. Tenía razón. Me lo inventaba, pero porque no quería hablar de lo mismo de siempre. De todos modos, ella sabía qué hacía mi familia. Lo sabía todo el mundo.

—Te lo contaré. —No puedo mirar a Cassie—. Pero aún no.

—¿Me lo prometes?

Me obligo a levantar la mirada.

—¿Me prometes tú que no vas a tomar más pastillas para adelgazar?

Cassie mueve la cabeza arriba y abajo, vacilante.

—Te lo prometo.

Nos damos la mano. Miro el chaleco salvavidas espantoso que tiene puesto.

—¿Qué hacemos con esto?

Cassie esboza una sonrisa traviesa.

—Yo me encargo.

Cassie mete la cabeza dentro del agua muchas más veces antes de que suene el timbre que marca el final de las actividades. Le enseño a mover las piernas. Se agarra al borde del muelle, dentro de la zona roja, y mueve las piernas con la cabeza dentro del agua, haciendo burbujas. Cada vez que pasan por nuestro lado niños más jóvenes nadando, ella les salpica y sonríe. Al final del día, yace tumbada bocarriba, mirando al cielo y flotando con el chaleco salvavidas.

Me siento y noto la arena y el agua entre los dedos mientras la observo. Se me infla la camiseta por delante, como si fuera un globo de agua pesado que me hunde.

Cassie me mira cuando me dirijo al borde del muelle. Con el sol reflejado en el agua, veo la marca que limita la zona amarilla de la verde. El fondo de arena desaparece y solo queda el azul oscuro.

Cuando me lanzo al agua, la camiseta tira de mí mientras avanzo por el agua. Toco el fondo con la mano, solo para asegurarme de que está ahí. Hay un fondo. Miro hacia arriba a través del azul del agua, me impulso con los pies en el fondo y empiezo a subir. La camiseta se aferra al agua, como si fuera un millón de manos diminutas que tiran de mí, intentando devolverme al fondo, pero ya no quiero estar más ahí. Está oscuro ahí abajo y no quiero tener que esforzarme tanto para respirar. Respirar debería ser fácil.

Cuando saco la cabeza a la superficie un momento después, Cassie me grita desde el extremo poco profundo.

—¡Creída!

Recogemos nuestras cosas y nos dirigimos al comedor. A Cassie le chorrea agua del pelo y por la espalda. Se le marcan los huesos de los hombros y la columna de lo delgada que está. No sé cómo pueden mirarla todos los días sus padres y no hacer nada para ayudarla. Mi madre se pondría muy pesada.

Siento un peso en el estómago y trago saliva.

—¿Sigues viviendo con tu madre? —le pregunto.

Veo que se tensa.

—¿Por qué?

Intento sonar despreocupada.

—Por curiosidad.

—No. —Cassie aumenta el ritmo, pero la sigo de cerca.

—¿Con quién vives ahora?

Se da la vuelta.

—He hecho lo que me has pedido. He hecho burbujas. No me acoses con tus preguntas.

Sube con paso firme las escaleras, pero yo me quedo quieta. Noto una tristeza amarga en el vientre. Odio la tristeza. Cualquier cosa es mejor que la tristeza, incluso no sentir nada.

Bajo la mirada y cuento los pasos que doy mientras subo los escalones. Cuando llego arriba, un par de piernas largas me obligan a detenerme.

—Tengo un paquete —me informa Grover.

—¿Qué?

—¿Quieres mi paquete?

Miro la cremallera de los pantalones que lleva puestos, no puedo evitarlo. Por un segundo, me imagino lo que hay debajo. Grover es tan largo.

Se saca una caja marrón de la espalda.

—Mi paquete para ti. —Sonríe—. En realidad no es mío, solo soy el chico del correo.

Acepto la caja.

—El hombre del correo, mejor dicho. —Hincha el pecho y la imagen que había en mi cabeza hace un instante regresa. Se me encienden de inmediato las mejillas.

—Gracias. —Me dispongo a marcharme.

—Lo ha conseguido —comenta él—. Ya te lo dije.

Sí, lo hizo, pero no es eso lo que quiero que me diga Grover.

—Por cierto… —Echo un vistazo a la dirección del remitente del paquete: mi dirección.

—¿Sí? —pregunta.

—Ya no tengo novio.

—Mi estado emocional aguzado acaba de crecer. —Se queda mirando su paquete—. Junto con otras cosas.

—Qué asco. —Sacudo la cabeza y me voy. Porque sí que es asqueroso. Un poco, sí. Echo una última mirada a Grover por encima del hombro. De acuerdo, tal vez no lo sea tanto.

CAPÍTULO 17

Querida mamá:

Hay humedad en Michigan. La humedad es extraña.
El aire contiene toda esa agua y no la deja caer. Me
parece que yo soy húmeda y tú quieres que esté seca
como Arizona. Pero el aire de Arizona no tiene nada.
Te succiona la vida de la piel hasta que te quedas
agrietada y quebradiza. Tal vez podríamos quedarnos
en medio. Iowa, quizá. O Nebraska.

   Creo que mi amiga Cassie no tiene dirección.

   Eso me entristece.

   Estoy triste.

   Estoy triste.

   Estoy triste.

   Sé que querías una carta larga. Espero que esta te
sirva.

   Gracias por el bikini.

                                                    Z

Me despierto y me llevo la mano a la frente porque me da la impresión de que cae agua del techo. Conozco esta sensación. Cuando abro los ojos, Cassie se encuentra a unos milímetros de mi cara.

—Estoy preparada para flotar —susurra.

—Es noche cerrada.

—Déjate de tonterías, Z. Levanta. —Lleva puesta mi sudadera y unos pantalones cortos, pero atada al cuello atisbo la tira del bikini rosa y sexi. Me enseña mi traje de baño de dos piezas—. Por fin.

Se lo quito de las manos y salgo de la cama.

Cassie abre la ventana del baño mientras yo me pongo en silencio el bikini.

Madison duerme en posición fetal. Del cuello le cuelga la llave plateada.

—¿Te escabullirías igual si no estuviéramos encerradas? —pregunto en un susurro a Cassie.

—¿Qué?

—Es como en Francia, allí dejan a los niños beber alcohol a una edad temprana y tampoco pasa nada. Pero aquí no podemos hacerlo. No dejamos que los niños beban y por eso tienen más ganas de hacerlo.

Pone los ojos en blanco.

—Creía que habías superado lo de Francia.

—Solo es una analogía. —Miro la puerta cerrada—. Pero creo que yo no lo haría.

—¿El qué? Me he aburrido en cuanto has mencionado Francia.

—Si la puerta no estuviera cerrada, no creo que me molestara en escaparme. ¿Y tú?

Cassie debe de haber comprendido lo que intento decir, porque de repente pone cara seria y taciturna.

—Todo el mundo quiere encontrar el modo de salir cuando está encerrado en alguna parte. Lo que no saben es que siempre hay otra puerta cerrada. —Mira adelante, como si intentara abrir un agujero en la pared con los ojos para después salir por ahí—. Vámonos de aquí de una vez.

Ella sale primero. Cuando estoy pasando por la ventana, miro atrás, a las chicas que duermen en la cabaña. Me quedo paralizada cuando veo que Hannah se mueve en la cama, cambiando de posición para quedarse de cara al baño. Aprieta los labios varias veces y se tapa con las sábanas, pero no abre los ojos en ningún momento.

En el lago, Cassie se quita la ropa y se queda en bikini. Yo dudo un instante. Hace tiempo que no enseño la barriga, puede que no la haya enseñado nunca, no me acuerdo.

—¿A qué esperas, Z.? —se queja en un susurro—. Nadie va a verte.

Pero ella no sabe quién podría estar mirando. Examino los árboles en busca de Grover y me quito la ropa.

Entramos en el lago y me echo un poco de agua fría en los hombros. Las gotas parecen cubitos de hielo.

—Bien, ya estamos aquí. Ahora enséñame.

—¿Has tomado alguna pastilla para adelgazar?

Cassie aprieta los dientes.

—No. —Se agarra el costado—. Ya siento la grasa en la piel. Seguro que me hundo.

—La gente pesada flota bastante bien.

—¿Me estás diciendo que soy pesada?

Hago caso omiso de la puerta que acaba de abrir Cassie para iniciar una pelea. Perdería.

—Voy a enseñarte dos formas distintas de flotar, una de espaldas y la otra bocabajo.

Cassie se pone a dar saltitos en el agua.

—Vamos a empezar. Me estoy congelando aquí dentro.

Me doy cuenta de lo cómoda que se siente ya en el agua. La semana pasada no estaba dispuesta ni a mojarse el dedo del pie. No me habría parecido posible verla rodeada de agua.

—¿Qué le pasó a tu madre? —pregunto.

Deja de saltar.

—Los trabajadores sociales suelen ir a comprobar qué situación hay en tu casa cuando llegas al colegio con un tajo en la pierna y te has convertido en un caso grave de piojos por quinta vez. Se acabó.

—¿Tu madre perdió la custodia?

—No perdió nada. —Aprieta las manos y le crujen los nudillos—. Para empezar, no puedes perder algo que no quieres. Simplemente abandonó.

—Mis padres son todo lo contrario. Ellos se aferran a mí con demasiada fuerza. —Paso los dedos por la superficie del agua.

—Qué mal, tus padres se preocupan por ti —se burla.

Trago saliva.

—Yo no he dicho que sea la única a la que se aferran mis padres.

—¿Tu hermana muerta? —pregunta.

Sopla una brisa que mece las hojas de los árboles. Suenan como susurros en la noche. Miro a la orilla y después al comedor. Una luz tenue ilumina el edificio. Veo la sombra de alguien sentado en las escaleras, en la parte de arriba.

—Grover dice que yo soy igual que ellos. Que me aferro a las cosas.

Cassie me mira y los ojos prácticamente le arden a la luz de la luna.

—Enséñame a flotar.

Nos adentramos más en el lago y le pido a Cassie que se tumbe de espaldas. Ella me dice que estoy loca de remate. Yo le digo que eso no es ningún secreto, estamos en un campamento para locos. Ella me corrige y me dice que es un campamento para chicos con un estado emocional y mental peculiar. Yo le digo que yo la agarraré, que no permitiré que se hunda.

—¿Me lo prometes?

—Te lo prometo.

Se tumba en el agua y la sostengo con los brazos por debajo de la espalda.

—Ahora voy a apartar un brazo —informo unos minutos después.

En la oscuridad, su pelo y su piel se mezclan con el agua oscura. Parece todo un solo cuerpo. Cassie está hecha de agua y el agua está hecha de Cassie. Cuando asiente, retiro un brazo.

Se queda sobre el agua y yo sonrío.

—Nunca volverás a tener piojos —le aseguro.

Me mira con dureza.

—Deja de aferrarte tanto.

Entonces aparto el otro brazo y Cassie flota sola. No ha abandonado.

Y me aparto.

❦ ❦ ❦

Cuando volvemos en silencio a la cabaña, Cassie saca una caja de caramelos de limón del bolsillo de la sudadera y me ofrece. Ahora es su sudadera y eso me hace feliz; feliz de verdad.

Le doy vueltas a los caramelos azucarados en la boca, con cuidado de no morderlos. No quiero comérmelos muy rápido. Es mejor que se disuelvan solos. Y duran más.

—A mi madre le da miedo que me muera —confieso por fin cuando llegamos a la zona de chicas del campamento.

Cassie me mira. No hay prejuicios en su rostro, al menos en la superficie.

—Me parece que todas las madres tienen miedo de que sus hijos se mueran, pero a la mía le importaba un comino.

—Eso me entristece.

—A mí me enfada.

Bajo la mirada al suelo.

—A mí me enfadaba que mi madre temiera tanto que me fuera a morir.

Cassie me da un apretón en el hombro.

—Eso me pone ahora triste a mí —comenta y se queda un instante callada—. Cuéntame algo de tu hermana.

Inspiro, temblorosa. No me lo esperaba.

—Era capaz de oírla en su habitación, al otro lado del pasillo, simplemente respirando. Me quedaba dormida todas las noches oyéndola. Como si fuera una maldita canción de cuna —explico—. Y lo echo de menos. Lo echo mucho de menos.

—Pero ya no estás enfadada.

Niego con la cabeza.

—Y tú has nadado esta noche.

Esboza una sonrisa.

—Dilo otra vez.

—Has nadado esta noche. —Ahora soy yo la que me quedo callada. Cassie me da una palmada en los hombros quemados. Nunca antes me había sentido tan feliz de notar las quemaduras—. ¿Qué nos queda si no tenemos esperanza? —pregunto.

Cassie se echa a reír.

—La realidad.

—Pero a veces resulta que lo que deseamos se convierte en realidad.

—Puede.

La realidad es que Molly está muerta.

Y eso duele.

Yo me moriré.

Y eso duele.

Respirar es vivir.

Y eso duele.

La vida termina.

Y eso duele.

Necesito vivir.

E, incluso, eso duele.

—Mierda. —La voz de Cassie me sorprende.

—¿Qué?

—La ventana —indica con voz temblorosa—. Está cerrada. —Señala nuestra cabaña.

—Mierda —exclamo y me paso las manos por el pelo. Justo antes de arrancarme un mechón, Cassie me detiene.

—Cuando se abra la puerta, cuélate dentro —me dice.

—¿Qué?

—Haz como si hubieras estado dormida todo el rato. —Se quita la sudadera de Arizona y me la tiende. El bañador rosa y sexi resplandece en la oscuridad.

—¿Qué vas a hacer?

—Póntela. Y hazte la dormida.

—¿Qué vas a hacer? —repito, más alto esta vez.

Ella sonríe.

—Tú me has enseñado a nadar. —Me empuja hacia las sombras, junto a la cabaña—. Se llama trabajo en equipo, Z.

En ese momento empieza a cantar. *Ella vendrá por la montaña* resuena entre las cabañas mientras corre, llamando a las puertas y despertando a todo el mundo.

CONFIANZA

CAPÍTULO 18

Queridos mamá y presidente Cleveland:
Todos nos convertiremos algún día en estadísticas, es un hecho. ¿Sabíais que las probabilidades de ahogarse son de una entre mil setenta y tres? Yo conozco a una chica que no formará parte de esa estadística.
Vuestro hijo:

Grover Cleveland

Aíslan a Cassie durante una semana. Tiene que sentarse con Kerry y los monitores durante las comidas, y allí sigue comiendo solo con cuchara y cuchillo, y duerme en la cabaña personal de Kerry con Madison, mientras que él se queda en una de las cabañas de chicos. Una monitora en prácticas llamada Anne, que es alumna de segundo curso de Medicina y que la mayoría de los días ayuda a la enfermera a repartir las medicinas, duerme en nuestra cabaña.

El primer día que Cassie no está conmigo, voy a nadar al lago por la tarde hasta que empieza a llover. Cuando Kerry oye un trueno, nos hace salir a todos y elegir otra actividad, preferiblemente una que se realice bajo techo, pero yo me escapo a la cabaña.

Huele mucho a humedad mientras oigo el repiqueteo de la lluvia en el tejado y miro la cama vacía de Cassie. Dejo encima su sudadera, la necesitará cuando vuelva. Hojeo la revista *Seventeen* que me traje al campamento. La portada se ha borrado, la humedad ha dejado las páginas arrugadas y crujen cuando la abro. Llego al artículo de cómo flirtear sin que resulte demasiado evidente y leo la lista de reglas.

Mantén el contacto visual.

No juegues con el pelo.

Compórtate con seguridad.

Sonríe.

Enseña el cuello.

Esto es ridículo. Cierro la revista. No me gusta que Cassie no esté aquí. Me siento sola, un sentimiento que antes me gustaba, pero ya no.

Me acerco a su cama y toco el colchón vacío.

Dentro del comedor, los campistas están reunidos en torno a una televisión vieja viendo una película. Encuentro a Grover en la parte de atrás del grupo. Cassie está en la esquina, cruzada de brazos y sentada entre Kerry y Hayes. Parece agobiada.

Me acerco y me siento detrás de Grover. Su torso alto me tapa la visión de la pantalla, y lleva una camiseta azul sin mangas. Veo todos los huesos que se extienden por los hombros y la clavícula. Tiene la piel dorada por el sol.

Me acerco un poco y huelo la loción solar de coco en la piel.

Grover se vuelve con una sonrisa pícara en la cara. Sabía que estaba detrás de él.

Me dirijo a la puerta y, en silencio, salimos los dos del comedor, pero le lanzo una mirada a Cassie antes de cerrar la puerta. Ella me enseña el dedo corazón y yo hago lo mismo. Las dos sonreímos, ya me siento mejor.

Grover y yo nos quedamos un momento bajo la lluvia y yo me pongo a juguetear con el pelo, incapaz de mirarlo. Intento recordar las reglas para flirtear. Estoy bastante segura de que acabo de romperlas todas.

—¿Qué película han puesto? —pregunto al fin.

—*El club de los cinco*.

—No la he visto. ¿Está bien?

Se encoge de hombros.

—Acaba de empezar.

Una gota de agua está a punto de caerle de la barbilla. La veo recoger más agua y volverse más pesada. Cuando creo que estoy a punto de acercarme para quitársela, cae al suelo. Me quedo bajo la lluvia, de nuevo decepcionada.

—¿Quieres volver adentro? —pregunto.

Niega con la cabeza.

—Aquí nos estamos mojando —señalo.

—A mí no me importa, ¿a ti te importa?

Me importan muchas cosas que antes no me importaban, pero la lluvia no.

—Empieza a hacerlo.

—Sígueme entonces. —Esboza una sonrisa.

Nos encaminamos a la playa. Me quito las chanclas y siento la arena mojada entre los dedos. Incluso los muevo para sentir cada grano pegado a la piel. Cuando Grover se acerca un paso al muelle, lo agarro del brazo.

—No creo que sea el mejor lugar en el que estar durante una tormenta.

—Tienes razón. La experiencia podría ser inquietante. ¿Sabías que las probabilidades de que nos alcance un rayo son de una entre setecientas mil? —Se acerca al muelle.

—¿Te lo ha contado Bek?

Me mira por encima del hombro.

—Las probabilidades están a nuestro favor. Las de que no nos alcance un rayo. Otras probabilidades, no mucho.

—Estoy segura de que las probabilidades aumentan cuando estás en un muelle de metal.

—Puede que sea cierto. —Me hace señas para que me acerque a él en la trampa mortal. Pero supongo que todo en la vida es una trampa mortal, así que lo sigo. Nos sentamos en el borde y mete los pies en el agua.

—¿Cuáles son las probabilidades que no tenemos a nuestro favor? —pregunto.

El pelo mojado se le pega a la frente y se lo aparta cuando saca la libreta. Pasa una página y coloca una mano encima para proteger el papel de la lluvia.

—Las probabilidades de salir con un millonario: una entre doscientas quince. No está mal. Las probabilidades de ganar un premio de la academia: una entre once mil quinientas. Sigue siendo más probable que lo del rayo.

—Vaya. —Meto los pies en el agua, al lado de él. Las gotas caen a nuestro alrededor en la superficie del lago Kimball y lo vuelven turbio.

—Las probabilidades de escribir un *best seller* de *The New York Times*: una entre doscientas veinte. Las probabilidades de sufrir un accidente de automóvil: una entre dieciocho mil quinientas ochenta y cinco. —Lo observo mientras lee las notas de la libreta. No me mira—. Las probabilidades de sufrir artritis: una entre siete. Las probabilidades de morir por un fallo cardíaco: una entre tres.

—Esas son estadísticas generales. Te he preguntado por las probabilidades que no tenemos a nuestro favor.

—Las probabilidades de sufrir cáncer: una entre dos —continúa—. Eso no es bueno para nadie.

—Grover, cuéntame algo de ti.

Mira el lago. Las casas y cabañas se alinean en la orilla, frente a nosotros. Todo parece muy normal, pero Grover no. Por un momento, parece un niño perdido que ansía que una de esas casas sea una realidad para él.

Después vuelve en sí y mira de nuevo la libreta.

—Las probabilidades de convertirte en presidente: una entre diez millones. ¿Sabías que Grover Cleveland fue uno de los presidentes más gordos?

—No quiero saber nada sobre ese Grover Cleveland. Quiero saber algo sobre ti —especifico.

—Pero el presidente era mucho más interesante. Para empezar, su nombre no era Grover sino Stephen.[1]

---

[1] Nota de la Ed.: En realidad se llamaba Stephen Glover Cleveland. Por lo general, los anglosajones, que suelen tener dos nombres, utilizan el primero. En el caso que nos ocupa, también fue así mientras era joven. Sin embargo, al llegar a la edad adulta prefirió utilizar el segundo.

—¡No quiero saber nada del presidente! —grito.

—Estás loca, lo sé. Está bien, la locura está bien. Al fin reconoces cómo te sientes.

Le agarro la mano.

—Quiero saber cómo te sientes tú.

—Me estás tocando y siento calor en lugares inapropiados.

Le suelto la mano, como si me pareciera asqueroso. Pero no es así. No obstante, siento su dolor y sé que él también lo siente.

Cuando me levanto del muelle, me mira.

—Dime por qué no comes manzanas —me dice.

—No estamos hablando de mí.

—Tú eres mucho más interesante. Y Molly, háblame de ella. —Ruge un trueno encima de nosotros.

—¿De qué tienes miedo? —pregunto con cautela.

—Ese ha sonado cerca, así que, ahora mismo, tengo miedo de que las probabilidades de que me alcance un rayo hayan aumentado.

—A la mierda las probabilidades —exclamo.

—Me gusta cuando hablas mal. —Esboza una sonrisa, pero no le llega a los ojos. Me quedo callada mientras el trueno brama en el cielo y las comisuras levantadas de su boca se convierten en una línea recta. Le tiembla el labio bajo la lluvia—. Las probabilidades de ser esquizofrénico cuando tienes un padre que lo es: una entre diez —declara. Esa no la lee del cuaderno. Se la sabe de memoria.

Me quedo sin aire en los pulmones y siento como si me acabaran de dar un puñetazo.

—A la mierda las probabilidades —repito. Le tiendo la mano cuando un trueno estalla sobre nosotros.

Me mira la palma.

La lluvia cae entre los dos.

—No puedo —dice—. No puedo. —Me deja en el extremo del muelle para que luche contra las probabilidades yo sola.

Me quedo mirando el agua gris. No parece peligrosa.

—Durga, Durga, Durga.

Me quito la ropa y me lanzo.

CAPÍTULO 19

Queridos mamá y papá:
Las estadísticas me aseguran que probablemente moriré
de cáncer o de un fallo cardíaco, aunque coma espinacas.
Porque todo el mundo muere. Y las espinacas me dejan
una capa en los dientes y yo odio esa capa.
He dejado de comer espinacas.

t

Kerry baja corriendo por la playa y me grita que «salga del agua inmediatamente». Un grupo de campistas me mira desde el comedor.

—¿Intentas matarte? —chilla.

—No, pero las probabilidades de que muera son de una entre una.

—¿Has perdido la razón? —La rabia de Kerry mana de entre los dientes apretados.

—¿Por qué estoy aquí entonces?

Me lanza una mirada asesina.

—Recoge tus cosas y vuelve a la cabaña para cambiarte para la cena.

Tomo la ropa del muelle y veo algo junto a la camiseta. La libreta y el bolígrafo de Grover. La abro por la última página y me pongo a escribir.

Cuando lo veo en la cena, dejo la libreta en la mesa.

—Te has dejado esto en el muelle.

—Encontrando mis objetos perdidos. Gracias. —Pero no me mira. Eso es lo único que dice en toda la noche.

La lluvia dura toda la noche, lo que nos obliga a quedarnos en las cabañas después de la cena. Dori me pregunta si puede pintarme las uñas de los pies. Hannah y Katie escuchan música y escriben cartas para enviarlas a casa. Anne, la monitora en prácticas, lee un libro con un chico medio desnudo en la cubierta y yo no puedo dejar de mirar la cama vacía de Cassie mientras Dori me coloca algodón entre los dedos de los pies.

—¿De qué color? —pregunta.

—¿Eh? —La funda de la almohada de Cassie tiene un agujero, y también las sábanas en los bordes. Ha estado durmiendo envuelta en harapos.

—¿De qué color? —Dori me enseña una bolsa llena de esmaltes de uñas de distintos colores.

—Elige tú.

Me las pinta rojas. Apenas presto atención. Cuando ha terminado, me acerco andando como un pato —tengo los dedos separados y apuntando al cielo para que no se me manchen— con la manta de Molly a la cama de Cassie. No sé cuáles son las probabilidades de que muera una hermana, pero ya no me importa. Dejo ahí la manta para que Cassie pueda usarla cuando vuelva. Después miro a cada una de las chicas de la cabaña. Lo hizo alguna de ellas: alguien cerró la ventana.

Al día siguiente, el desayuno con Grover resulta tan incómodo como la cena. Bek nos cuenta que es la reencarnación de Paul McCartney.

—Paul no está muerto —espeta Grover.

—Eso es lo que tú te crees. —Bek habla con la boca llena de comida—. Le disparó un hombre en Central Park.

—Fue a John Lennon.

—Eso es lo que tú te crees —repite.

—No. Eso es lo que te crees tú.

—Eso es lo que yo creo —rectifica Bek.

—Correcto.

—Correcto —afirma Bek—. Creo que me estoy ahogando. ¿Puede hacerme alguien la maniobra de Heimlich?

—¿Qué más da? Volverás a reencarnarte —comenta Grover.

—Muy buena. —Bek finge morirse y regresar como Justin Timberlake.

En el grupo de *comparterapia*, Cassie parece cansada, aunque puede que haya descansado, ya que no puede escaparse en mitad de la noche como ha estado haciendo antes. Pero, por el ceño fruncido, diría que no.

—¿Por qué es tan importante la confianza? —pregunta Madison cuando nos colocamos en el círculo. Nadie dice nada, como siempre—. Venga, señoritas.

Hannah se sienta con los pies mirando hacia dentro, la vista fija en ellos, y se frota los brazos tapados, como si quisiera aovillarse y desaparecer. Katie levanta la cara al sol y cierra los ojos. Cassie tiene una pierna subida en el banco, se está quitando arena de las uñas de los pies y limpiándose las manos en los pantalones cortos.

Dori levanta la mano al fin y acepta el san Antonio de Madison.

—La confianza te hace sentir segura.

—Exacto.

—Eso es una tontería —comenta Cassie.

—¿Por qué piensas eso? —pregunta Madison y le tiende la figura a Cassie.

—La confianza tan solo te ofrece la ilusión de la seguridad —responde ella.

—Entonces, ¿nunca puedes confiar del todo en nadie? —interviene Dori.

—Tú confiabas en tu madre y ella se casó con un capullo —explica Cassie.

Dori se retrepa en el banco.

—Es verdad.

—¿Ves? La confianza es un fraude creado por la autoridad. —Cassie señala a Madison—. Mads quiere que pensemos que ella quiere lo mejor para nosotras, pero lo que ella desea de verdad es conseguir experiencia para la universidad y acostarse con un hombre mayor este verano.

—Eso no es verdad, Cassie. Me importáis.

—Venga, que he visto cómo miras a Kerry. —Cassie pone los ojos en blanco.

—No empieces a ir por ese camino, por favor.

—¿Empezar por ese camino? Nací en ese camino. Nadie me dio a elegir por dónde empezar.

—Puede que eso sea cierto, pero puedes elegir por dónde continuar.

—¿Sí? —replica sarcásticamente—. El problema con la confianza es que es un fraude. Si no confías en nadie, no te harán daño.

—Las personas son humanas, Cassie. Cometen errores.

—¿Y quieres que confíe en gente que comete errores?

—Nadie es perfecto.

—¿Qué error has cometido tú, Mads? —Le lanza una mirada curiosa—. ¿Eh? ¿Por qué somos nosotras las que compartimos siempre información? ¿Por qué no compartes con el grupo tus trapos sucios?

Madison mira a su alrededor, perpleja e incapaz de hablar. Se ha puesto pálida. Cassie se retrepa y saborea el momento, pero no puedo apoyarla en esto. Por un momento, Madison parece rota de verdad, rota como todas nosotras. Cuando recupera la compostura, vuelve a su papel de monitora y dice:

—No estamos aquí para hablar de mí. Sin confianza, perdemos la fe. Si perdemos la fe, perdemos la esperanza, y sin esperanza, ¿qué nos queda?

—La realidad —señala Cassie.

—Solo tienes miedo —interviene Hannah. No mira a Cassie cuando lo dice. Tiene la mirada fija en el agujero que está cavando en el suelo con la zapatilla. No ve la cara de sorpresa de Cassie. Casi puedo presenciar el fuego encenderse en su cerebro. Se acerca a Hannah y apoya la pierna en el banco para acercar la cicatriz a la cara de la chica.

—Tienes razón, tengo miedo, Cuchillitas. Y tú eres una cobarde. —Le toca la camiseta de manga larga—.

Seguro que usas la cuchilla de afeitar para rajarte estos brazos. ¿Quieres que te presente a alguien que pueda hacerlo por ti?

Hannah sacude la cabeza.

—Tú también deberías tener miedo. —Cassie se vuelve hacia el grupo, con los ojos más llenos de rabia que de costumbre. Cuando la miro, sé que le falta algo—. ¿Confianza? ¿Fe? ¿Esperanza? Son palabras bonitas para hacernos sentir mejor con la realidad. Pero el mundo no es bonito. Hannah no es bonita con los brazos cortados. Katie no es bonita con los dedos abrasados de tanto vomitar. Dori no es bonita en general. Y aún no sabemos por qué no es bonita Zander, más allá de su extraña obsesión con la gente francesa.

—¿Y tú qué? —la acusa Dori.

Cassie hunde los hombros.

—Yo soy la más fea porque no puedo fingir. No puedo ponerme una camiseta que me tape las cicatrices y esconderme en el baño cada vez que quiero vomitar todo lo feo que hay dentro de mí. Yo no tengo elección, lo llevo todo encima. Puede que eso sea lo único en lo que podáis confiar.

—Siéntate, Cassie, por favor —le pide Madison.

—Encantada. —Imposta una sonrisa y hace una reverencia. Tira la figura de san Antonio al suelo y la pisa antes de tomar asiento.

Madison decide cambiar el rumbo de la sesión y nos propone una actividad. Nos da a todas una venda.

—Vamos a dar un paseo por el bosque junto a una compañera.

Dori pone los ojos en blanco.

—Estupendo.

Madison explica que una persona llevará los ojos vendados y la otra la guiará por el bosque solo dándole pistas verbales sobre por dónde caminar. En cuanto termina, todas dan un paso gigante para apartarse de Cassie. Seguro que ninguna se ha preocupado por mirar su cama. Puede que no sepa qué es lo que le sucede hoy, pero sé suficiente, así que yo me acerco un paso a ella. Cassie pone una mueca, como si le molestara, como si quisiera estar sola. Pero yo me mantengo en mis trece.

—¿Qué pasa? ¿Has comido hoy? —pregunto.

—Como si te importara —replica.

—Sí me importa.

—Ponte la venda, Z. ¿O no confías en mí? —lo dice como si me estuviera retando. Gruño, pero no porque esté nerviosa, sino porque estoy enfadada.

Con la venda puesta, los demás sentidos se agudizan. Oigo la risa de los campistas que nadan en el lago y al viento mover las hojas de los árboles. Pongo las manos delante de mí y las muevo en el aire. Incluso abro la boca para saborearlo. Todo está húmedo y huele a pino.

—Pareces Helen Keller —oigo la voz de Cassie en la oscuridad.

Bajo los brazos.

—Cállate.

—La confianza es esencial para tener éxito en la vida —apunta Madison—. Tenéis que confiar en los demás. Pero, sobre todo, tenéis que confiar en vosotras mismas.

—Tonterías —dice Cassie entre dientes.

Su primera orden es que dé cinco pasos adelante. Cuando lo hago, me choco con un árbol. Le doy primero con el pie y luego con la cabeza.

—He dicho cuatro, no cinco —se queja Cassie.

Me indica que me vuelva a la derecha y que siga su voz.

—Sigue, sigue —repite una y otra vez. Extiendo los brazos y camino hacia donde creo que está ella.

Me tropiezo con un tronco y me caigo de cara.

—¡Cassie! —grito. Sigo con los ojos vendados y tirada en el suelo—. Se supone que tienes que decirme si hay algo en el camino.

—No lo he visto.

Toco lo que me ha hecho tropezar.

—¿No has visto el tronco gigante de un árbol?

—Lo siento, Z. ¿No confías en mí?

Me levanto y me sacudo la tierra de las rodillas, pero no abandono. No pienso hacerlo. Ahora no, y menos después de lo que hizo ella. Se sacrificó por mí. No tengo ni un solo amigo que hubiera hecho eso.

—Siguiente indicación, por favor —exijo.

Me dice que camine recta. Al ver que no me choco ni me tropiezo con nada, relajo los hombros.

—Gira a la izquierda.

Lo hago y sigo adelante.

—Ahora, ligeramente a la derecha.

Sigo sin dificultades. Ni una sola rama cruje bajo mis pies.

—Da siete pasos adelante.

Empiezo a contar mentalmente. Uno. Paso. Dos. Paso. Tres. Se me engancha una rama en la manga de la camiseta y la aparto. Doy un paso adelante. Cuatro. Paso. Cinco. Paso. Una rama o un palo me araña la pierna.

—Mierda —murmuro para mis adentros y me toco la pierna. Tengo un rasguño hinchado en la piel.

—¿Estás bien, Z.?

Me duele un poco, pero me pongo recta.

—Perfectamente.

—Dos pasos más.

Seis. Paso. Siete…

En cuanto toco el suelo con los pies, lo oigo… zumbando. Hay muchos zumbidos. Siento algo a mi lado y luego algo más. Me quito la venda y levanto la mirada. Tengo un avispero encima y Cassie permanece a varios metros con una sonrisa malvada en la cara.

—¡Mierda! —grito y muevo los brazos para evitar que me piquen.

—Creo que tienes que quedarte quieta —indica Cassie.

Me alejo del avispero, en dirección a Cassie, saltando y comprobando la ropa por si se ha escondido alguna avispa en la camiseta que esté a punto de picarme.

—¿Qué narices pasa contigo? —grito, respirando aceleradamente. Me palpitan los dedos de los pies.

—Creía que habíamos aclarado ya esto. ¿Qué no me pasa?

—¿Y si fuera alérgica a las avispas? ¡Podrías haberme matado! —Me sacudo la ropa una vez más.

—Si no es por mí, será por otra cosa. Todos morimos, Z.

—Muy bonito, Cassie. Creía que éramos amigas. Pero ¿sabes qué? Que te jodan. —Tiro la venda al suelo.

—No, que te jodan a ti —replica y su expresión cambia de divertida a pétrea. Cuando me voy a marchar, me sorprende y me pregunta—: ¿Por qué tienes las uñas de los pies pintadas?

Me miro las chanclas.

—Me las pintó Dori anoche.

Tensa la cara.

—¿Sabes qué? Que te jodan.

—¿Qué? —pregunto, completamente confundida.

—¿Te estás acostando con Cleve? No, no respondas a eso. Que te jodan.

Se marcha rápido y yo corro detrás de ella, intentando entender el significado oculto de todos los «que te jodan».

—No me estoy acostando con Grover.

Se queda quieta y estoy a punto de chocarme con su pecho huesudo.

—Se llama Cleve. Cleve. Veo cómo os miráis —comenta—, pero era mi amigo primero.

—Sigue siéndolo.

Niega con la cabeza.

—¿Y ahora Dori? ¿Dori? ¿La inútil del Beano? ¿Sabes qué? Me da igual, fétida. —Y se marcha.

Me quedo allí parada, impactada mientras miro a Cassie pisar con fuerza el suelo. Y entonces lo entiendo. La sigo y la agarro del brazo.

—Que Dori me pinte las uñas no significa que tú me importes menos. Así no funciona la amistad.

Me mira con ojos entornados, al parecer, valorando lo que acabo de decir, y el corazón se me rompe de nuevo por ella al pensar en si habrá tenido alguna vez en su vida una relación de verdad. Me mira los pies.

—Deberías haber elegido el naranja. Es más tú.

—Seguramente tengas razón.

—Tienes razón, tengo razón.

Las dos seguimos sin movernos. Cassie mira a su alrededor, como si le molestara estar conmigo, pero ya la conozco lo suficiente como para saber que, si quisiera marcharse, lo habría hecho ya.

—No te he dado las gracias por lo que hiciste —admito.

—¿De qué estás hablando? —exagera las palabras al pronunciarlas. Ladeo la cabeza. Sabe perfectamente de qué estoy hablando.

Retrocedo y recojo la venda. Me la enrollo en el dedo.

—Te toca. —Duda un instante y luego me la quita, como si no temiera lo que pueda hacerle—. Igual podemos pintarnos las uñas la una a la otra después. Está claro que necesito un color nuevo.

Guío a Cassie hacia tres árboles y un charco enorme de barro, pero no se quita la venda. Ni cuando se golpea la cabeza, ni cuando se da en el dedo del pie, ni cuando está cubierta de fango. Ni una sola vez.

—¿Qué narices os ha pasado? —nos pregunta Madison cuando volvemos al Círculo de la Esperanza.

—Ya te lo he dicho, Mads —responde Cassie—. La confianza te traiciona. —Pero la sonrisa ha vuelto a su cara. Nos marchamos juntas en busca del color perfecto para las uñas de los pies.

CAPÍTULO 20

Tía Chey:
Por favor, no enseñes mis cartas en el instituto como hiciste el año pasado.
Te lo he pedido por favor.
Besos:

Cassie

Cassie suelta la bandeja y se sienta a nuestra mesa para desayunar unos días más tarde. Grover y yo seguimos inmersos en un silencio incómodo, pero ella consigue romperlo. Toma un vaso de agua y le da un sorbo. Grover, Bek y yo la miramos. Es un alivio tenerla de vuelta.

En la bandeja lleva huevos revueltos y una tostada.

—Palillo —dice Grover con tono serio.

—¿Qué?

—No te asustes, pero hay un carbohidrato en tu plato. ¿Quieres que lo mate por ti?

Cassie pone los ojos en blanco.

—Zander se está comiendo un cerdo.

—Estoy harta de la avena. —Le echo una mirada rápida a Grover. No ha vuelto a sacar la libreta desde que se la devolví.

—Estoy enfermo. —Todos miramos a Bek, que se mete una rosquilla en la boca.

—Ya, cerdito, estás enfermo de la cabeza. —Cassie pone los ojos en blanco—. Tenemos cosas más importantes de las que hablar que de comida.

—No hay nada más importante que la comida. —Grover señala la bandeja—. Esto es el portal a todo.

—El sexo es importante. —Bek da otro bocado.

—¿Qué diría Maslow sobre el sexo? —le pregunta Grover a Bek.

—¿Quién narices es Maslow y por qué no paráis de hablar de él? —Cassie se centra en los huevos.

—Es mi tío muerto —responde Bek—. Fue quien inventó la gravedad.

Cassie llena la cuchara y se mete un poco de huevos en la boca. Creo que ni mastica.

—Volvamos a lo importante.

Grover la señala moviendo el dedo.

—No hay nada más importante que la comida y el sexo.

—¿Es que solo pensáis en eso?

—Sí —contestan los dos chicos al mismo tiempo. Es la única palabra que ha pronunciado Grover en mi dirección en varios días.

Cassie se inclina hacia el centro de la mesa y nos hace un gesto para que nos unamos a ella. Grover me roza la pierna con la suya y nuestras rodillas se tocan. Me pregunto qué estará pensando en este mismo momento. Las probabilidades apuntan a que en sexo o comida, o ambos, pero entonces se aparta y vuelvo a sentirme decepcionada.

—Hoy es la Noche Oscura —indica.

—¿Qué significa eso? —pregunto.

—Significa que ha llegado la hora.

—¿La hora de qué?

—La bolsa de lona.

Grover sonríe y Bek parece del todo tranquilo cuando Cassie pronuncia las palabras, pero dentro de mí todo es puro nervio.

—La llevaré al lago esta tarde y la dejaré en la parte trasera del cobertizo, detrás de los chalecos salvavidas.

—¿Por qué? —pregunto.

—Dios mío, Z., haces muchas preguntas.

—Dímelo.

—Confía en mí.

—De acuerdo. —Me cruzo de brazos y me retrepo en la silla.

—Cassie —se oye una voz en el comedor. Todos alzamos la mirada al mismo tiempo y vemos a Kerry señalando una silla vacía a su lado, en la mesa de los monitores—. Tienes que sentarte con nosotros.

Cassie no se mueve. Ni siquiera mira a Kerry. Lentamente, todas las miradas de la habitación aterrizan en ella, pero ella se limita a acomodarse en la silla. Se agarra un mechón de pelo y empieza a trenzarlo hacia arriba.

—Entonces, ¿tu tío inventó la gravedad? —le pregunta a Bek, y este asiente.

—Cassie —vuelve a llamarla Kerry.

Agarra otra sección de cabello y la trenza.

—Pensaba que la gravedad la había inventado Dios.

—Mi tío es Dios —afirma Bek—. No me gusta contárselo a la gente para que no me traten diferente.

—¿Y por qué tu tío Dios te hizo tan gordo?

—Murió antes de contármelo. —Bek se da una palmada en el vientre.

—Cassie —grita una última vez Kerry.

Ella lo mira al fin. Las dos trenzas parecen antenas.

—¿Qué?

—Tu sitio. —El monitor señala la silla con un gesto agresivo.

—Estoy ocupada hablando con Bek sobre su tío Dios. Pero gracias por el ofrecimiento.

—No te lo estoy ofreciendo. Te lo estoy diciendo.

—Y yo te estoy diciendo que ya tengo un asiento.

—Cassie, por favor, siéntate aquí.

—Dios mío, Kerry, pareces desesperado por que me siente contigo.

—Por favor, no digas el nombre de Dios en vano.

—Creo que te refieres al nombre del tío de Bek en vano. Pero estoy segura de que a él le importo un comino porque ya sabe que voy a ir al infierno. ¿Tú qué piensas, Bek?

—Probablemente vayas al infierno —responde él.

—¿Ves?

—Cassie, siéntate —le ordena Kerry entre dientes.

—Jesucristo, Kerry, eres un prepotente. Seguro que el tío Dios no aprueba ese comportamiento.

—¡Cassie! —Tira de la silla—. Siéntate aquí.

Cassie pone los ojos en blanco y se levanta. Estira los brazos por encima de la cabeza y bosteza. La camiseta se le levanta tanto que todo el comedor le ve el estómago y las costillas. No estoy segura de que haya ganado peso, aunque no lo parece. Pero hay algunas marcas de mordidas en la tostada y solo queda la mitad de los huevos en la bandeja.

—¡Cassie!

—Sí, sí. Jesucristo.

—¡Cassie!

—Maldita sea, Kerry, dame un segundo.

Esboza una sonrisa a la mesa y yo le acerco la bandeja. Tiene que acabarse la tostada.

—No os olvidéis de lo de esta noche. Tenéis que venir —nos pide—, por favor.

Se dirige a la mesa de los monitores y las trenzas se le balancean al caminar.

Cuando suena el timbre para la primera actividad, la bandeja de Cassie sigue en nuestra mesa, así que la vacío. Noto un agujero en el estómago al ver la tostada caer al cubo de la basura. Mañana será otro día.

—¿Vas a quedarte a hacer manualidades, Durga? —pregunta una voz detrás de mí.

Me doy la vuelta y veo a Hayes con un puñado de periódicos. Los deja en una mesa.

—No lo sé.

—No pasa nada porque no lo sepas. —Se acerca a uno de los armarios que hay junto a la pared y saca un cubo—. A la gente le cuesta admitir que no sabe algo. Pero la verdad es que en la vida lo importante no es encontrar la respuesta correcta, sino formular la pregunta correcta.

—Llena el cubo con agua del grifo.

—Supongo que me quedaré. —Me encojo de hombros. Pasar la mañana con Hayes no me parece mala idea.

Saca harina de la cocina y la mezcla con el agua en el cubo.

—¿Qué haces? —pregunto.

—Buena pregunta. —Me guiña un ojo—. Hoy vamos a hacer papel maché.

Mientras Hayes prepara una pasta en la cocina, le ayudo a romper en tiras un montón de periódicos. Se nos unen varios campistas más. Reconozco al chico joven a quien venció Cassie en el *tetherball* el primer día de campamento. Me da la sensación de que ha pasado mucho tiempo desde ese día, y no es así.

Cuando alcanzo otra sección del periódico y empiezo a rasgarla, me fijo en la fecha que hay en la parte superior de la página. Finales de julio. El tiempo pasa rápido aquí. O eso parece. O tal vez sea sencillamente que aquí percibo el tiempo.

—¿Qué es negro, blanco y rojo al mismo tiempo?

Levanto la mirada y veo a Grover delante de mí.

—¿Qué?

—Un acertijo. ¿Qué es negro, blanco y rojo al mismo tiempo? —Tiene una mirada vacilante.

—No lo sé.

—Un periódico.

—No lo entiendo.

—Ni yo. Una vez se lo escuché decir a mi madre.

—Ah.

Junto todas las tiras en la mesa y organizo la pila para evadirme de este momento incómodo. Estoy harta y, aunque no quiero que todo vuelva a ser como antes con Grover, tampoco quiero quedarme en este punto.

—Hayes me acaba de decir que en la vida lo importante no son las respuestas, sino las preguntas, así que a lo mejor da igual que lo entendamos o no —comento.

—Puede. —Grover se aparta el pelo de la cara—. ¿Le has preguntado por Maslow y el sexo?

Niego con la cabeza y le miro los labios. Se los lame y noto una sacudida en el estómago. Esto solo me hace sentir más frustración.

—¿Te has dado cuenta de que a veces Bek no habla nuestra lengua? —me pregunta. Me obligo a apartar la mirada de los labios y mirar otra cosa—. Le he preguntado qué estaba diciendo y me ha respondido que no tiene ni idea. Al parecer, tiene una placa de metal en la cabeza que recoge frecuencias de un dial de radio francés.

—¿Cómo lo aguantas? —pregunto.

Vuelve a lamerse los labios. Mierda.

—¿Y por qué no?

—No puedes creer una palabra de lo que dice.

—Pero tampoco puedo perder la oportunidad.

—¿La oportunidad de qué?

—De que un día diga la verdad. Tengo que estar a su lado cuando suceda.

—Merece la pena esperar —declaro y asiento.

—Exacto.

Nos sostenemos la mirada y nos quedamos callados. Yo observo cómo me observa. El aire está cargado de palabras sin pronunciar y siento que puedo nadar entre ellas.

Solo necesito encontrar la pregunta correcta.

—Todos tenemos una luz divina dentro —comenta Hayes, acabando con la tensión del momento. Tiene las manos en posición de rezo, en el centro del pecho—. Pero es nuestra tarea encontrar esa luz divina y dejar que brille. Dar con lo que hay dentro y sacarlo afuera. Es el único camino al esclarecimiento verdadero.

Como ejercicio para ayudarnos a acceder a nuestro interior, Hayes nos informa de que vamos a hacer máscaras de papel maché para ponérnoslas en la cara.

—Podéis decorarlas por fuera como deseéis, pero el resultado tiene que representar cómo sois por dentro.

—¿Puedo ser tu compañero? —me pregunta Grover cuando Hayes nos pide que nos pongamos por parejas. Su mirada vuelve a vacilar, pero me parece la pregunta correcta.

—Claro.

El monitor nos enseña cómo hacer papel maché. Cómo mojar las tiras de periódico en la pasta. Cómo colocarlas encima de la cara de nuestro compañero.

—Para que no se peguen, tenéis que añadir una capa de vaselina a la piel.

—Sabía que me iba a encantar esta manualidad —comenta en voz alta Grover.

Con todos los materiales, los dos encontramos una mesa y empezamos.

—¿Quieres ser la primera? —Me tiende un bote de vaselina. Por primera vez desde que lo conocí, decido ser yo quien efectúe el movimiento. No necesito que me engañe ni que me obligue, me adelanto por decisión propia. Agarro el bote que me ofrece.

—Tú primero.

Preparo los materiales y Grover se sienta en una silla y me mira. Me da la sensación de que tiene la voz temblorosa cuando habla.

—Confío en ti, Zander. —Y cierra los ojos.

Abro el bote y paso los dedos por el gel, que parece agua espesa. Me acerco un paso a Grover y miro el espacio que hay entre los dos. Nuestras rodillas casi se tocan. Casi. Me acerco más para que así sea… y se tocan. Hincha el pecho cuando toma aliento.

—Mi padre grita a mi madre. —Sus palabras me dejan helada. Sigue con los ojos cerrados—. Ha intentado divorciarse de él cinco veces, pero nunca lo consigue. El año pasado, lo arrestaron por conducta obscena en público. Los policías lo encontraron paseando en bicicleta por la ciudad sin pantalones. Y el año anterior intentó suicidarse. Lo encontré desmayado en el suelo del cuarto de baño.

—Grover —digo.

—Y me da miedo volverme como él. Que dé lo mismo que tenga pinta de tipo duro porque siempre estaré perdido. —Inspira y sigue hablando—. Me da miedo que esperar a morirme sea mi única forma de vivir.

—¿Qué necesitas de mí? —pregunto.

En cuanto lo digo, sé que he encontrado la pregunta correcta.

—Que me recuerdes que yo no soy él.

Froto los dedos hasta que están cubiertos de vaselina, como agua espesa que no se derrama. El corazón me retumba en el pecho cuando le aparto el pelo de la frente con la otra mano. Cuando mi piel conecta con la suya, noto un escalofrío en los brazos. Siento electricidad cuando lo toco y estoy aterrada. Como si fuera a romperme una y otra vez.

Pero a él también le pasa.

Estamos rompiéndonos y abriéndonos a la vida.

«Lo siento».

Y Grover también necesita sentirlo.

Miro la habitación para comprobar si alguien nos mira, pero nadie lo hace. Me tomo mi tiempo formando círculos en la frente. Me arden las mejillas y me tiemblan los dedos. No puedo tener prisas con esto.

La habitación está muy callada. Grover está muy callado.

Oigo el sonido de su respiración.

Inspira. Espira. Inspira. Espira. Inspira. Espira.

Paso de la frente a las mejillas. La respiración no siempre suena así. Respirar no siempre suena tan natural.

Le acaricio con los dedos el puente de la nariz.

A veces la única forma de respirar es a través de una máquina.

Se me tensa la garganta, pero Grover no dice nada. Él solo respira y respira. Y yo hago lo mismo.

Por un momento, me aparto. Sacudo las manos y siento el aire entre los dedos.

De nuevo, «siento».

—¿Estás bien? —pregunta al fin, con los ojos todavía cerrados.

Antes de llegar aquí yo no respiraba. Por eso lloraba mi padre. Por eso estoy aquí.

—Sí.

Vuelvo a centrarme en él, en la cara y la piel y todas sus formas. Rodeo las cejas con el dedo y el punto suave justo debajo de las pestañas. Las puntas de los dedos bajan por la cara hasta la mandíbula y se detienen ahí.

Infla el pecho.

Grover no es su padre. Él está vivo.

Me acerco.

Desinfla el pecho.

Me acerco más.

Infla el pecho.

Presiono la mano contra la mejilla ahora, y sigue sin abrir los ojos.

Desinfla el pecho.

Me inclino hasta que tengo los labios a milímetros de los suyos.

Grover inspira.

Cierro los ojos.

Espira.

Siento su respiración en la boca.

«Siento».

Me lamo los labios y saboreo el aire que estaba dentro de Grover.

Una preciosa forma de respirar.

—Tú no eres tu padre —digo, y le pongo la mano en el pecho. Cuando aterriza ahí, se estremece. Por un momento, no se mueve. Yo no me muevo. Siento el latido de su corazón a través del suave algodón de la camiseta. Y, de nuevo, toma aliento. Inspira y espira. Repite la forma más sencilla, la más instintiva, de vivir. Una y otra vez.

Está vivo.

Cuando me da la sensación de que llevo demasiado tiempo con la mano apoyada en él y me doy cuenta de que, si no la aparto ahora, no podré hacerlo nunca, Grover coloca su mano encima de la mía.

—Me alegro mucho de que seas real. —Su voz es suave, casi un susurro.

—Y tú estás vivo —murmuro.

Abre los ojos muy lentamente.

—Recuérdame que escriba una nota de agradecimiento a los fabricantes de vaselina, firmada por todos los chicos adolescentes.

CAPÍTULO 21

Queridos mamá y papá:

¿Alguna vez habéis probado un charleston chew? No sé por qué se llaman así. A lo mejor es porque los crearon en Carolina del Sur. O la persona que los inventó se llamaba charleston, que es un nombre bastante raro, pero ¿quién soy yo para juzgar? Me llamo Zander.

Por cierto, ¿por qué me llamo Zander? ¿Creíais que iba a ser un niño? Tenéis que saber que zander no es un nombre unisex. ¿Intentasteis redimiros cuando elegisteis el nombre de Molly? El suyo es muy femenino.

¿Os habéis dado cuenta de lo que acabo de hacer? El suyo es muy femenino. Presente. ¿Veis? Molly puede seguir siendo un tiempo presente, aunque esté muerta. "Molly está muerta" está en presente. Y habéis pasado muchos años preocupados porque sea un tiempo pasado.

El único problema de los charleston chews es que se te pega el chocolate a los dientes y se te queda en los huecos. Por favor, pedidme cita para el dentista para cuando regrese.

Z

Estamos alrededor de una hoguera mientras Kerry nos anima con la quinta canción de James Taylor de la noche y Hayes toca la guitarra. *You've Got a Friend* nunca había sonado tan mal.

Cassie se sienta a mi lado.

—Te apuntas, ¿no?

Asiento. Como si pudiera no hacerlo. No puedo dejarla tirada ahora y tampoco quiero.

Cuando termina la canción y hemos abusado de toda la colección de baladas cursis de James Taylor, Kerry reúne a todo el campamento en torno a él.

—Hoy es la Noche Oscura. Se apagarán todas las luces del campamento. Se extinguirá el fuego. Todos los sonidos se silenciarán. No habrá conversaciones.

Hayes y un monitor joven llamado Shiloh echan un puñado de arena en la hoguera encendida y la apagan.

—Las únicas guías con las que contaréis mientras encontramos el camino a casa son las estrellas del cielo y la luz de vuestra alma. Pero no os preocupéis, confiad en vosotros. Puede que os perdáis, pero confiad en que sabéis adónde vais. Confiad en que podéis encontraros incluso en la oscuridad.

Miro el cielo y después a Cassie, en la oscuridad. Hace como que le dan arcadas.

—Los monitores os guiarán, con los ojos vendados, hasta la verja que limita la propiedad del campamento. Es tarea vuestra encontrar el camino de vuelta. —Los campistas empiezan a mirarse entre ellos. Incluso yo me pongo un poco nerviosa. He visto una buena parte del campamento, pero ni por asomo todo. La propiedad es enorme.

Cassie, por otra parte, bosteza de forma exagerada—. No os preocupéis —nos anima Kerry al notar la tensión—. Se os dará a todos un silbato. Si teméis que os habéis perdido, soplad el silbato y un monitor os encontrará. Tenéis una hora para regresar. Después, se volverán a encender las luces y nos reuniremos en el Círculo de la Esperanza. ¿La recompensa por completar la tarea? —Esboza una sonrisa—. Malvaviscos con galletas y chocolate.

—Menuda recompensa —susurra Cassie—. Una comida de gordos hecha con malvaviscos. ¿Por qué no nos ofrece Kerry directamente una diabetes?

Los monitores nos hacen formar una fila, reparten los silbatos y vendan los ojos a los campistas, colocándoles las manos en la persona que tienen delante. Kerry vuelve a hablar cuando todos estamos preparados.

—Rezamos a san Antonio para que se encuentre lo perdido. Para que las almas sean libres. Para que la vida sea eterna.

Y empezamos a caminar.

Me agarro con fuerza a Cassie, que va delante de mí. Ella camina a paso seguro. En un momento, la fila decelera y me choco con ella. Le huele el pelo a lago. Hoy, cuando he salido de manualidades, la he visto practicando los movimientos de piernas. Se quitó el chaleco salvavidas para flotar sola en la zona roja y un monitor sopló un silbato y la obligó a ponérselo de nuevo. Se enfadó, pero vi también satisfacción en su rostro.

Vuelvo a olerla y permanezco un paso por detrás.

—Cuando nos separen, quédate quieta. Iré a buscarte —me susurra en la oscuridad.

A mi madre le hubiera dado un derrame cerebral si supiera que estoy sola en el bosque sin modo de regresar. ¿Y no dijo Madison que aquí hay osos? Agarro con más fuerza a Cassie por los hombros.

—Tranquila, Z.

La fila se detiene y alguien me aparta las manos de los hombros de Cassie. Me quedo un momento parada en la oscuridad, como una boya fuera del mar, esperando que una ola la golpee y la meza. Cuando estoy a punto de quitarme la venda, alguien me toma de la mano y me separa del grupo.

—Te tengo, Zander —oigo la voz de Madison. Me coloca las manos en algo frío—. Cuenta de cien a uno y luego te quitas la venda.

Oigo unos pasos alejarse de mí y después todo se queda en silencio. Empiezo a contar mentalmente, pero con las manos quietas. No me suelto de lo que estoy tocando. Siempre me ha gustado desaparecer en mi propia cabeza, pero ahora, con cada número que cuento, el corazón me late con más fuerza. No podría desaparecer ni aunque quisiera, echaría de menos vivir.

Cuando llego a uno, me quito la venda. Estoy junto a la verja que limita el Campamento Padua, la que me separa del mundo. Solo hay silencio. Me doy la vuelta, buscando a alguien, pero solo veo árboles y solo huelo los pinos. Echo de menos el pelo de Cassie.

Me ha dicho que me buscará.

Deslizo la mano por el metal frío. Todo lo que he dejado está al otro lado: la gente, las tiendas, el instituto, la habitación vacía de Molly. Pero solo quiero a Cassie.

Me arrolla una sensación de vacío. No quiero ir al otro lado de la verja. Madison tiene razón, en el campamento no me siento perdida. Pero ahí fuera… me aparto del límite.

Busco a Cassie en la oscuridad. Cuando noto un zumbido en el oído, no me molesto en acallarlo. Volverá, siempre vuelven. Ya hasta me he acostumbrado a los mosquitos. Cuando esté en casa voy a echarlos de menos. Echaré todo mucho de menos.

Cassie sale de la oscuridad, como una luz enviada para evitar que yo desaparezca en un agujero negro.

—Vamos. —Me sonríe—. Tenemos que llegar al lago.

Cuanto más nos alejamos de la verja, mejor me siento. Caminamos en silencio un rato, atentas a los sonidos habituales del campamento.

—¿Cómo sabías que iba a pasar esto? —pregunto.

—Pasa todos los años.

—¿Cuántos años has venido?

Se encoge de hombros y aparta la mirada para evitar el contacto visual.

—No lo sé. Demasiados.

—¿Y cómo sabías dónde encontrarme?

—No lo sabía. Solo sabía que acabaría dando contigo.

—Me alegro de que haya sido así.

Cassie pone una mueca, como si mi cumplido fuera una especie de tortura. La imito.

En la playa, el cobertizo está cerrado, pero no con llave. Cassie abre la puerta y nos encontramos a Grover y a Bek sentados en el suelo, en completa oscuridad.

—Siento interrumpiros, chicos. —Cassie entra y tira de la cuerda que enciende la luz tenue del cobertizo.

—Bek y yo estábamos jugando a guardar silencio —explica Grover.

—Has perdido —le dice Bek.

—No puedo permanecer más tiempo en silencio. Es muy difícil retener las cosas. ¿No crees, Zander? —Grover me agarra de la mano y tira de mí hacia él.

—No hay tiempo para una de tus conversaciones psicológicas y raras sobre que todo significa algo, Cleve. —Cassie cierra las puertas del cobertizo y empieza a rebuscar entre el equipamiento.

—¿Tanto se nota?

—Sí —decimos todos al unísono.

Grover se retrepa y parece un poco afligido. Tiene la mano a unos milímetros de la mía. Con sutileza, la muevo hasta que las puntas de los dedos se tocan y vuelve a sonreír.

Cassie saca la bolsa de lona de detrás de los chalecos salvavidas, sonriendo de oreja a oreja. Formamos todos un pequeño círculo, mirándola, como si acabara de encontrar oro. O medicamentos. O una provisión secreta de cerveza.

—El botín —declara, y abre la cremallera de la bolsa. La coloca en el centro del círculo. Noto una sacudida en el estómago cuando nos inclinamos para ver qué hay dentro.

Me pongo a reír incontrolablemente cuando me acerco a la bolsa y saco una de las cosas que contiene.

—¿Chucherías? —Me río como si fuera una niña pequeña—. ¿Has robado chucherías?

—Sí, ¿qué pasa? —pregunta Cassie—. La enfermera del campamento está gorda como una foca, no necesita comer más dulces. Le he hecho un favor al robárselos.

—Pensaba que eran pastillas, o alcohol, pero ¿chucherías? Me parece tan…

—¿Tan qué?

—Tan… inocente.

Me levanto y abrazo a Cassie. Ella me aparta.

—Madre mía, Z., tranquilízate.

—Es que estoy aliviada. —Vuelvo a sentarme junto a Grover.

—¿Aliviada porque no estoy loca?

—No, no. —Tomo unos Skittles—. Sí estás loca, pero no tanto como creía.

Ella elije una caja de caramelitos.

Allí sentados, nos comemos las golosinas de la bolsa de Cassie, todos en silencio. Bek se zampa dos barritas de chocolate en un tiempo récord. Cassie pone cara de asco y él le dedica una sonrisa con los dientes llenos de chocolate. Grover se ríe mientras se mete M&M en la boca, uno a uno.

Yo paso de Skittles a chocolate y después a chicles. Hay demasiadas golosinas, parece Halloween en verano. Se me pegan a los dientes y al cielo de la boca. El azúcar estalla en mi sistema, como bombas de adrenalina. Me siento mareada y acelerada, pero en el buen sentido, como si bajara a toda velocidad en bicicleta por una colina. Sé que puedo caerme, pero el viento en la cara me hace invencible. Estoy compensando cada vez que mi madre me ha preparado un batido de fruta con col rizada en lugar de helado. Ella dice que la fruta sabe mejor que el azúcar artificial. Eso es una tontería, los endulzantes artificiales son increíbles.

—¿Por qué nos mienten los padres? —pregunto con la boca llena de chicles de un color azul poco natural.

—Para protegernos, creo —responde Grover.

—¿De qué?

—De la vida, supongo —señala.

—Pero si nos protegen de nuestras propias vidas, ¿estamos viviendo de verdad?

—Hablas como Grover, Z. —Cassie pone los ojos en blanco.

—Lo digo en serio. —Me siento recta. La cabeza me da vueltas, el azúcar me tiene acelerada—. No quiero que me protejan más. Si quiero comer sirope de maíz con fructosa, quiero comerlo.

—Así se habla, hermana. —Bek choca el puño regordete con el mío.

—Prepárate para engordar. —Cassie sacude la cabeza.

—Al menos será elección mía engordar. Mis padres nunca me preguntan nada. Doy clases de francés porque mi padre me dijo que tenía que hacerlo. —Empiezan a temblarme las manos. Es como si el azúcar me hubiera sobrecargado el sistema nervioso y empezara a hablar sin pensar—. Tampoco me han preguntado nunca cómo me siento con respecto a Molly. No me preguntaron si quería que mi hermana prácticamente muerta viviera en mi casa seis años. ¡Seis años! Sencillamente la llevaron al fondo del pasillo y me obligaron a quererla. Me obligaron a quererla. Pero mis padres mentían, ellos sabían que estaba muerta. ¡Lo sabían!

—Zander. —Grover me agarra la mano temblorosa, forzándome a enfocar los ojos. Bek y Cassie me miran. Abro mucho la boca y, de nuevo, lo suelto todo.

—Se atragantó con una manzana —explico—, Molly se atragantó con una manzana cuando tenía dos años. —Las palabras que acabo de pronunciar se instalan a mi alrededor—. Nuestra vecina solía vigilar a Molly cuando mis padres estaban trabajando y yo estaba en el colegio. Se llamaba señora Moore y era muy amable. Todos los días, cuando mi madre y yo íbamos a recoger a Molly, me daba una piruleta, de esas que tienen sabores distintos, como zarzaparrilla y coco, de las que los cajeros de los supermercados regalaban a los niños. —Tomo aliento y prácticamente saboreo una—. La señora Moore estaba en la cocina lavando los platos después de darle de comer a Molly, y ella estaba en el salón jugando. Cuando la señora Moore fue a ver cómo estaba, se la encontró sin conocimiento en el suelo, con un pedazo de manzana en la mano. Se había asfixiado. Cuando llegaron al hospital, la conectaron a un sistema de soporte vital. Había muchas máquinas y ruidos, y ella estaba tumbada. Parecía a punto de despertar, como si estuviera dormida.

Tomo aliento y contengo la respiración. Una bocanada de aire real, preciosa. Después espiro.

—Mis padres no podían dejarla marchar, a pesar de que los médicos intentaron razonar con ellos. Les explicaron que era muy improbable que despertara, pero ellos no escucharon. Insistieron en llevarla a casa. Llenaron su habitación de máquinas, de todo lo que necesitaba para mantenerse con vida. Pero no vivía, no corría ni saltaba ni hablaba. Simplemente estaba allí tumbada, respirando porque una máquina decía que podía hacerlo. Y lo peor es que me acostumbré. Me acostumbré a verla y a hablar con ella. La vi crecer y alargarse. Y entonces, un día, todo terminó. El cuerpo de Molly abandonó. Tal y como dijeron los médicos, nunca despertó. Para entonces, la señora

Moore se había mudado. La oí decir que no podía soportar ver nuestra casa sabiendo lo que había dentro y lo que ella había hecho, así que volvió a California. Y ahora lo único que queda en la habitación de Molly es silencio.

El cobertizo permanece un instante en silencio, y entonces Grover habla.

—Por eso no comes manzanas.

—Mis padres nunca me preguntaron qué deseaba yo. Mi madre dejó el trabajo para cuidar de Molly. Cambió toda nuestra vida para que viviéramos en una burbuja. Una burbuja hecha de comida sana y buenas elecciones y padres pesados que se aseguraban de que nunca cometiera un error. —Me paro para corregirme—: Casi nunca. Pero las burbujas estallan y la gente muere por mucho que intentemos permanecer vivos.

—¿Qué error cometiste? —pregunta Bek.

Lo miro y después a Cassie. Ya es hora de cumplir la promesa que le hice.

—Casi me ahogo en una competición de natación.

—¿Qué? —grita ella.

—No quería contártelo.

—Dios, Z., confié en ti.

Empiezo a hablar rápido, a juguetear con las manos. Grover ha dicho que cuesta guardar silencio. Cuesta retener las cosas. La gente puede ahogarse en el silencio con la misma facilidad que en una piscina.

—Mis padres me obligaron a apuntarme al equipo de natación cuando Molly murió —explico. Las palabras me salen a borbotones—. Creían que me ayudaría «volver a salir». Eso fue lo que dijo mi padre: volver a salir. Pero yo no quería volver a salir. Quería que en casa hubiera ruido de nuevo. Odio el silencio. Pero lo hice, fui a todos los entrenamientos y a todas las competiciones. Vivía con el olor a cloro en la piel y el mal aliento del entrenador. Me convertí en una máquina. Una máquina que respiraba y vivía. Igual que Molly. No sentía nada. Me movía cuando la gente me decía que lo hiciera. Comía cuando mi madre me lo pedía. Besaba a Coop cuando él me lo decía. Nadaba cuando mi entrenador me indicaba. Y entonces, un día, estaba en mitad de una carrera de relevos e iba ganando. Veía a las chicas a mi lado en el agua, intentaban adelantarme. Y entonces me dio lo mismo. No me importaba ganar. No me importaba perder. No me importaba. Y me paré, justo en medio de la piscina. Dejé de moverme. Dejé de respirar. Y me dejé hundir en el fondo.

—¿Qué sucedió? —pregunta Grover.

—Me desperté al lado de la piscina con la boca del entrenador encima de la mía.

—¿El entrenador Aliento a Ajo? —señala Cassie—. Madre mía, qué asco.

—Al día siguiente mi padre me apuntó al campamento. —Poso los brazos en el regazo—. Por eso estoy aquí.

Nadie dice nada por un momento. Cuando Grover me pone la mano en la espalda, no me aparto. Estoy harta de apartarme.

—*Voici mon secret* —dice Bek, sorprendiéndome. Nos volvemos todos para mirarlo.

—Oh, oh, el dial de radio francés debe de estar emitiendo. —Grover le da un golpecito a Bek a un lado de la cabeza—. ¿Mejor, amigo?

—Este es mi secreto —repito lo que ha dicho Bek.

—Es de *El principito*. Mi madre siempre leía la versión en francés porque era de Quebec.

—Un momento. —Grover intenta hacer contacto visual con Bek, pero él no levanta la mirada—. Has dicho que tu madre era de Quebec.

—Sí. Está muerta.

Cassie, Grover y yo nos miramos, sin saber si Bek está contando la verdad. Mueve hacia abajo las comisuras de los labios y esboza el gesto más triste que he visto nunca. El tipo de gesto que pones cuando estás a punto de llorar y no puedes controlarte, como si las emociones se abrieran paso hasta la superficie sin que pudieras hacer nada.

—Me lo leía todas las noches antes de ir a dormir. Comparto habitación con dos de mis hermanos pequeños, pero ella siempre se tomaba su tiempo conmigo.

—¿Cuántos hermanos tienes? —pregunto.

—Seis. Estaba muy ocupada, pero siempre supe que se fijaba en mí cuando leía el libro. —Alcanza otro caramelo y le quita el envoltorio—. Mi padre no hace eso. Está todo el día triste porque ella ya no está y trabaja mucho… y es un capullo. Así que ahora nadie se fija en mí.

—Y mientes para que se fijen en ti —apunta Grover.

Bek se mete la golosina en la boca. No dice ni que sí ni que no. Cassie lo mira de arriba abajo, como si lo viera por primera vez.

—Ya que estamos de confesiones, supongo que debería de contaros que yo me apunto todos los años al campamento —interviene Grover.

—¿Y qué les parece a tus padres? —le pregunta Bek.

Grover lo mira y se encoge de hombros.

—Es mejor que pasarme todo el verano jugando al béisbol.

Y de toda la tristeza y la realidad que nos rodea, en mi interior brota una carcajada.

—No me puedo creer que te apuntes tú.

Bek empieza a relajar la cara y se ríe.

—En el béisbol tienes que correr —dice.

—Eso es verdad —confirma Grover.

—Estoy demasiado gordo para correr.

—¡Otra verdad! —Grover lo señala con cara radiante—. Creo que Bek está curado. ¿Te llamas Alex Trebek de verdad?

—Sí.

Grover se rasca la barbilla.

—Ahora me parece que está mintiendo de nuevo. —Bek mueve los hombros arriba y abajo, y yo lo imito. Siento la cabeza ligera y nublada—. Responde: un desorden psicológico caracterizado por la inclinación compulsiva o patológica de una persona hacia la mentira.

Levanto la mano.

—¿Mentiroso compulsivo?

—¡Correcto! —Grover me señala.

—Elijo hermanas muertas por mil dólares, Alex —digo.

Bek se ríe entre dientes y se le mueve la barriga.

—Pero soy de verdad Alex Trebek.

—No, yo soy de verdad Alex Trebek. —Grover se señala a sí mismo.

—No —replico—. Tú eres Grover Cleveland.

Asiente.

—Soy Grover Cleveland.

De repente las risas se convierten en una especie de ataque de histeria. Me agarro el estómago porque me duele de tanto reír, y comer, y contar secretos. Pero me siento mejor, incluso en este cobertizo que huele a humedad.

Por fin lo he soltado todo. El peso que me arrastró hasta el fondo de la piscina ha desaparecido. Me siento más ligera. Respiro aceleradamente y los ojos se me llenan de lágrimas que me caen por la cara. Esto es lo que se siente al llorar lágrimas de felicidad. En este lugar húmedo y rancio, ha salido el sol.

Cassie se levanta y empieza a aplaudir, lenta y firmemente. Todos nos callamos y la miramos. El único sonido en el cobertizo es el de su piel entrechocando. La expresión tranquila ha desaparecido y ha vuelto la rabia. Reprimo la risa y me limpio las lágrimas de las mejillas. Nos mira con los ojos entornados.

—¿No os parece divertido lo tristes que estáis todos con vuestras historias tristes? —señala con voz cansada. Me fijo en los músculos tensos del cuello—. Pobre Bek con su madre muerta. Pobre Zander con su hermana muerta.

—Cassie. —Grover prueba a tocarle el brazo, pero ella se aparta. Está temblando. Le arden los ojos bajo la luz tenue del cobertizo.

—Al menos vosotros tenéis familia por la que sentiros tristes. —Las palabras me golpean de lleno en la cara. Nadie se mueve. Cassie levanta la bolsa de lona del suelo y abre la puerta del cobertizo. Antes de que podamos decirle que vuelva, se ha marchado.

CAPÍTULO 22

Bek sale corriendo detrás de Cassie. Está fuera del cobertizo antes de que Grover y yo podamos decir una sola palabra. Veo su silueta redondeada dando saltitos por la arena y subiendo los escalones que llevan al comedor.

—Creo que Bek está enamorado de Cassie —comenta Grover, que se sienta sobre las manos.

—¿Deberíamos ir? —Voy a levantarme, pero él me pone la mano en la pierna para que no me mueva.

—Necesita tranquilizarse.

Miro la mano en mi piel y asiento.

Estamos rodeados de envoltorios de golosinas. Los junto todos en una pila, como formando un vertedero de azúcar.

—Entonces, Molly… —dice.

Organizo los envoltorios de plástico, incapaz de mirarlo a los ojos.

—Ya sabes por qué te dije que no sabía nada de ella. Tenía dos años cuando pasó todo. No tuve la oportunidad de conocerla.

—La conoces, Zander. —Cuando dice eso, lo miro—. La conoces por cómo fue su vida. A veces eso es lo único con lo que podemos contar.

—Ella no tuvo una vida.

—Puede que no fuera una vida como la imaginamos, pero fue una vida igualmente. —Se detiene un instante—. Más o menos como mi padre.

—Molly merecía algo mejor.

—Y él también.

—Lo siento.

Grover se acerca más a mí.

—Podemos enfadarnos por lo que desconocemos o aceptar lo que conocemos. Tú desconoces cómo habría sido su vida. Tu hermana podría haberse vuelto una adicta a la heroína o… —Se lleva el puño a la boca y se lo muerde—. Haberse unido a una hermandad en la universidad.

Me pone la otra mano sobre la pierna. Está caliente.

—Nunca se habría unido a una hermandad. —Esbozo una media sonrisa.

—De acuerdo, podría haber sido la reina del baile.

—Te has pasado. —Sonrío ahora por completo. Mantengo la mirada fija en la mano que me ha puesto en la pierna—. ¿Y tú? —pregunto.

—La silla acabará rompiéndose. —Me acaricia la piel con movimientos circulares—. Existir significa saber que un día dejarás de hacerlo, ¿no?

—Pero no significa que vayamos a dejar de vivir. —Intento derretir el nudo que tengo en la garganta tragando saliva una y otra vez. Lo miro. Quiero que Grover siga siendo tal y como es ahora. Quiero arreglar su silla hasta que me sangren las manos.

—¿Dónde vives?

Esboza una sonrisa, pero no levanta la mirada.

—A menos de ocho kilómetros de distancia. Desde el muelle se ve mi casa.

—¿Qué?

—Me acuerdo del día que Kerry inauguró el campamento. Yo tenía seis años. Mi madre lo leyó en el periódico. Como no puede dejar de verdad a mi padre, le parece bien que yo haga algo en la ciudad. —Alza la mirada hacia la luz tenue que cuelga del techo del cobertizo—. Me gusta pensar que yo estaba hecho para este lugar. Me hace sentir mejor con… todo.

—¿Puedo ver dónde vives?

Veo tristeza en la cara de Grover antes de que cambie de actitud. Veo a un niño pequeño con unos padres destrozados que vive en una casa destrozada y que tan solo quiere conocer a gente que también esté destrozada para que no le duela tanto. Y entonces todo eso se desvanece y mi Grover está de vuelta.

Caminamos hasta el final del muelle. Las luces del campamento siguen apagadas, pero, en torno al lago, las casas están iluminadas. Se me había olvidado que la gente viene de vacaciones al lago Kimball y que también hay gente que vive aquí. Los he bloqueado, lo mismo que he bloqueado todo lo que está más allá del límite de este lugar. Cuando Grover se coloca detrás de mí, siento su pecho a milímetros de la espalda. Se inclina y apoya la cabeza en mi hombro. Señala a la derecha.

—¿Ves la casa con la luz roja parpadeante? —me susurra al oído.

Busco entre las luces hasta que la encuentro al otro lado del lago.

—Sí —respondo, feliz. Ahora veo a Grover.

Me vuelvo hacia él y casi toco su camiseta con la nariz. La cabeza apenas me llega a la parte alta del pecho. Inhalo su olor y alzo la mirada de la camiseta hasta el cuello para finalmente dejarla fija en los labios. Son redondeados, están húmedos y pintados de un montón de colores distintos por todos los dulces que hemos comido. Probablemente haya azúcar en ellos. Me lamo los míos.

—No te vayas —me pide.

—¿Qué?

—No te vayas. Vuelvo enseguida.

Se aleja del muelle, haciendo que este se sacuda con cada paso que da, y me deja sola. En el momento en que se ha ido quiero que vuelva a mi lado. Me abrazo el cuerpo y noto que el estómago se me llena de nudos. La brisa aumenta. Grover me protegía del frío. No me gusta estar aquí sin él.

Sin embargo, antes de que las preocupaciones me asolen, ha regresado. Respira aceleradamente mientras se acerca por el muelle hasta que está justo delante de mí. Da un paso más. Tengo la nariz a milímetros del centro de su pecho, donde está el corazón. El viento cesa. El tiempo se detiene. La vida se queda en pausa para que pueda empaparme de este momento. Exhala un suspiro, lo miro a la cara y por fin suelto el aire que retenía para mantenerme tranquila.

—He tenido que ir a por algo de comer —explica.

—Claro. —Pongo los ojos en blanco, pero me detengo al ver lo que tiene en la mano. Sostiene un objeto rojo y brillante. Le da un mordisco a la manzana y me quedo mirándole los labios sobre la fruta—. Cuidado. Tienen veneno —digo.

—Merece la pena el riesgo —replica con la boca llena de manzana.

Me muerdo el labio y me pregunto cómo sabrá la boca de Grover por dentro. Siento celos de la pieza de fruta.

Tiene una gota de zumo de manzana en el centro de los labios, como una pequeña burbuja de dulzura. Me muerdo el interior de la mejilla. A la porra los caramelos, quiero esa gota. La deseo igual que deseo respirar. Grover le da otro bocado y me cae un poco de jugo en el hombro desnudo. Me paso el dedo y me lo meto en la boca. Sabe más a crema solar que a zumo de manzana. No está lo bastante buena. Esta no está tan buena. Y Grover hace que parezca muy sencillo. Con esa forma de curvar los labios y presionar y morder la manzana. Me quedo sin aliento y se me tensa el estómago. No sé qué deseo más: si a Grover o la manzana. O ambos. Los quiero a ambos. Quiero sentirlos a los dos y sé que la vida no me satisfará si no los tengo. Siempre estaré perdida. Y Molly estará siempre muerta. Y yo me encontraré a un segundo de hundirme, a un segundo de caer, a un segundo de vivir de verdad. El cristal puede romperse, pero eso no significa que sea débil. A veces solo podemos contar con los pedazos.

Miro a Grover a los ojos e inclino la barbilla hacia su boca.

—Reconozco que tiene veneno, pero la vida merece la pena.

—Amén. —Grover se me acerca a la cara. Huele a azúcar. Apoyo ambas manos en su pecho y siento el corazón latiendo. Está vivo y yo estoy viva.

—Deja que la pruebe —pido.

Me acerca la barbilla a él e inspiro el aliento dulce.

Y sus labios conectan con los míos.

Son cálidos y suaves, y, por ahora, son solo para mí. El sabor a manzana pasa de la boca de Grover a la mía cuando abrimos los labios y juntamos las lenguas. La dulzura me inunda. La suya, la de la manzana, la mía, todas se mezclan. Si aquí hay veneno, me arriesgaré. Arriesgaré una vida con veneno por tener este momento para siempre.

Me inclino hacia él y muevo las manos del pecho hacia el cuello. Tiro de él hacia mí. Recorro con la lengua sus labios, aferrándome al sabor. Como si llevara toda la vida hambrienta y me acabara de dar cuenta. Ahora no puedo dejar de querer más de todo.

Grover apoya las manos en mis hombros y me aparta con amabilidad. Cuando encuentro aire en el lugar en el que estaban sus labios, siento decepción.

—Yo si… siento que mi estado emocional y mental aguzado no va a recuperarse de este momento —chapurrea—. Voy a estallar si sigo haciendo esto mucho rato. —Noto calor en las mejillas. Miro los pantalones cortos de Grover. Él me agarra la barbilla y sacude la cabeza—. Por una vez no hablo de eso.

—Qué alivio. —Sonrío.

—Si estallase, ¿me recompondrías?

Le quito la manzana de la mano y la inspecciono. No está libre de imperfecciones. Tiene una mancha marrón en la piel.

—Te prefiero roto. —Muerdo la mancha de la manzana y trago. Después la lanzo al lago Kimball. No se hunde y no puedo reprimir una risita.

Las manzanas flotan.

Grover y yo regresamos al Círculo de la Esperanza justo cuando Kerry reúne a los campistas en torno a él. Grover me aprieta la mano una vez más antes de soltarla.

Madison exhala un suspiro dramático.

—Has vuelto.

—Sí.

—¿Todo bien?

—No. —Sonrío—. Nunca volverá a estar todo bien. Pero a lo mejor es lo correcto.

Madison sonríe y asiente.

—A lo mejor.

Justo entonces, Cassie se acerca a mi lado.

—Blablablá. Está bien, Mads. Ve y tómate una pastilla para la ansiedad. —Cassie tira de mí y me clava las uñas en los brazos—. ¿No vas a preguntarme si estoy bien?

—No, ya sé que no estás bien.

—Ya no importa.

—¿Por qué no? —Cassie empieza a dar vueltas delante de mí con la vista fija en el suelo duro. La miro de cerca—. ¿Qué pasa?

—Estoy harta del rojo. Quiero el amarillo.

—¿Qué?

—¿No me has escuchado? —Se me acerca a la cara y me mira a los ojos—. Estoy harta del rojo. Quiero el amarillo. Tengo que hacer de nuevo la prueba de natación.

La preocupación desaparece y una sonrisa me alza las mejillas. Me toco los labios y recuerdo los de Grover.

—Sí —declaro—. Sí.

CAPÍTULO 23

Chère Cassie,
Je t'aime.
  Cordialement,

                              Alex Trebek

A la mañana siguiente, en el desayuno, Cassie le dice a Madison que quiere hacer de nuevo la prueba. Incluso cumple las normas de su castigo y se sienta a la mesa de los monitores sin montar ningún drama ni discutir.

—Por favor —le pide con una sonrisa grande y falsa en la cara, y Madison acepta.

Mientras estoy en la cola, tomo una tostada de más y se la llevo a Cassie.

—¿Es que intentas hacer que me parezca a Bek?

—Come, lo necesitas.

Cassie gruñe.

—Mejor que no lleve mantequilla.

—Confía en mí, te conozco mejor de lo que crees.

Entrecierra los ojos y pasa los dedos por el pan seco.

Me encojo de hombros antes de apartarme, pero la veo, desde el otro lado del comedor, darle al menos unos cuantos bocados. No se lo come entero, pero come algo, que es mejor que cuando empezó.

Después del desayuno, me quedo en el comedor para decorar las máscaras de papel maché. Hayes saca pintura y nos asigna lo que él llama una «intención» para la actividad.

—Que el mundo sepa quiénes sois hoy. Porque el hoy es lo único que tenemos. El ayer se ha ido y el mañana puede que no llegue nunca.

Grover alza un dedo en el aire.

—Técnicamente, si lo piensas, este momento es lo único que tenemos. Y después se ha ido. ¿No es raro que todo lo que sale de mi boca se vaya directamente al pasado? Justo hace unos segundos he dicho: «técnicamente, si lo piensas, este momento es lo único que tenemos». Y ahora es un recuerdo. Y eso es un recuerdo en este momento. Y eso también es un recuerdo.

—Sí. —La firmeza de Hayes parece flaquear.

Grover lo señala.

—¡Eso que has dicho es ya un recuerdo! Lo que quieres que hagamos es pintar quiénes somos en el presente a sabiendas de que pasará a ser quienes éramos en el pasado en cuanto lo hagamos.

—Sí. —Hayes alarga la palabra como si no supiera qué es lo que está sucediendo.

Le doy un codazo a Grover.

—Ya, ya, entendido. Voy a tener que pensar en esto.

—Creo que piensas demasiado —opina Hayes.

—Creo que probablemente tienes razón en lo de que pienso demasiado. Pero si toda la vida se va a convertir en un recuerdo en el momento posterior a que suceda, lo único que tenemos de verdad son los pensamientos. Y los míos posiblemente tengan fecha de caducidad, así que es mejor que los use mientras pueda. ¿No crees?

—Por supuesto. —Hayes parece del todo confundido. La satisfacción se extiende por el rostro de Grover—. Vamos a empezar.

—¡Vamos a crear recuerdos! —grita Grover.

Pero yo estoy demasiado distraída pensando en Cassie y en los labios de Grover y en el hecho de que quienes somos en este momento no es quienes seremos. No quiero perder el tiempo en valorar quién soy. Solo quiero ser.

Cuando Hayes nos pide que enseñemos las máscaras terminadas al grupo, la mía está en blanco.

—Interesante elección, Durga, y también muy poética —me felicita.

—Qué genio —exclama Grover. Su máscara es una réplica de Abraham Lincoln, con sombrero y todo—. Nadie sabe cómo es Grover Cleveland, así que he elegido al presidente popular, pero ya os habéis dado cuenta.

—Solo he pensado que por qué desperdiciar el tiempo en mirar a quien era yo en el pasado.

—Amén. —Grover esboza una sonrisa.

Al final de la actividad, Grover y yo dejamos allí las máscaras. Esas personas ya no existen.

Cassie y yo estamos en la playa esperando a que repita la prueba de natación. Hay unos cuantos monitores. Estoy segura de que la mitad de ellos desean que se ahogue. Cassie aprieta las manos y sacude los brazos.

—Imagina que te estoy agarrando.

—Santo cielo, eres muy lesbiana. —La miro con la cabeza ladeada—. Perdona, se me ha escapado.

—¿Has comido? —pregunto.

—Claro que he comido.

—Lo dices como si tuviera que darlo por hecho.

—No se puede dar por hecho nada en esta vida.

—¿Has comido? —pregunto de nuevo.

—Un poco. No me encontraba bien.

—Estás nerviosa, no pasa nada.

—¡Palillo! —Grover baja corriendo los escalones del comedor. Cassie sonríe en cuanto lo ve—. Maslow quiere que te dé esto.

—¿Otra vez el maldito Maslow? —replica.

Grover me mira y los dos nos encogemos de hombros.

Cassie se echa a la boca varios caramelos de limón directamente de la caja y me la da a mí.

—Si me muero es culpa tuya.

—Deja de ser tan dramática.

—Deja de ser… —Me mira con los ojos entornados— . Cállate.

Nada de comentarios mordaces. Tiene que estar muy nerviosa.

Grover y yo acompañamos a Cassie al agua. Madison está delante del tablero de «En el Campamento Padua hay REcreo y REglas» con una carpeta y un cronómetro en la mano, hablando con otro monitor. La arandela roja de Cassie está colgada del tablero.

—Puedes hacerlo —la animo y le aprieto la mano.

—Zander tiene razón —añade Grover.

—Callaos ya. ¿Qué es esto? ¿El grupo de *comparterapia*?

—Aparta las manos.

Grover sonríe.

—Esa es mi chica.

Cuando Cassie está ya dentro del agua y Madison a punto de empezar la prueba, un grito nos deja a todos congelados.

—¡Espera! —La cara roja de Bek aparece en lo alto de los escalones. Baja corriendo con un juego de arco y flecha del campo de tiro con arco. A juzgar por lo agitado de su respiración, debe de venir todo el trayecto corriendo—. ¡Espera!

Está a punto de caerse de bruces en la arena cuando se dirige corriendo hacia Cassie. Suelta el arco y la flecha en la playa y se mete en el agua, con zapatillas y todo. La agarra por los brazos.

—¿Qué narices pasa, gordito? Aparta tus pezuñas sudadas de mí.

Pero Bek no la escucha. Antes de que nadie se dé cuenta, planta los labios encima de los de Cassie y la besa. Ella se queda paralizada, con los dedos regordetes de Bek agarrados a sus brazos enclenques. Grover y yo resollamos al mismo tiempo junto a todos los que están mirando.

Cuando por fin se aparta, Bek sigue sin soltarla. Cassie se pone en pie, con ambas piernas como bloques de cemento, incapaz de moverse.

—¡Muy bien, Bek! —grita Grover, aplaudiendo con fuerza. Se lleva dos dedos a la boca y chifla. El sonido saca a Cassie de su trance y por fin se suelta de Bek y da un paso atrás. Echa el brazo hacia atrás y le da un tortazo.

—Apártate de mí, rechoncho —le espeta.

Él se tambalea en el agua, pero recupera el equilibrio antes de caerse. Cuando sale del lago con la mano en la mejilla, que se le ha puesto colorada, una sonrisa enorme aparece en su rostro.

—*Je t'aime* —susurra cuando pasa junto a Grover y a mí y sube los escalones sin decir nada más.

Me vuelvo hacia Grover.

—¿Qué diablos acaba de pasar?

—Creo que Bek al fin ha acertado en su objetivo. —Sonríe. Me quedo mirando la pendiente de su nariz y cómo se le curva la punta hacia la derecha. Creo que conozco esa sensación. En este momento, agradezco mucho las imperfecciones.

—Me parece que el año que viene quiero estudiar español en lugar de francés —le susurro.

—Sabia elección, señorita.

Madison explica que lo primero que tiene que hacer Cassie es nadar de un muelle a otro, dos veces, con el estilo que quiera. El caso es que vea que sabe nadar.

—No tengo por qué hacerlo bien —aclara Cassie.

—No —responde la monitora—. Pero no apoyes los pies. —Y, por un momento, examina a Cassie con una mirada genuina de afecto—. Puedes hacerlo.

—Lo que tú digas, J. Crew —se burla Cassie, sin prestar atención al gesto de Madison.

Cuando termina, tiene que ir a la parte profunda del muelle y flotar durante cinco minutos.

Cassie se aleja caminando por el agua. Se hunde hasta los hombros, rodeada por lo que hace tan solo unos días le daba tanto miedo. Es una de las cosas más bellas que he visto nunca, como cuando sale el sol en el desierto y cubre el cielo como una manta sanadora. Pero tenso el cuerpo cuando Madison sopla el silbato, incluso noto la respiración agitada.

—Estoy sola, Mads. No tienes que ser tan formal. —Cassie le salpica agua y le moja las piernas y los pantalones cortos.

—Venga, hazlo —le indica ella.

Grover me toma de la mano y yo le doy un apretón.

—¡Confía en ti misma! —grito a Cassie.

Ella nos mira y yo asiento y le sonrío.

Grover me agarra la mano con más fuerza. Juntos, empezamos a repetir:

—Rezamos a san Antonio de Padua para que se encuentre lo perdido. Para que las almas sean libres. Para que la vida sea eterna.

Cuando Cassie sale del agua después de la prueba, recoge el arco de Bek, que está tirado en la arena, y se acerca al tablero, donde está la arandela roja. Apunta justo al centro con el arco.

Diana.

VALOR

CAPÍTULO 24

Queridos mamá y papá:

¿Cómo estáis? ¿Cómo estáis de verdad? No dejo de recibir cartas en las que me contáis lo que hacéis (por cierto, lo del club de radiodifusión multimedia sigue sonando fatal), pero no sé cómo os sentís. Nosotros hablamos mucho sobre cómo nos sentimos, aquí, en el campamento Padva. Mi amiga Dori odia a su padrastro. Otra chica de mi cabaña, Hannah, se autolesiona porque se odia a sí misma. No nos lo ha dicho, pero creo que lo hará. Al menos eso dice Cassie. Cassie es mi amiga. Ella lo odia literalmente todo, excepto tal vez a Grover. A veces pienso que a mí tampoco me odia. Pero otras veces creo que necesita odiarme porque así se siente mejor cuando ve que no la abandono. Y eso me hace sentir bien.

Le he enseñado a nadar.

Supongo que lo que quiero decir es que espero que, cuando regrese a casa, podamos hablar de cómo nos sentimos. Espero...

Sí, por así papá estuvo a punto de pegarme después de la competición en la que casi me ahogo. No pasa nada. No os preocupéis, no volverá a pasar. Ya no me voy a hundir.

Z

P. D.: Grover es un chico de aquí y es encantador. Mamá, puedes decirle a Cooper lo que he dicho la próxima vez que lo veas en la frutería.

Cassie vuelve a la cabaña al final de la semana tras su confinamiento en solitario. Cruza el umbral de la puerta como una exhalación.

—He vuelto —anuncia con un tono cantarín.

Se acerca a su cama, suelta la bolsa de lona y levanta la manta que le dejé.

—¿Qué es esto?

—Era de Molly.

—Puaj. —La vuelve a soltar en la cama—. ¿Has puesto la manta de tu hermana muerta en mi cama?

—Pensé que tal vez la necesitarías, idiota.

Cuando me acerco para recuperarla, Cassie me detiene.

—¿Idiota?

—Ha sido lo primero que se me ha ocurrido.

—Tenemos que trabajar en tus insultos, Z.

Y a continuación, extiende la manta en su cama. Cuando entra al baño a lavarse los dientes, echo un vistazo al interior de la bolsa. Ya no hay golosinas. Abro la cremallera del bolsillo en el que estaban las pastillas para adelgazar el primer día de campamento. Siguen ahí. Ha cumplido su promesa. Dejo la bolsa exactamente como estaba.

Cuando Cassie sale del baño, no puedo ocultar una sonrisa.

—¿Qué narices estás mirando, idiota? —me pregunta. Me alegra que esté de vuelta. La he echado de menos.

🍃 🍃 🍃

El Círculo de la Esperanza está en silencio. Estoy concentrada en la tarea que tengo entre manos. Tiro con fuerza del maldito hilo del macarrón de plástico y empiezo de nuevo el patrón, cruzando los colores y pasando el macarrón opuesto por los agujeros. Todas estamos inmersas en el trabajo menos Cassie, que está tumbada en la hierba, quitándole las flores a los dientes de león. Está rodeada de matorrales que ha arrancado.

El objetivo de la lección es sencillo, como dice Madison. Hacer un llavero colorido con los macarrones, dárselo a una persona y confesarle algo sobre nosotras. Esa persona lo llevará encima como recuerdo del valor que requiere ser honesta con respecto a quién eres y como recuerdo del valor que albergamos dentro.

—Necesitamos valor para superar los momentos duros de la vida —explica Madison mientras se pasea dando vueltas alrededor del grupo—. Cuando nos sentimos afligidas, cuando estamos nerviosas porque creemos que podemos fallar, cuando parece que todo y todos están en nuestra contra… Necesitamos valor para volver a ponernos en pie y empezar de nuevo.

Mezclo un macarrón naranja, otro amarillo y otro rosa una y otra vez, repitiendo el patrón para hacer el llavero. Cuando casi ha terminado el tiempo del grupo de *comparterapia*, Madison se acerca con un mechero para quemar el extremo de los macarrones para que los plásticos se derritan y se unan.

Hannah se acerca a mí y me da su llavero.

—Para ti.

Intento no parecer sorprendida, aunque estoy segura de que no lo consigo.

—Gracias —respondo, vacilante.

—Las chicas se ríen de mí —me cuenta—. Las chicas de mi instituto. Aunque lo hacen desde que estaba en la guardería. No sé por qué, pero lo hacen, así que supongo que tengo que tener algo malo. Tiene que haber en mí algo malo para que me odien tanto.

—No lo sé. Puede que sean idiotas.

—Puede. —Mueve los ojos como si pensara en algo.

—¿Por eso te cortas?

Se mira la camiseta de manga larga.

—Puedo verlo. Veo lo que tengo malo porque está en mi piel. —Asiento despacio y siento un pinchazo en el estómago por ella. Acepto el llavero de Hannah—. Y creo que estoy enamorada de Kerry —admite.

—¿Kerry? ¿Kerry, el director del campamento?

Asiente.

—Es guapísimo.

—También te dobla la edad.

—Ya lo sé. —Tiene una mirada pensativa y se pone a juguetear con las manos—. Y yo cerré la ventana.

—¿Qué?

—Cerré la ventana cuando Cassie se escapó. Por favor, no se lo cuentes, podría matarme.

Tiene razón, Cassie podría matarla. Levanto el llavero. Hannah le echó valor al cerrar la ventana. Valor o locura.

—No diré nada.

Parece aliviada tras la confesión y se aleja. Cassie sigue en el campo y me siento a su lado.

—Mamá ha tenido un bebé y se le ha caído la cabeza.

—Aprieta el diente de león justo donde el tallo se une a la flor. La flor amarilla se suelta y vuela en el aire. Aterriza junto a mi pierna.

Le tiendo mi llavero.

—Toma.

Cassie se retrepa y lo acepta.

—¿No se supone que tienes que confesar algo?

—Te lo conté todo hace varias noches.

—Imposible, no puedes habérmelo contado todo.

Me cruzo de brazos.

—Grover me ha besado.

Cassie endereza la espalda y mira el llavero.

—¿Besa bien? —La voz suena tensa y deseo poder recuperar las palabras, pero no puedo, así que soy honesta con ella.

—Sí.

Se pone de pie y se sacude la parte de atrás de los pantalones, pero no me mira. Está concentrada en algo invisible que hay sobre la hoguera.

—Bek tampoco besa mal… si te olvidas de las lorzas. Y no me importa lo que hagáis tú y Grover. Podéis tener hijos, me da igual, pero te recomiendo encarecidamente que lo pienses, porque estáis destinados a tener hijos dementes. —Mira todos los dientes de león decapitados.

Arranco uno de la hierba y se lo ofrezco. A lo mejor necesita romper algo. Lo acepta y me mira por fin.

—Pero acuérdate de quién os presentó. Yo era amiga suya antes.

—No podría olvidarlo nunca.

Pasamos el resto de la tarde nadando entre el extremo profundo y el poco profundo del muelle con Bek y Grover. Cuando salimos a la playa, Cassie empuja a Bek contra el tablero de madera y le dice que, como vuelva a acercar los labios a los de ella, le arrancará los huevos.

—Si es que los encuentro —concluye, con la mano en el pecho de él para sujetarlo.

Bek se limita a sonreír.

—Me estás tocando.

—Otra verdad. En serio, creo que Bek se ha curado —comenta Grover.

Cassie gruñe, como si estuviera indignada, y lo suelta. Saca su nueva arandela amarilla y la cuelga; parece un rayo de sol en el tablero.

Me pide que le enseñe un estilo de nado que no parezca de tontos y me paso la tarde enseñándole a ladear la cabeza y respirar mientras nada. Y después nos centramos en el estilo pecho.

—Mi estilo preferido —señala Grover—. No te creas que no me he fijado en el nuevo bañador. —Me mira el bikini.

—¿Ha dicho alguien pecho? —Bek saca la cabeza por encima del agua—. ¿Y bañador?

Después de la miniclase de Cassie, Grover y yo nadamos hasta la balsa y nos metemos debajo del agua para ver quién es más rápido en tocar el fondo y salir con un puñado de arena. Cassie nos mira, agarrada al borde del muelle. Ella no puede nadar más allá de las boyas que marcan el límite entre el amarillo y el verde.

Me sumerjo en el agua y avanzo todo lo rápido que puedo. Cuando toco el fondo, tomo un puñado de arena. Me vuelvo rápido y me impulso con los pies en el fondo para salir a la superficie. Dejo atrás, en el fondo del lago Kimball, el recuerdo de lo sencillo que me resultó quedarme abajo.

—¿Quién ha llegado antes? —grita Grover, escupiendo agua.

—Yo. —Le salpico, todavía con el puñado de arena.

—Cassie es la jueza. —La señala mientras remueve el agua con el brazo en alto.

Cassie examina los puñados de arena.

—Ha ganado Cleve.

Lo empujo y le estampo la arena en el brazo. Se echa agua y la arena se disipa.

—No es una jueza imparcial.

Grover sonríe y viene a por mí. Me tira de las piernas para acercarme a él y hundirme bajo la superficie del agua. Me ataca bajo el agua y yo me libero. Las carcajadas forman burbujas alrededor de mi cabeza. Salimos en busca de aire al mismo tiempo.

Me sonríe.

Y yo le sonrío

Volvemos a sumergirnos, yo lo suficiente como para tener la cabeza a pocos centímetros de la superficie. El sol
resplandece en el agua azul verdosa cuando Grover se
mueve en mi dirección hasta tener la cara a milímetros de
la mía. El pelo flota a mi alrededor. Me lo acaricia con los
dedos, meciéndolo como hierba en el viento. Yo hago lo
mismo.

Después nos besamos por segunda vez. Presiona ligeramente los labios contra los míos y nos quedamos justo ahí,
flotando por debajo de la superficie.

Cuando los chicos van a ducharse para la cena, Cassie y
yo nos sentamos en el borde del muelle con el pelo todavía
mojado y de cara al sol.

—Antes de que naciera mi hermana, mi madre solía to-
marse unos días libres en el trabajo durante el verano para
llevarme a la piscina. Me compraba un helado de esos de
muchos colores en el quiosco de las chucherías.

—Esos helados tienen un montón de sirope de maíz con
fructosa.

—Lo sé. No me puedo creer que me dejara comérmelos. —Sonrío por el recuerdo que creía olvidado hasta
hoy—. El automóvil se calentaba mucho bajo el sol, pero
al final del día hacía buen tiempo.

—Mi madre no hacía nada por mí. —Cassie mueve los
pies por encima del agua.

—No puede ser verdad. Algo tenía que hacer.

—¿Además de hacer que me salieran piojos? —Se mira las manos arrugadas. Le concedo unos segundos, y luego otros pocos—. Supongo que sí que hizo una cosa. Me enseñó a trenzar el pelo. Todas las chicas negras tienen que saber trenzar el pelo.

—¿Me trenzas el mío?

Me mira como si fuera una idea ridícula.

—No sé, solo me he trenzado el mío.

—Puedes hacerlo. —Le digo, y le doy un golpecito en la pierna, la que tiene la cicatriz. Y a continuación me arriesgo y se la toco. La aparta un segundo, pero luego vuelve a dejarla bajo mi mano—. Por favor.

Gruñe y se pone en pie.

—Espera aquí.

Vuelve al muelle con un peine y un puñado de gomas que tenía en la cabaña.

—¿Cuántas trenzas me vas a hacer?

—Ya lo verás. —Esboza una sonrisa traviesa.

Me pasa los dedos por el cuero cabelludo, separando el pelo en secciones que recoge con gomas. Va una a una, trenzando cada sección hasta el final.

Mientras me peina y me toca el pelo con los dedos, me quedo adormilada y tranquila. No dice mucho mientras trenza. Entre el sol, nadar y esto, podría quedarme dormida.

—Ojalá pudiera haber hecho esto con Molly —comento en mi estado soñoliento—. Se supone que las hermanas se trenzan el pelo entre sí.

Cassie me pone una goma en una de las trenzas.

—Siento lo de tu hermana, Z. —Y a juzgar por el tono de voz, lo dice en serio.

—Yo siento lo de tu vida, Cassie.

—Yo también.

Cuando tengo la cabeza llena de trenzas, Cassie se sienta a mi lado en el borde del muelle y se queda mirando el lago Kimball.

—¿Qué se siente en el fondo del lago?

—Ya lo has sentido.

—Aquí no. —Señala la balsa—. Allí.

Asiento al entender lo que me está preguntando.

—La arena es más suave allí y hay menos algas.

—Parece agradable.

—Lo es.

Un momento después, se vuelve hacia mí.

—Quiero tocar el fondo. Quiero saltar de la balsa. Quiero el verde —declara—. ¿Me vas a ayudar?

Me paso las manos por las trenzas de la cabeza.

—Claro.

🍃 🍃 🍃

Cuando Cassie y yo abandonamos el muelle, Hannah se acerca a nosotras corriendo con cartas en las manos.

—De casa. —Me pasa una a mí y otra a Cassie. Ahora me doy cuenta de que nunca había visto a mi amiga recibir una carta.

—Gracias —digo.

Cassie sostiene la suya entre los dedos. No me mira, pero tiene la mirada perdida y los ojos muy abiertos.

—¿Cassie?

Se recupera rápido.

—Te veo en la cabaña. Voy al baño del comedor. —Cuando ha subido la mitad de las escaleras, se vuelve—. Por cierto, Hannah, sé que fuiste tú.

La chica resuella.

—¡Se lo has contado!

Niego con la cabeza y me pongo a tartamudear.

—No —grita Cassie, que se vuelve de nuevo en las escaleras—. Lo acabas de hacer tú. —Se echa la toalla por encima del hombro. Miro la carta que tiene fuertemente agarrada. Se aferra a ella como si temiera que pudiera llevársela el viento y desaparecer.

CAPÍTULO 25

Querida Zander:

Gracias por tus cartas. Tu padre y yo estamos encantados de que te vaya tan bien en el campamento. Estamos muy felices. ¿Ves? Lo estoy intentando.

La verdad es que pensaba que estaría preparada. Pensaba que estaría preparada para la muerte de tu hermana. Pero no lo estaba. Creo que los padres nunca están preparados porque, no importa cuál sea la situación, siempre deseamos que no suceda. Es una locura, lo sé. Pero la alternativa... bueno, a veces la esperanza es la única alternativa porque la realidad es demasiado dura. Fue demasiado duro.

No podía dejar ir a Molly. Cuando tengas hijos, y espero que los tengas algún día, deseo que tú tampoco quieras dejarlos ir.

Sabía que estaba mal mantenerla a mi lado. Pero era mi bebé, y la necesitaba hasta el mismísimo último día.

Sigo necesitándola.

Y sigo necesitándote a ti.

A lo mejor esto de escribir cartas sirve de algo. Me siento mejor tan solo plasmándolo en papel.

Le he contado a Cooper que tienes un novio nuevo en el campamento y que me has dicho que ese chico besa bien. De todas formas, nunca me gustó Cooper, come como un neandertal.

Con cariño:

mamá

Me llevo la carta de mi madre al pecho y el papel cruje entre las manos. Me apoyo en la pared exterior del comedor mientras los campistas hacen cola para la cena. No puedo separarme de ella, necesito aferrarme un poco más, mientras sus palabras se asientan.

—Espero que no sea de Coop, que quiere volver contigo. —Grover echa un vistazo por encima de mi hombro. La doblo rápidamente y me la meto en el bolsillo trasero—. Bonito pelo. —Me toca una trenza.

—Me las ha hecho Cassie —señalo. Me paso una mano por la cabeza—. Y la carta es de mi madre.

—¿Le has hablado de mí?

—Puede. —Esbozo una sonrisa ladeada. No nos movemos. Toma otra trenza y se la enrolla en el dedo. Noto un escalofrío en los brazos.

Los ojos le brillan más de lo normal esta noche y lleva de nuevo la camiseta de «No cuesta divertirse cuando tienes el carné de la biblioteca». Cuanto más me mira, más mariposas me revolotean en el estómago.

—¿Quieres que hagamos algo juntos esta noche? —me pregunta.

No pregunto qué porque no me importa. Simplemente digo que sí y entramos al comedor agarrados de la mano.

—Y déjate las trenzas. Me gustan.

Cassie ya está sentada a nuestra mesa. No la vi antes en la cabaña. Salí pronto para leer la carta de mi madre porque había demasiados ojos. Pero al verla ahora noto una oleada de alivio.

Cuando paso junto a la bandeja de manzanas, deslizo las manos por la fruta. No necesito una esta noche, el recuerdo del motivo se repite constantemente en mi mente. Ya es suficiente por hoy. Cuando me siento al lado de Cassie, le ofrezco mi bollo de pan.

—No, gracias, Z. —Toma lechuga con la cuchara.

—Mañana podemos practicar el buceo —le digo—. Puedo enseñarte.

—Estupendo, lo estoy deseando.

No habla mucho durante la cena, y la comida se queda prácticamente sin tocar. En un momento de la velada, mira a Bek.

—¿No te enseñó tu madre muerta a no chascar los labios mientras comes, gordito?

Bek la mira con los ojos muy abiertos. Se traga la comida de golpe. No es un comentario demasiado desagradable para tratarse de Cassie, pero el tono de voz es distinto.

—¿Estás bien? —le pregunto.

Por fin me mira.

—Ya hemos hablado de esto como un millón de veces, Z. Nunca estoy bien. —Después sonríe y me siento aliviada.

—¿De quién era la carta? —Le doy un sorbo al vaso de leche.

Cassie toma un trozo de lechuga con la cuchara.

—De mi tía Chey.

—No sabía que tienes una tía.

—La mayoría de las personas tienen tías. —Vuelve a atacar el plato.

Me doy cuenta de que no quiere hablar del tema, así que lo dejo pasar. Al menos me ha dicho de quién es la carta. Ya es algo. Si he aprendido algo de Cassie es que no puedo forzarla a nada.

Después de la cena y la distribución de medicinas de la noche, celebramos otra hoguera con canciones demoledoras de James Taylor mientras Hayes toca la guitarra. Kerry nos pregunta si alguien se anima a cantar un solo.

—Para practicar lo de tener valor —apunta—. Hacen falta narices para cantar delante de un grupo.

Para mi sorpresa, Dori levanta la mano. Canta todo un verso de *Fire and Rain*. Tiene la voz suave y dulce, probablemente vaya a coro en Chicago. Me remuevo en el asiento al pensar en volver a casa. Ahora me siento bastante cómoda con muchas cosas, pero eso… Toco la carta que tengo en el bolsillo. Esto es lo más cerca que deseo estar de Arizona ahora mismo.

Cuando volvemos a las cabañas, Grover aparece detrás de mí y me tira de la camiseta.

—Recuerda que me has dicho que lo íbamos a hacer esta noche —susurra.

—Creo que a esa frase le falta una palabra.

—En realidad dos. —Vuelve a tirarme de la camiseta—. No tienes nada en contra del allanamiento de morada, ¿no?

—¿Por qué? —pregunto.

—Ya lo verás. —Vuelve a la zona de chicos del campamento—. Tú espérame.

—¿Dónde?

Se para.

—En tu cama. ¿Dónde si no?

Todas las chicas, Cassie incluida, se quedan dormidas enseguida, pero yo me quedo mirando la cama que tengo encima con los ojos muy abiertos. Echo una mirada a la ventana cerrada del baño. Madison informó a mantenimiento de que faltaba el tornillo que la mantenía cerrada, pero le dijeron que la arreglarían al final del verano. Mientras tanto, ha puesto un poco de cinta adhesiva en la parte inferior.

Veo la cara de Madison mientras duerme. Tiene el pelo largo delante del hombro, junto a la llave que le cuelga del cuello, y por un instante me pregunto cuáles son sus piezas rotas. Nadie es perfecto. Aunque tengas la llave para salir de un dormitorio cerrado, no tienes la obligación de usarla. Algunas personas se sienten más cómodas atrapadas en sus propias trampas.

Los minutos pasan lentos mientras espero a Grover, y los tic tardan mucho en sustituir a los tac. Cuando oigo el clic de la puerta, me pongo recta. Esta se abre tan lentamente que, si no estuvieras mirándola, ni te darías cuenta, pero yo sí, porque estaba esperando. Y resulta que esperar no está tan mal.

Me pongo las zapatillas y me acerco a la puerta de puntillas. Todo lo silenciosa que puedo, salgo a la noche.

Grover me espera a la luz de la luna con unos pantalones de pijama de cuadros y una camiseta blanca.

—¿Cómo has abierto la puerta? —pregunto.

Levanta una arandela gigante con un montón de llaves.

—Me he traído mis llaves.

—¿Cómo las tienes?

—Las robé el año pasado e hice copias cuando volví a casa. Es un peligro que nos encierren todas las noches en caso de incendio. Ya sé que el campamento garantiza la seguridad de todos los campistas, pero a mí no me gusta.

Eso explica cómo puede escaparse.

—¿Le diste a Cassie la llave de la enfermería?

Asiente.

—La necesitaba.

—Creía que Madison tenía la única llave. —Toco la arandela.

—Nunca hay una sola llave para abrir una puerta, Zander. —Me rodea con el brazo—. Venga, quiero enseñarte una cosa.

No me suelta mientras caminamos hacia el comedor. Tira de mí y me coloca en el hueco del brazo. Usa una de las llaves, abre la puerta y tira de mí hacia el interior del comedor oscuro, manteniéndome cerca de él.

Nos detenemos junto a la puerta de una habitación.

—¿Nos hemos escapado para escondernos en la despensa de los utensilios de limpieza? —susurro y bostezo.

La habitación está a oscuras, pero veo la sonrisa de Grover. Tira de la puerta y veo la luz de la pantalla iluminada de una televisión. En el suelo hay varios cojines a modo de sillas y un cuenco con palomitas en medio.

—¿Qué es esto?

Grover tira de mí hacia la habitación.

—Una cita para ver una película.

—Una cita. —Esbozo una sonrisa.

—Vi a Kerry guardar la televisión aquí y se me ocurrió… Por desgracia, el cine tiene una selección de películas muy limitada. Y tenemos un riesgo adicional: que nos arresten.

Me siento en uno de los cojines.

—Correré el riesgo.

Grover presiona el *play* del reproductor de DVD y se sienta a mi lado. Alcanzo las palomitas y apoyo la cabeza en su hombro.

—Ya sé que acaba de empezar, pero puedo prever que esta va a ser la mejor cita de mi vida —digo.

—Esta es la única cita que he tenido —comenta él.

—¿De verdad?

Se mira las manos y se tira del bajo de la camiseta.

—Un padre esquizofrénico con tendencia a perder los pantalones no es precisamente un imán para las chicas. La verdad es que la mayoría de las personas temen a mi padre, Zander.

Le tomo la mano y aprieto.

—A la gente también le daba miedo Molly. A veces la realidad es demasiado fea y no quieren verla.

Al fin vuelve a mirarme.

—Es imposible que lo que estoy mirando ahora mismo pueda considerarse feo.

Sus palabras hacen que me den ganas de romper a llorar y a reír.

—¿Qué ponen esta noche en el cine? —pregunto.

—Todo un clásico para adolescentes: *El club de los cinco*. Me meto una palomita en la boca.

—He oído opiniones buenas de esa peli.

La música comienza y nos acomodamos en los cojines, pero Grover no me suelta la mano. Me la sostiene con fuerza y la coloca justo encima de su corazón.

Cuando termina la película, ninguno de los dos nos movemos. Tengo la cabeza apoyada en su pecho, el brazo extendido en su torso y la pierna enganchada a la parte inferior de la suya. Estoy enredada con Grover.

Él juguetea con las trenzas mientras aparecen los créditos sobre una imagen congelada de John Bender alzando el puño en el aire en un campo de fútbol.

—¿Crees que la reina del baile y el delincuente seguirán juntos cuando vuelvan al colegio el lunes? —pregunto.

—Eso espero.

—Yo también lo espero. —Retuerzo su camiseta entre los dedos—. ¿De verdad eres virgen, Grover? —Se sienta y yo hago lo mismo. Me apoyo en las rodillas, mirándolo, y me encojo de hombros—. En la película era muy importante.

—Sí —responde con voz firme—. Soy virgen.

Espiro al escuchar las palabras.

—¿Tú y Cooper…? —Se queda callado.

—No. Solo le gustaban mis tetas.

—Ya veo por qué.

Sé que me estoy ruborizando, pero no aparto la mirada de la cara de Grover. Calmo la respiración y reúno el valor que necesito para confesar algo. Valor, de ese que nos ha hablado Madison.

—Nunca he sentido nada con Cooper cuando nos besábamos. No lo sentía de verdad. Solo lo hacía porque así mis padres pensaban que todo estaba bien. Si me besaba con un chico, iba al instituto y sacaba buenas notas, no me estaba ahogando.

—Egoístamente, me alegra que nunca hayas sentido nada con Cooper.

Me acerco a él, arrastrándome de rodillas por el suelo de la despensa de la limpieza.

—Así que esta es la primera vez que he hecho algo así con un chico.

—Esta es la primera vez que he hecho algo así con una chica.

Cuando escucho las palabras, sé qué es lo que necesito hacer a continuación. Tomo aliento. «Valor». Meto la mano en el bolsillo trasero de sus pantalones «Valor». Busco el cuaderno, pero no lo encuentro.

—¿Dónde está el cuaderno? —pregunto.

—Estoy intentando sobrevivir sin él. —Su mirada no abandona la mía cuando lo dice.

«Valor».

No me importan las probabilidades que existen de que Grover y yo sigamos juntos después de este momento, justo ahora estoy al cien por cien segura de que es aquí donde tengo que estar. Merece la pena vivir esto.

Me agarro el bajo de la camiseta y cierro los ojos. No quiero seguir insensible. En ningún lugar. Quiero tener el valor de sentir. Todo. Lo necesito.

Me quito la camiseta y la dejo en el suelo, a nuestro lado. Hago lo mismo con el sujetador. Y de pronto estoy desnuda. El pecho aletea con cada inspiración. La piel que cubre el corazón, los pulmones y todas las cosas que me hacen estar viva por dentro queda expuesta. Abro lentamente los ojos.

Grover me observa un momento y luego se quita la camiseta. Ya le he visto el pecho antes, incluso hoy, cuando estábamos bañándonos, pero aquí, en este lugar, es distinto.

Levanto la mano y poso los dedos temblorosos en su corazón. Se estremece cuando hace lo mismo y me toca. Presiona la palma contra mi piel.

—¿Me sientes? —pregunta.

Asiento. Siento cada centímetro de su mano, las crestas y curvas de las huellas dactilares, como si las tuviera grabadas en mí.

Le aparto la mano de mi pecho y la dejo en el hombro. Empiezo en la parte alta de su brazo y bajo lentamente, trazando círculos con dedos torpes sobre la piel. Está muy suave y yo no. Yo estoy rota y temblorosa y asustada, pero no pienso dar marcha atrás, Grover también es todo eso.

Cierra los ojos y se muerde el labio inferior. Cuando llego a los dedos, me acerco su mano a la boca y la beso. Beso cada dedo y pido un deseo. Deseo que nunca enferme. Deseo que recuerde esto el resto de su vida. Le deseo una vida de verdad el resto de su vida, con lo feo y todo. Porque la realidad puede ser fea, pero a veces podemos estar rotos y ser también bellos.

Cuando tiro de Grover hacia mí, abre los ojos. Posa las manos en los laterales de mi cara y las mueve por el pelo trenzado. Me coloca una trenza detrás de la oreja y vuelve a sacarla.

—No te contengas —me dice.

—Esta noche no.

—No, Zander. Nunca.

Y entonces lo beso, presiono los labios contra los suyos. Levanto el cuerpo para buscar el de Grover y nos fundimos en uno solo. Me hunde los dedos en la espalda y yo deslizo los míos por su columna. Busco en sus labios todos los sabores que pueda haber. Todas las palabras y sonidos que han salido de ellos.

Nos tumbamos en los cojines, piel cálida contra piel cálida. Me río cuando me mordisquea el cuello.

Esta noche no va a acabar nunca porque cada momento de cada día del resto de mi vida, pienso revivirla. Voy a quedarme siempre en la superficie, flotando.

CAPÍTULO 26

A quien pueda interesar:
Rechazo tus reglas.
Besos:

Cassandra Dakota Lasalle

Mi camiseta sigue en el suelo. Palpo la zona en busca del sujetador. Levanto el brazo de Grover, me cuelo por debajo y lo vuelvo a dejar sobre el vientre desnudo.

Duerme con la boca un poco abierta, respirando por la nariz y por la boca. Me muerdo el labio inferior y noto fuego en el estómago. Podría estallar en un millón de pedazos rotos, puntiagudos y maravillosos.

Cuando me pongo la ropa y la tela roza los lugares que ha tocado horas antes Grover, gimo. Mi cuerpo rezuma vida.

Miro por la rendija de la puerta de la despensa. Los árboles proyectan sombras bajo la luz gris y violeta con un toque amarillento. No nos queda mucho tiempo.

—Grover. —Le toco la mejilla y mueve la cara en mi mano—. Grover. —Intento despertarlo.

Me toma de la mano y, despacio, como si fuera ciego, empieza a acariciarme el brazo, hacia arriba, pero no abre los ojos.

—Por favor, dime que eres real. Que no ha sido un sueño. Que no voy a abrir los ojos y voy a aparecer en mi cama, en mi habitación, con el estúpido póster de Spider-Man pegado a la pared.

—¿Tienes un póster de Spider-Man en la pared?

—Los cómics están muy bien. —Las manos de Grover suben hasta la cara.

—Soy real.

Abre los ojos.

—Y al fin me has encontrado.

Grover me acompaña a la cabaña cuando el sol empieza a salir en el cielo. Se detiene al llegar a la puerta.

—Supongo que ya te llamaré. —Se pasa la mano por el pelo.

—Grover, me vas a ver en unas dos horas.

—Tú sígueme la corriente. Es nuestra primera cita, ¿recuerdas?

Sonrío.

—Me lo he pasado muy bien.

—Yo también. Igual podemos repetirlo algún otro día. —Me ofrece la mano para que se la estreche. Eso hago.

—Me encantaría.

Tira de mí y me besa.

—Por cierto —me susurra al oído—, sigo pensando que la reina del baile y el delincuente siguen juntos.

Sonrío y siento su aliento en la oreja. Me toco la espalda y me desabrocho el sujetador. Grover me mira como si estuviera del todo confundido y también intrigado. Me meto los brazos dentro de la camiseta y me bajo las tiras del sujetador por los hombros. A continuación, como si fuera un mago que saca una sucesión de pañuelos de colores de una chistera, lo saco por una de las mangas de la camiseta.

—Yo no tengo un pendiente de diamantes. Tendrá que bastar con esto.

Le doy un beso de buenas noches, o más bien de buenos días, y entro en la cabaña.

🍂 🍂 🍂

—Estás rara —me dice Cassie desde atrás.

Ahogo un bostezo con la mano mientras avanzamos por la cola de la comida. Apenas la escucho.

—Buenos días, señoritas —Grover aparece detrás de nosotras. Tiene el pelo mojado y huele a jabón—. O tal vez debería de decir señorita y… ¿hoy qué eres, Palillo?, ¿un chico o una chica?

—Estoy cansada.

—Bueno, al menos es algo. —Ladea la cabeza y me mira—. ¿Y tú, Zander? ¿Cómo estás?

Antes de que pueda responder, Cassie se choca conmigo en la cola y me da en la espalda con la bandeja.

—Está rara.

—¿Rara dices? —Grover se lleva el dedo a la barbilla. Me acuerdo de cuando lo besé ahí y sentí la barba incipiente con la lengua. Se me pone la piel de los brazos de gallina.

—Estupenda —digo por fin—. Estoy estupenda.

—Estupendo. —Esboza una sonrisa.

—Estupendo —confirmo.

—Estupendo —dice Cassie de forma exagerada—. Voy a vomitar.

Grover chasquea la lengua.

—Palillo, no es tu estilo.

Cassie se aleja sin decir una palabra.

Grover y yo nos miramos el uno al otro. La piel le brilla, casi como si estuviera hecha de cera. Anoche no parecía real. Le toco el pelo mojado, solo para asegurarme. Él hace lo mismo con una de las trenzas.

Kerry da tres palmadas y el sonido reverbera en el salón. Me sobresalto.

—La única forma de que nos encuentren… —grita.

Aparto la mano del pelo de Grover.

—Es admitir que estamos perdidos —respondo.

—Amén. —Grover me guiña un ojo. Toma una manzana de la bandeja y la lanza al aire. La alcanzo al vuelo.

—Una manzana al día —comenta.

—Mantiene al médico en la lejanía.

—Espero que sea verdad.

En el desayuno, Grover deja la mano en mi muslo. Ninguno de los dos hablamos mucho. Siento la cabeza pesada sobre el cuello y el punto donde me está tocando Grover está caliente. Le da un bocado a la manzana y la abre, como si estuviera tronchando un palo. Me ofrece, pero niego con la cabeza. Él la necesita más que yo.

Cuando Kerry se despide de todos, Grover comenta:

—Tiro con arco. Creo que esta mañana me interesa el tiro con arco. Me parece que durante la noche ha mejorado mi puntería. Puede que hoy acierte en el objetivo.

—Yo también —señalo. Cassie se levanta de la mesa sin decir nada—. ¿Vamos a nadar por la tarde?

—Lo que tú digas, Katniss. —Y se va.

Le dedico una sonrisa a Grover.

Pero cuando nos dirigimos a tiro con arco, me detengo un momento. No me he fijado en lo que ha desayunado Cassie, pero tiene que haber comido algo. Y las pastillas para adelgazar siguen en la bolsa.

Grover me agarra de la mano y tira de mí. Me empuja contra un árbol y arranca una hoja verde de una rama. Me acaricia el brazo con ella, deslizándola por la piel como si se tratara de una pluma.

—¿Sientes esto?

Antes de asentir, posa los labios sobre los míos y toda pregunta que tenga sobre Cassie o cualquier otra cosa se desvanece.

🌿 🌿 🌿

—¡No puedo hacerlo! —grita Cassie cuando saca la cabeza del agua.

—Sí puedes. —Oculto un bostezo con la mano. Una lágrima nacida del cansancio baja por la mejilla y la limpio. Me aferro al recuerdo de la noche anterior para poder afrontar el resto del día, como si fuera cafeína. Pero conforme avanza la clase de natación, menos funcionan los recuerdos.

—No. Puedo. —Pone énfasis en cada palabra.

Me siento sobre las manos en el muelle. El sol me alumbra la cara. Señalo el bastón amarillo que hay en el fondo del lago Kimball.

—Está justo ahí. Vuelve a intentarlo.

Cassie exhala un suspiro exasperado antes de volver a sumergirse. Cierro un segundo los ojos y me aferro a un recuerdo de Grover acariciándome la clavícula con los dedos, de un hombro hasta el otro, para seguir a continuación hacia delante. Se me tensa el vientre. Me toco los brazos y recuerdo la sal de las palomitas y cómo le temblaban los brazos cuando le besé el punto suave justo detrás de la oreja.

—¡Ni siquiera me estás mirando! —Abro los ojos. Cassie está de pie, con el agua hasta los hombros, en la zona amarilla—. ¿Y si me estuviera ahogando?

—Deja de ser tan dramática. Madison está ahí. —Señalo la playa, donde se encuentra la monitora con un chaleco salvavidas aferrado al pecho.

—Mads no va a salvarme.

—Tal vez deberías haber sido más amable con ella. No es tan mala.

—Tal vez tú deberías mirarme.

No hago caso de la réplica.

—¿Has alcanzado el bastón?

—No, no lo encuentro.

—Abre los ojos debajo del agua.

—No voy a abrir los ojos en esta fosa séptica. —Señala el lago reluciente—. Seguro que me da conjuntivitis.

—No, y así no es como se transmite la conjuntivitis. —Vuelvo a bostezar.

—¿Por qué estás tan cansada? —me pregunta.

—No he dormido bien. —No es una mentira, pero la sensación incómoda que noto en el vientre me confirma que tampoco es exactamente la verdad. Me limpio el sudor de la frente y cambio de tema—. Aguanta la respiración, suelta despacio burbujas por la nariz mientras bajas al fondo. Cuando veas el bastón, alcánzalo y después impúlsate todo lo que puedas con los pies en el fondo del lago y sube a la superficie.

—Lo dices como si fuera fácil.

—Es fácil. —Hundo los hombros y hablo con tono duro.

—¿Y si no lo logro?

—Pues vuelve a subir.

—Y lo dices como si fuera fácil —repite con voz tensa—. Pero no es tan fácil salir a la superficie a respirar. Es agotador. Y cuanto más me adentro en el fondo más me cuesta subir. ¿Y qué pasa si no puedo? ¿Y si no puedo volver a la superficie?

—Sí puedes. —Aunque sueno poco convincente.

—Pero ¿y si no puedo?

—Entonces, me meteré y te salvaré.

—Tenías los ojos cerrados —brama—. No puedes estar siempre ahí para salvarme, Zander, y no estarás.

—¡Entonces no lo hagas! —grito. Me levanto, exhausta. Noto el sol demasiado caliente en la piel, tengo la vista borrosa por el sudor y ya no soy capaz de encontrar un recuerdo que haga más fácil la situación—. ¡Me da igual!

Cassie da un paso atrás en el agua.

—¿Te da igual?

Me paso las manos por el pelo trenzado.

—Mira, vamos a dejar la clase por hoy, ¿de acuerdo? Mañana seguimos.

—¿Estás dejándome tirada?

—Lo dices como si te estuviera abandonado.

—¿Estás abandonándome? —Tiene una mirada fiera.

—Lo estoy intentando con todas mis fuerzas, pero tú me lo pones muy difícil.

—Siento ser tan difícil.

Recojo la toalla y no hago caso de la provocación.

—¿Así que me abandonas? —repite.

—Dios mío, Cassie, ¿por qué todo tiene que ver siempre contigo? No todo gira en torno a ti —chillo—. Eres una egoísta.

Tensa la mandíbula y da otro paso atrás.

—A lo mejor soy egoísta porque a nadie le importo. Soy la única que me preocupo por mí.

Dejo escapar un suspiro y pongo los ojos en blanco. Estoy demasiado cansada para mantener esta conversación.

—Mañana volvemos a intentarlo.

Cassie sale del agua.

—Bien. Está bien. —Choca el hombro con el mío cuando se aleja del muelle, murmurando algo sobre que solo tenemos el hoy, pero las palabras se pierden en mi cabeza en cuanto han entrado y desaparecen en una nube de cansancio.

CAPÍTULO 27

Cher papa,
J'ai embrassé une fille et je l'aime.
Cordialement,

Alex Trebek

Cuando vuelvo a la cabaña, Dori está durmiendo en la litera. Me dejo caer en la cama. Dori duerme mucho, pero no creo que estemos cansadas por la misma razón. En el grupo de *comparterapia* ha dicho que está, literalmente, agotada de la vida. Duerme para no tener que enfrentarse a ella. Hoy yo estoy cansada por el motivo contrario.

La almohada me mece la cabeza. Me subo la sábana hasta las orejas y me olvido de la rabia por la pelea con Cassie que me da vueltas en la cabeza. Me centro en otras cosas mejores: Grover deslizando los dedos por todas las vértebras de mi espalda. Yo besándolo desde la frente hasta los labios y de ahí a la barbilla y al cuello. La cama se templa y se me derriten las piernas en el colchón duro. Sigo pensando en los recuerdos: yo moviendo la lengua dentro de su boca. Grover besándome la barriga. Y entonces caigo.

Me despierto a la hora de la cena y levanto la cara de la almohada. Me duele la cabeza de estar en la misma posición y tengo las trenzas aplastadas en un lado de la cara.

Me deshago las trenzas y me echo agua en el rostro antes de ir al comedor.

Cassie está fuera, paseándose por el muelle como un soldado armado haciendo guardia. Cuando me acerco, me doy cuenta de que está leyendo algo.

—¿Esa es la carta de tu tía? —pregunto.

Se da la vuelta y arruga el papel en la mano.

—Como si te importara. —No puedo evitar poner los ojos en blanco. Cassie me mira el pelo—. Y te has quitado las trenzas.

—Es que me daban dolor de cabeza —respondo con voz monótona.

—Muy bien. —Se mete la carta en el bolsillo y me adelanta en dirección al comedor.

La tensión que hay entre las dos no se suaviza cuando nos sentamos. Grover nos mira a Cassie y a mí en la mesa.

—¿Cómo ha ido la clase?

—No ha ido —comenta Cassie—. Gracias a la señorita Necesito Una Maldita Siesta.

—Estaba cansada. —Echo una miradita a Grover por el rabillo del ojo.

—¿Por haber pasado toda la noche despierta? —interviene Bek con la boca llena de comida. Estira el brazo por encima de la mesa y me quita el batido de chocolate. Me quedo con la vista fija en la bandeja, incapaz de mirar a Cassie.

—¿Qué? —Parece sorprendida de verdad.

—Grover y Zander se han pasado toda la noche despiertos. —Bek le da un sorbo al batido.

—Devuélveme eso. —Le quito el vaso de las manos. Hay trozos de comida flotando—. Qué asco. —Se lo vuelvo a dar.

—¿Está mintiendo? —pregunta entre dientes Cassie.

—¿Se lo has contado? —me dirijo yo a Grover.

—Se despertó cuando volví a la cabaña. No podía mentirle. Sería como aprobar la mentira, lo que no hago, y entonces podría haber empezado a mentir de nuevo. —Se encoge de hombros.

—¿Os habéis escapado sin mí? —Cassie aparta la silla de mi lado. Le lanzo una mirada asesina a Bek y no digo nada—. ¿Así que no has podido darme hoy clase porque te has pasado toda la noche despierta haciéndole una mamada mala a Cleve? Dijiste que me ibas a ayudar.

—¿Y qué te crees que he estado haciendo todo el verano? —suelto, y apuñalo los macarrones con queso que tengo en el plato.

—¿He sido tu obra de caridad?

—Yo no he dicho eso, así que deja de darle la vuelta a mis palabras.

—Ya no sé quién es el mentiroso, si Bek o Zander.

—Yo no te he mentido —digo.

—No, simplemente no me has incluido, que es peor que mentir.

Cassie se levanta y mete la silla debajo de la mesa. Nos quedamos todos en silencio cuando sale del comedor. Miro a Grover y a Bek, cansada y harta de salir siempre corriendo detrás de Cassie cuando le da una rabieta. Grover parece sentirse culpable, pero nadie la persigue.

No es hasta que limpiamos las bandejas cuando me doy cuenta de que no tenía comida en la suya.

CAPÍTULO 28

Querida tía Chey:

Valor: reunir arrojo. Hacer algo que nunca pensaste que podrías hacer. Enfrentarte a la verdad. Actuar con confianza. Admitir por fin cómo es tu vida y cómo será siempre. Ver el final y reconocerlo.

Cassie

Cuando vuelvo esa noche a la cabaña, la sudadera de la Universidad de Arizona y la manta de Molly están en mi cama. Las meto en la maleta y esta, debajo de la cama.

Cassie guarda silencio. No nos dice nada a nadie, ni siquiera a Grover. Pasa un día tras otro. Sale a la luz mi lado testarudo, el que me mantuvo tantos años callada con Molly. El lado que me dejó insensible. Cassie y yo nos sentamos una frente a la otra en las comidas, pero aprieto los dientes y me trago las palabras. Me paso todo el tiempo en tiro con arco y manualidades. No vamos a nadar.

Y Grover lo observa todo. Me pone la mano en el muslo por debajo de la mesa, ayudándome a calmar todo lo que tengo dentro, pero permanezco callada.

En la cabaña, escribo cartas a mis padres y hablo con Dori sobre sus planes para enfrentarse a su madre cuando vuelva a casa.

—Voy a pedir vivir con mi padre —declara—. No me importa que viva en la otra punta del país, y tendré que hacer amigos nuevos. De todos modos, mis amigos son un asco.

Echo una mirada a Cassie, que está arrancándose el esmalte de uñas de los dedos de los pies.

—Me parece un buen plan.

—Estoy cansada de estar cansada —admite Dori—. ¿Y tú qué? ¿Qué vas a hacer cuando regreses a casa?

—¿A casa? —Ni siquiera me gusta pronunciar la palabra—. No lo he pensado.

Por la mañana, me encuentro a Grover en un banco de pícnic, justo fuera de la cabaña.

—Grover, se supone que no puedes estar aquí —le riñe Madison.

—¿Qué sería de la humanidad si todo el mundo hiciera lo que se supone que tiene que hacer? Se suponía que Jesús tenía que ser un carpintero. ¿Qué habría pasado si no hubiera roto las reglas y se hubiera convertido en el hijo de Dios?

Madison niega con la cabeza y se ríe.

—Es demasiado temprano para esto.

El resto de la cabaña se dirige al comedor, pero Cassie se queda rezagada en el grupo y nos mira cuando pasa por nuestro lado. Le devuelvo la mirada.

Me apoyo en la mesa, al lado de Grover. Él me toma de la mano.

—Continúa el jueguecito del poder.

No hago caso del comentario.

Me levanta la mano y la pone encima de la suya. Sus dedos son más de un nudillo más largos que los míos. Presiono la palma contra la suya hasta que ambas manos se tocan por completo, y la rabia que siento por lo de Cassie se disipa. Suspiro y apoyo la cabeza en el brazo de Grover.

—¿Te apetece jugar al *tetherball* antes de desayunar? —propone.

—¿Contra ti? —Asiente y ya esbozo una sonrisa—. Hecho.

Nos encaminamos a la pista, que está al lado del comedor. La bola cuelga del poste y se mece con la brisa.

—Empieza tú —me anima.

Le quito la bola y me preparo minuciosamente para ganarle. Nunca hemos jugado juntos, pero la semana pasada vencí a Bek, y eso que me contó que era el campeón de *tetherball* de Canadá.

—¿Preparado? —pregunto.

—Preparado.

Echo el brazo hacia atrás y levanto la bola en el aire. La golpeo con todas mis fuerzas. Grover salta cuando esta entra en su lado del campo y detiene la bola con una mano. Me la devuelve. Se eleva por encima de mi cabeza y fuera de mi alcance. Cuando vuelve a su lado, lo hace otra vez, y otra, y otra, hasta que la cuerda se enrolla por completo en el poste y gana él.

Me llevo las manos a las caderas.

—Vence el que gane dos de tres.

Grover sonríe y desenrolla la pelota del poste.

—Puedes empezar otra vez.

Adopto la misma posición y comienza el juego. Cuando la bola choca contra el poste, anunciando la segunda victoria de Grover, estampo el pie en el suelo.

—Qué injusto. Tú eres más alto que yo y tienes las manos grandes.

—Vaya, gracias. —Me dedica uno de sus guiños—. ¿Por qué te importa tanto ganar?

—No me importa.

—¿No?

—No… —Retrocedo un paso y la adrenalina provocada por el juego disminuye—. Puede…

—¿Puede qué?

—Me estás manipulando.

—¿Yo?

Me siento en el suelo. Grover se sienta a mi lado. Vuelve a agarrarme la mano y traza la forma con el dedo. No quiero que este verano termine nunca.

—Alguien tiene que ser la adulta. —Presiona la mano contra la mía—. ¿Ves?

Apoyo la cabeza en su hombro.

—Sí, ya lo veo. —No me suelta la mano—. Podrías haberlo dicho desde el principio.

—Habría sido muy aburrido. Además, me gusta verte saltar.

Le doy un codazo en el costado.

En el comedor, me paro con la bandeja de comida detrás de la mesa. Cassie está de espaldas a mí. Grover me da un golpecito en la espalda con la bandeja para que siga adelante. Reprimo un gruñido al sentarme al lado de ella.

Me como la mitad de la comida, mirando a Cassie de vez en cuando. Ella bebe un poco de agua mientras pela una naranja, poco a poco. Cuando le ha quitado la piel, separa todos los gajos, pero no se lleva ninguno a la boca.

—¿No te la vas a comer? —pregunto.

No dice nada, pero elige uno de los gajos y coloca la mano encima para aplastarlo. Un poco de pulpa aterriza en mi mejilla y me la limpio.

—Tienes que comer, Cassie.

—Tú no eres mi madre. —Aplasta otro gajo.

—Ya veo que estás preparando zumo de naranja recién exprimido, Palillo. Muy saludable —añade Grover—. He oído que la vitamina C es lo más.

No dice ni una palabra.

—Maslow dice que tienes que comer —señalo.

—Maslow me importa un comino.

—Entonces hazlo por mí.

Cassie me mira con ojos abrasadores.

—¿Por qué iba a hacer nada por ti?

Tomo aliento. Durga, Durga, Durga. Me animo a mí misma a ser una guerrera.

—Porque me preocupo por ti.

Se echa a reír a carcajada limpia. Como si acabara de contar el chiste más bueno que hubiera escuchado nunca.

—Tú no te preocupas por mí.

—Sí me preocupo. —Le toco el brazo.

—No me toques. —Me sonríe y aprieta los dientes. No es una sonrisa de verdad, parece más bien que me esté retando y le encante hacerlo. Levanta la mano y llama a Kerry.

—¿Sí, Cassie? —indica él.

—Me gustaría reconocer algo esta mañana. —Habla alto. Todo el comedor se queda callado y mira hacia nuestra mesa.

—Te gustaría reconocer algo —repite él como si estuviera aclarando algo que ha entendido mal.

Cassie asiente y se levanta del asiento, mirándome.

—Sé por qué han enviado a Zander al campamento.

En cuanto las palabras salen de su boca, se me cae el alma a los pies y me quedo congelada en la silla. Ni siquiera puedo levantar el brazo para bajárselo a ella. Y el resto sale como en una cascada de palabras.

—Cassie, eso no es… —intenta detenerla Kerry, pero la voz estridente de ella lo interrumpe.

—Casi se ahoga en una competición de natación porque estaba muy triste por su hermana, que murió al atragantarse con una manzana. Y el gordo de su entrenador tuvo que hacerle el boca a boca. Yo tenía razón. Zander es una apática que está muerta por dentro… como su hermana. —No deja de mirarme con ojos vacíos. Siento una lágrima rodar por la mejilla y caer en la rodilla desnuda. Y Cassie la ve.

Salgo corriendo del comedor, abriendo las puertas con todas mis fuerzas, y me voy al campo de tiro con arco. Necesito desaparecer en el bosque y esconderme en los árboles. Me quedo sin aliento cuando me tropiezo con una raíz que sobresale del suelo, pero Grover me agarra del brazo y me sostiene antes de que me caiga. No sabía que estaba detrás de mí.

—¿Cómo ha podido? —grito, respirando con dificultad—. ¿Cómo ha podido?

Grover me agarra y me abraza. Me besa las mejillas y la frente y la nariz.

—Lo siento —me dice al oído—. Lo siento.

Me aparta el pelo de la cara, con las manos apoyadas en las mejillas. Noto fuego en el estómago por lo que Cassie acaba de decir. Arde y duele.

—He hecho lo que me has pedido. Me he preocupado por las necesidades de Cassie. —Me muevo a un lado y a otro delante de Grover. Alzo la voz con cada palabra que digo—. Pero ¿qué pasa conmigo? Soy feliz por primera vez en años, puede que nunca haya sido feliz. ¡Soy feliz! Y ella tiene que arruinarlo. Está arruinando mi felicidad. —Me detengo de golpe cuando entiendo la realidad—. Está rota, Grover. No puedo salvarla. Tú no puedes salvarla. Nadie puede. Está rota y seguirá estándolo siempre.

Cuando las palabras salen a la luz, oigo que alguien se acerca.

Me doy la vuelta y veo a Cassie junto a los árboles, con la mandíbula tensa.

—Venía a disculparme —dice.

Me quedo paralizada.

—Crees que estoy rota… que lo estaré siempre —repite mis palabras. Doy un paso hacia ella, pero se aparta—. ¿Sabes qué? No te necesito. —Y empieza a correr.

🍃 🍃 🍃

Grover y yo la alcanzamos al fin en la playa. Es rápida cuando quiere. Se acerca directamente a Madison.

—Quiero hacer la prueba para el verde —le pide.

—¿Qué? —pregunta la monitora.

—¿Estás sorda, Mads? Quiero hacer la prueba para el verde.

La agarro del brazo.

—¿Qué haces?

—No te necesito. —Se suelta.

—Palillo.

Cassie señala a Grover.

—Ni a ti.

—¿Seguro que quieres hacerlo? —pregunta Madison.

—Tú hazme la prueba.

Pasa junto a nosotros y se encamina hacia el muelle. Madison duda un instante y luego va a buscar los bastones acuáticos al cobertizo y se acerca a ella. Yo me quedo en la playa, al lado de Grover, mordiéndome las uñas.

Cassie se quita la ropa y se queda en bikini. Estoy demasiado nerviosa, así que agarro a Grover de la mano y tiro de él hacia el muelle.

—No lo hagas, Cassie —le grito.

—Tira el bastón al lago —le brama a la monitora.

Y ella lo hace. La miro como si estuviera loca. Cassie va a ahogarse y Madison lo sabe. Apenas es capaz de alcanzar un bastón a dos metros de profundidad, mucho menos a cuatro.

—No te preocupes, Zander, no voy a dejar que le pase nada —me anima Madison, y se vuelve hacia Cassie—. Tienes que alcanzar el bastón y traerlo a la superficie.

Veo que ella asiente y aprieta las manos.

—Por favor, Cassie —intento una vez más.

Me mira directamente a los ojos.

—No crees en mí.

Y entonces salta.

Contengo la respiración cuando toca el agua con el cuerpo. Grover me toma de la mano cuando el bikini rosa desaparece de la superficie y baja por el azul del agua. Cuento los segundos en la mente. Cuatro… cinco… seis… Miro por un lado del muelle.

Me pongo más nerviosa.

—Venga —susurro—. Venga.

Pero Cassie no regresa y los segundos siguen pasando.

—Esto no va bien —comenta Grover.

Madison se quita entonces la camiseta que tiene encima del bañador.

—Voy a por ella. —Y un segundo después, se lanza para buscar a Cassie.

Me aferro a Grover y rezo. Rezo a san Antonio de Padua para que se encuentre lo perdido. Para que las almas sean libres. Para que la vida sea eterna. Y para que Cassie vuelva a la superficie.

Lo pido tres veces más hasta que Madison sale con ella en los brazos. Ambas resuellan en busca de aire. Madison lleva a Cassie hasta el muelle y Grover la alcanza. Cassie se desploma y tose, escupiendo agua por la nariz y la boca.

—¿Estás bien? —le pregunto. Le limpio el agua de la cara y el pelo.

—No lo he conseguido —se lamenta y tose—. No lo he conseguido.

—No pasa nada. —Sigo quitándole el agua de la piel, pero ella se aparta. Se pone de pie en el muelle, con las rodillas temblorosas y la respiración agitada.

—Sí, sí que pasa. —Pasa por mi lado, golpeándome con tanta fuerza en el brazo que me caigo.

Madison se sienta en el borde del muelle, con mirada asolada.

—Casi se ahoga. No puedo creerme que haya estado a punto de ahogarse.

Veo a Cassie subir las escaleras con piernas tambaleantes y chorreando agua. Desaparece entre los árboles que rodean el comedor.

No vuelvo a verla hasta la hora de la cena. La espero en la cabaña, dándole vueltas al llavero de Hannah en las manos. El extremo derretido empieza a deshilacharse y a separarse. Madison nos explicó que el valor tenía distintas formas, que no tiene nada que ver con practicar paracaidismo o *puenting*, que para algunas personas levantarse cada día es un acto de valor, que el acto más pequeño puede tener el efecto más grande.

Saco la sudadera de la Universidad de Arizona de la maleta. Siento como si se la hubiera robado a Cassie, y ella la necesita. Un pequeño gesto de valor: la dejo en su cama.

Cassie no está en el comedor cuando llego para cenar. Avanzo en la cola y me siento con la vista fija en la puerta, esperándola. Cuando al fin aparece, le toco la pierna a Grover.

Toma una bandeja y se pasea por la mesa de comida. La veo distinta. Normalmente camina con el pecho fuera, pero esta noche tiene los hombros caídos. Hasta el cuello parece más corto. Pasa junto a la comida, pero no echa nada en la bandeja.

Le aprieto el muslo a Grover y espero a que Cassie se siente con nosotros. Al final de la cola, se vuelve, de cara al comedor lleno de campistas. Muchos la están mirando; la noticia de lo que ha pasado se ha difundido rápido.

Cassie parpadea y mira la habitación antes de acercarse a Madison. La sala está tan tranquila que todos oímos lo que dice.

—No me encuentro bien, Madison. ¿Puedo acostarme ya? —La monitora pone cara de sorpresa cuando escucha la petición—. ¿Puedo, por favor?

Asiente y Cassie deja la bandeja vacía en la mesa y sale del comedor.

—Ya la echo de menos —se lamenta Bek, mirando el asiento vacío.

—¿Qué hacemos? —Miro a Grover.

—Ya no sé si es por nosotros. —Exhala un suspiro—. Nunca ha sido por nosotros.

Cuando vuelvo a la cabaña, Cassie está allí. Está tumbada de espaldas a mí y la sudadera de la Universidad de Arizona vuelve a estar en mi cama.

Nadie dice nada mientras nos lavamos los dientes. Cassie no se mueve, solo la espalda sube y baja cuando inspira y espira. La miro de vez en cuando.

—Buenas noches, Cassie —digo cuando nos quedamos a oscuras en la cabaña y estoy metida en la cama.

No responde. Me llevo la sudadera al pecho y entierro la nariz en la tela. Huele a ella.

❧ ❧ ❧

Una pesadilla me despierta. O un recuerdo. Me siento muy recta en mitad de la noche.

—La ha llamado Madison —murmuro—. La ha llamado Madison.

Se me revuelve el estómago. Miro la cama de Cassie, pero ella no está. La ventana del baño está abierta y una ligera brisa se cuela por la rendija. Saco su bolsa de lona de debajo de la cama y abro el bolsillo en el que estaban las pastillas para adelgazar. Han desaparecido, todas. El corazón me late con fuerza en los oídos.

—¡Necesito la llave! —grito y despierto a Madison—. ¡Necesito la llave!

Madison me mira, confundida y asustada.

Se arranca la llave del cuello, rompiendo la cadena, y me la tiende.

Corro hacia la puerta. Todas se remueven en la cabaña y a mí me tiemblan las manos cuando intento meter la llave en la cerradura.

—¡Sacadme de aquí! —chillo. Madison está a mi lado un segundo después. Me quita la llave y la mete con rapidez. Abre la puerta y no espero a que me dé permiso. Salgo disparada hacia el lago, los pies casi incapaces de soportar el peso del torso.

—Rezo para que se encuentre lo perdido. Para que las almas sean libres. Para que la vida sea eterna.

Cuando llego al comedor, bajo las escaleras que conducen a la playa. Me golpeo con algo en el dedo del pie, pero apenas lo noto. Lo único que siento son los dedos aferrados a la sudadera que tengo en las manos mientras corro.

Toco la arena, que me ralentiza, pero me esfuerzo por seguir adelante.

Madison dijo que a veces la gente hace un mal uso del valor.

Corro hasta donde el agua se encuentra con la tierra.

A veces la gente hace cosas dañinas e hirientes porque está asustada o sola o desesperada.

Miro el lago Kimball con las manos adormecidas y el corazón a punto de estallar. Tengo la cara empapada en lágrimas.

Lo llaman valor.

Veo unos frascos flotando en la superficie del agua, frascos de pastillas.

Dejo caer la sudadera. Cassie está flotando junto a ellos, bocabajo.

PERSEVERANCIA

CAPÍTULO 29

Queridos mamá y papá:
Cuando Molly estaba en el hospital, me llevasteis a verla.
Entré en la habitación con todas aquellas máquinas.
Había más ruido del que imaginaba. Os pregunté qué
tenía que hacer y me dijisteis que hablara con ella,
como siempre hacía. Que ella podía escucharme.

Pero no hablé nunca con Molly, solo cuando ayudaba
a mamá a darle de comer. Le pedía que abriera la
boca y luego fingía que la cuchara era un avión a
punto de aterrizar.

Parecía muy pequeña en la cama. Le toqué las
piernas y pensé que nunca volverían a caminar. Y luego
pensé en las palabras que nunca volveríamos a decirnos
porque, por mucho que no quisierais admitirlo, Molly no
iba a despertar. No lo hizo.

Cuando acabó mi tiempo para estar en la habitación,
me dijisteis que saliera y me senté yo sola. Estaba
apoyada en la pared fría del hospital y lo único que

podía ver en la cabeza eran las piernas de Molly. Y solo podía pensar en lo mucho que me dolía saber que nunca volvería a caminar. Me dolía tanto que me dieron ganas de arrancarme las piernas y dárselas a ella.

Me llevé las piernas al pecho, las rodeé con los brazos y apreté los dientes. Cerré con tanta fuerza los ojos que creí que se me iban a romper los párpados. Y me prometí a mí misma que nunca volvería a sentirme tan mal. Nunca volvería a sentirme tan mal. Nunca volvería a sentirme tan mal.

Con cariño:

Z

Me lanzo al agua y nado lo más rápido que he nadado nunca. Más rápido que en ninguna competición. Le doy la vuelta al cuerpo de Cassie en el agua. Tiene la cara oscura en la negrura de la noche y los ojos cerrados. Lo único que ilumina la noche es el bikini rosa y sexi. La llevo hasta la orilla.

La saco a la playa y empiezo a llamar a Grover a gritos. Grito una y otra vez, y otra y otra. Luego le hago el boca a boca. No sé lo que estoy haciendo. Insuflo aire en Cassie y le bombeo el pecho, pero no pasa nada.

Vuelvo a llamar a Grover.

Alguien me agarra del brazo. Me aparto el pelo mojado de la cara y veo a Madison. Me aparta de mi amiga, a pesar de que me resisto. Grito palabras crueles que nunca pensé que gritaría, pero ella me echa a un lado.

—¡No te importa! ¡Quieres que se muera! ¡Quieres que se muera!

Madison no me hace caso y le aparta el pelo de la cara a Cassie para comenzar la RCP. La RCP de verdad.

Sentada en el suelo, lloro. Las lágrimas y el agua de la ropa hacen que se me pegue la arena. Vuelvo a llamar a Grover.

Y de repente está aquí. Me abraza y me pregunta qué ha pasado.

—Tenías que vigilarla —le digo—. Decías que ibas a vigilarla.

—Ya, Zander. Lo siento. —Me agarra la cara, pero necesito ver a Cassie. Necesito verla.

Lo aparto e intento rodear a Madison, pero ha llegado Kerry y me bloquea el paso. Y Hayes. Y todas las chicas de mi cabaña.

Las luces del comedor iluminan la colina, roja y blanca en la oscuridad. Unos hombres uniformados bajan hasta la playa, pero todos me bloquean la vista. Necesito verla.

Grover trata de retenerme cuando empujo a la gente y grito. Esto es lo que todos querían. Querían que sintiera, que gritara, que llorara, y ahora que lo estoy haciendo nadie me escucha.

—Necesito verla —grito con la respiración agitada. Me aferro a la camiseta de Grover y la retuerzo—. Necesito verla.

—Lo sé, Zander. —Me abraza con sus brazos largos y me deshago en lágrimas. Me derrumbo en la arena y lloro.

Colocan a Cassie en una tabla larga y el servicio de emergencias la sube rápido por las escaleras. Me arrastro por la arena y recupero la sudadera.

—¡Necesita su sudadera! —les grito—. Va a tener frío cuando despierte.

Kerry se coloca delante de mí cuando estoy a punto de subir corriendo las escaleras y me detiene.

—Deja que hagan su trabajo, Zander.

—Pero necesita esto. —Levanto la sudadera. Él no entiende que es suya. Se queda quieto, sin moverse del lugar. Tomo aliento e intento calmarme—. Por favor, deja que vaya con ella.

—Lo lamento, pero la respuesta es no.

—Por favor, Kerry. —Me aferro a él como si fuera una tabla salvavidas, como si fuera lo único capaz de mantenerme a flote.

—Me la llevaré conmigo. —Madison se acerca a nosotros—. Es lo correcto, Kerry.

Él sacude la cabeza y exhala un suspiro, y en ese momento pienso que se ha terminado. Puede que nunca vuelva a ver a Cassie. Pero entonces acepta.

—De acuerdo, pero tú te haces cargo de ella. Nos vemos en el hospital.

Subo las escaleras detrás de Madison y solo me detengo una vez para mirar a Grover, que está sentado en la arena con la cabeza en las manos. Cuando le da una bofetada al suelo, siento que una parte del corazón se me rompe en un millón de pedazos.

Madison y yo cruzamos las puertas que separan el Campamento Padua del resto del mundo cuando el sol empieza a salir.

CAPÍTULO 30

Queridos mamá y presidente Cleveland:
He fallado. Tienen que condenarme.
Vuestro hijo:

Grover Cleveland

Todos los hospitales huelen igual, a bolas de algodón em-
papadas en alcohol y rociadas de muerte.

Los médicos no me dejan verla. Dicen que, de todas
formas, no está despierta.

Me siento al lado de Madison, en una de las sillas incó-
modas de la sala de espera, y me limito a respirar.

Se me ha secado la ropa y tengo el pelo sin vida en la
cabeza. Sin vida. Como estaba el cuerpo de Cassie.

—¿Va a morirse?

Madison entrelaza los dedos.

—No lo sé.

—No quiero que muera.

—Al contrario de lo que crees, yo tampoco.

—Lo siento. Estaba asustada. No lo decía en serio.

Me pone la mano en la espalda.

—No pasa nada.

—¿Cómo has podido aguantar a Cassie todo este tiempo? —le pregunto.

Exhala un suspiro largo.

—Todos tenemos nuestra locura, Zander.

—Da la sensación de que tú no.

Niega con la cabeza.

—Me he pasado las últimas vacaciones de primavera en un centro psiquiátrico con mi madre. Es la cuarta vez que tengo que dejar las clases para encargarme de ella. Mi padre abandonó hace años, pero yo no puedo hacerlo.

Intento no mostrarme sorprendida, pero no puedo. Madison parece tan perfecta.

—Ya sé qué es lo importante para mí —digo. Madison esboza una sonrisa—. Es Cassie.

—Asegúrate de decírselo. —Se pone en pie y recorre el pasillo en dirección a la cafetería—. ¿Quieres café?

—¿Café?

—Supongo que, si no estamos en el campamento, podemos tomar un poco de energizante.

—Dori llamó al café «soporte vital».

Madison asiente.

—Hoy puede que sea cierto.

—Quiero dos tazas.

—De acuerdo. —Sonríe, pero la sonrisa no le llega a los ojos, los tiene rojos y cansados. Me da una palmada en el hombro—. Cuando despierte, dile lo que me has dicho a mí.

—¿Qué parte?

—Lo de que no quieres que muera. —Empiezo a llorar otra vez, pero asiento entre lágrimas—. Y dile que yo he dicho lo mismo —añade por encima del hombro cuando se aleja por el pasillo para conseguir algo de soporte vital.

Las horas pasan. Llega Kerry, pero no tiene buen aspecto. En realidad, tiene un aspecto horrible. Lleva el pelo pegado a la cabeza y las mejillas llenas de manchas rojas. Los médicos salen para hablar con él, y él asiente y se pasa las manos por el pelo y hunde los hombros aún más. No entiendo lo que dice nadie y eso me vuelve aún más loca de lo que ya me siento.

Los médicos lo llevan detrás de las enormes puertas automáticas por las que han metido a Cassie antes de que me dé tiempo siquiera a bajarme de la silla. Madison me da una palmada en la pierna. Hay cinco tazas de café en la mesa que tenemos delante.

Kerry lleva fuera un buen rato, demasiado. La rodilla me tiembla de forma incontrolable mientras doy golpecitos en el suelo con el pie. Cuando al fin regresa, se acerca a nosotras y mira las tazas.

—Lo necesitamos —señala Madison antes de que haga ningún comentario. Él asiente.

—Está estable. —Cuando pronuncia las palabras, se me derrumba el cuerpo entero. Me quedo totalmente sin vida en la silla por todo lo que he retenido. La sangre baja hasta los dedos de los pies y creo que podría morirme, pero Madison me toma de la mano y la aprieta—. Le han lavado el estómago para retirar todas las pastillas. Tiene un hematoma en el pecho y una costilla rota por las compresiones de la RCP.

—No está tan mal —comento.

Kerry me mira con los ojos muy abiertos. Está claro que no ha terminado.

—Tiene daños en el corazón. Tomar tantas pastillas para adelgazar con un cuerpo tan pequeño… Y vivir prácticamente muerta de hambre todos los días… Ha sufrido un leve ataque al corazón.

—Pero se pondrá bien, ¿no? —Me enderezo en la silla.

Kerry sacude la cabeza, como si no pudiera responder a la pregunta.

—Eso espero. Quiera Dios que se ponga bien.

Madison llama al campamento para contarles lo que ha pasado y Kerry habla con más médicos que le informan de que Cassie tiene que permanecer en el hospital al menos tres días en observación física y psiquiátrica. Espero en la silla hasta que me avisan de que puedo entrar a verla.

Por fin Kerry viene a recogerme. Me pongo en pie, como si tuviera un resorte en los pies.

—Está sedada —explica—. Pero puedes entrar a verla.

Al otro lado de las puertas hay un mundo diferente. La gente se pasea con batas y carpetas. Los enfermeros ríen mientras hablan y toman café. Muchas puertas dan a habitaciones con personas tumbadas en la cama, enganchadas a máquinas. Me quedo mirando a los enfermeros risueños. Nada aquí me parece gracioso.

—No parece real, ¿verdad? —comenta Kerry.

Niego con la cabeza y lo miro. Parece que habla por experiencia. Me busca la mirada y, por un momento, veo algo que no puedo creerme que no haya visto antes, primero en Madison y ahora en él. También está roto.

Cuando los dos reconocemos la sensación, continúa:

—A mi hermano Charlie le gustaba llamar la atención. Hacía cualquier cosa para que te fijaras en él. Creo que por eso le gustaba tanto subirse a un escenario. Era el mejor actor del instituto. —Se rasca la nuca—. Más tarde me di cuenta de que lo que de verdad le gustaba era escapar de la realidad.

—¿Era? —pregunto al darme cuenta de que habla en pasado.

—Charlie se ahorcó en mi segundo curso de la universidad. Él tenía diecisiete años.

—Dios mío.

Se apoya en la pared blanca del hospital y me mira.

—Era un chico complicado y a veces me volvía loco. —Sacude la cabeza—. Para mí todo cambió cuando Charlie murió, y supe qué era lo que tenía que hacer. Ya estaba estudiando Psicología. Me parecía lo mejor. Necesitaba evitar que adolescentes como él cometieran el mayor error de sus vidas.

—Y fundaste el campamento. —Me apoyo en la pared, a su lado.

—Si pudiera dar marcha atrás en el tiempo, le diría a Charlie que no está solo. Le diría que, aunque se sienta perdido, si espera y no abandona, se encontraría a sí mismo. —Se mira las palmas abiertas—. Pero me abandonó. Y nunca tuve la oportunidad de decírselo. —Se encoge de hombros y sonríe—. Le habría encantado el Campamento Padua.

De repente, parece obviar el momento que acabamos de compartir. Se pone recto y se convierte en el líder que llevo viendo en él todo el verano. Señala el número de una habitación.

—Cassie está en la doscientos setenta y uno. Tienes cinco minutos.

Asiento. Aceptaría un solo segundo si fuera lo único que me ofreciera.

Me pone la mano en el hombro antes de que cruce la puerta.

—Eres una buena amiga, Zander. Le has salvado la vida.

Me atraganto con el nudo que tengo en la garganta.

—Tú también eres un buen hermano. Supongo que todos tenemos nuestra locura.

Esboza una sonrisa ladeada.

—Gracias.

Entro en la habitación de Cassie. Las máquinas eléctricas emiten un zumbido y una de ellas cuenta los latidos del corazón, que tienen un ritmo constante. Otra mide la ingesta de oxígeno. Hasta del ordenador sale un zumbido.

Antes me gustaban estos sonidos. Significaba que seguía habiendo vida en mi casa. Que Molly seguía conmigo. Ahora los odio. Me acerco a Cassie. Hoy significa que hay muerte.

Arrastro una de las sillas con ruedas de los médicos a un lado de la cama, junto a los brazos esposados de mi amiga. Los toco. Las esposas no van a impedir que se haga daño a sí misma. Solo lo harán por el momento.

Toco la piel caliente de Cassie y le envuelvo la mano con la mía. Siento el pulso, late bajo el pulgar.

Está viva.

Inclino la cabeza hacia abajo, como si fuera a rezar. Como si ella fuera mi santa personal y necesitara su ayuda. Solo la suya.

—Por favor, perdóname —le pido— porque te necesito. Pensaba que era al revés, pero estaba equivocada. Yo te necesito a ti. —Lo digo una y otra vez hasta que Kerry llama a la puerta y me informa de que se ha acabado el tiempo—. Y Grover también te necesita. Y Bek. Te necesitamos todos.

—Se ha acabado el tiempo. —Kerry me saca de la habitación y me lleva al otro lado del hospital—. Creo que tienes que volver al campamento.

Me aparto de él.

—No voy a volver. Sin ella, no. —El monitor parece cansado, tiene sombras bajo los ojos—. Si fuera tu hermano, ¿lo habrías abandonado? —le pregunto.

Es cruel, lo sé, pero es lo único que me queda.

—De acuerdo —cede, alzando las manos. Se retira por el pasillo y yo vuelvo a la silla en la que llevo horas sentada. La sudadera de Cassie cuelga del respaldo.

Apoyo las piernas en el lateral de la silla y descanso. Los párpados se me cierran, pero me obligo a abrirlos. Me acurruco, me tapo con la sudadera de Cassie y me imagino el aspecto de Kerry de joven y cómo sería Charlie. Me pongo a llorar por mí y por Kerry. Y antes de que se sequen las mejillas, me quedo dormida.

Me despierto al oír la voz de Kerry. Por un segundo se me olvida dónde estoy, pero en cuanto abro los ojos y veo las paredes blancas y las tazas de café todavía en la mesa, lo recuerdo todo.

Me siento rápidamente y noto un dolor en la espalda por tenerla apoyada en el reposabrazos de madera mientras dormía. Kerry está en un rincón de la sala, hablando con un policía.

—No tiene familia —dice el policía, señalando una carpeta que tiene en las manos.

—¿No hay otra opción? —pregunta Kerry.

El agente niega con la cabeza.

—¿Y su tía? —intervengo. Los dos me miran.

—Zander... —comienza Kerry, pero lo interrumpo.

—Cassie recibió una carta de su tía. Me lo dijo. —Tengo la cara tirante por todas las lágrimas secas. Es como si se me hubiera deshidratado el rostro. He perdido toda el agua del cuerpo.

Kerry le hace un gesto al policía y se sienta a mi lado.

—Cassie no tiene ninguna tía, Zander.

—Pero me dijo que había recibido una carta de su tía Chey.

—Cassie recibió una carta de la mujer de acogida con la que vive, que se llama Cheyenne. El instituto de Detroit al que va me informó ayer.

—¿El instituto de Detroit?

—Viene al Campamento Padua con una beca para niños que no pueden permitirse venir, pero que se pueden beneficiar de él. Hace unos años, el instituto se puso en contacto conmigo con la esperanza de que esto le sirviera de ayuda.

—¿Qué?

—Parece que su madre de acogida, Cheyenne, no puede soportarla más y la ha devuelto.

—¿La ha devuelto adónde? —pregunto. Noto que se me va a cerrar la garganta. Las lágrimas brotan de los ojos a pesar de que creía que no quedaba más agua en mí. El mundo que pensaba que giraba en círculos se inclina sobre mí—. ¿Adónde la van a enviar?

—A un centro de acogida para chicas.

—¡No! —grito y el oficial de policía me mira—. ¡Allí se va a morir!

Kerry mira a su alrededor y me silencia.

—Zander, Cassie ha estado en diez casas distintas en los últimos diez años. Nadie es capaz de aguantarla.

—¿Y entonces la abandonáis? ¿La llevan a un lugar roto para gente rota?

—Es la mejor opción.

—Esa no es una opción. —Le apunto con el dedo—. Eso la va a matar.

—No podemos hacer nada.

—Pero decías que a todos nos pueden encontrar. Lo decías. —Me limpio las lágrimas de las mejillas—. Me he pasado todo el verano rezando a san Antonio. ¿Y ahora te retractas? Estás abandonándola. Cassie va a quedarse perdida para siempre. Decías que querías salvar a niños como Charlie, ¡pero la estás matando!

No espero a que se defienda. Recorro el pasillo hasta la señal de salida, pues no puedo seguir en este hospital un segundo más. Soy incapaz de permanecer entre estas paredes blancas de hormigón con máquinas que mantienen con vida a personas. Esto no es vida.

Salgo por las puertas del hospital al aparcamiento. Los automóviles pasan por la calle. Todo a mi alrededor es de hormigón. No quiero hormigón. Quiero el campamento. Quiero mosquitos y árboles y el sonido del agua lamiendo la playa del lago Kinball. Quiero oír a Cassie riéndose de Hannah. Quiero que Bek me mienta. Quiero que me bese Grover y hacer que todo esto desaparezca. Quiero que la realidad se vaya al infierno.

Me presiono las manos contra el pecho con todas mis fuerzas. El aire me entra con dificultad en los pulmones. El ambiente está impregnado de gases y arena y la vida abrasada de cada día.

Examino el espacio que rodea el hospital y veo un árbol. Un árbol solitario, vivo y de hojas verdes en una marea gris. Me acerco a él como si se tratara de mi único medio para sobrevivir.

Cuando estoy bajo su sombra, caigo de rodillas. Las ramas tapan el sol y me acurruco en la arena. Alcanzo una hoja del suelo y me la llevo a la nariz. No huele como las hojas del Campamento Padua. La arrugo en el puño y cruje y se rompe con facilidad.

Nada que viva permanece entero. Todo acaba rompiéndose.

Un momento después, me obligo a levantarme del suelo. Incluso bajo la sombra, el sol me hace daño en los ojos. Rodeo el edificio, arrastrando los pies por el cemento. Me siento indefensa y lo odio.

Pero cuando veo una tienda al otro lado de la calle, frente al hospital, me animo de repente. No puedo regresar aún al hospital, pero puedo hacer otra cosa.

Tomo una cesta y recorro los pasillos de la tienda, llenándola rápidamente con todo lo que necesito. Cuando llego hasta el dependiente, este me mira con preocupación.

—¿Estás bien?

—No, nunca estoy bien.

Se encoge de hombros, pasa por el lector de códigos de barras mis cosas y me pide quince dólares con setenta y cuatro. Me había olvidado de que aquí las cosas cuestan dinero, así que hago lo único que se me ocurre. Le cuento lo que ha pasado. Con todo lujo de detalles. Mi error y el de Cassie. Se lo cuento a él y a la cola de clientes que tengo detrás. Todos me escuchan con atención. Cuando llego al final, el dependiente me mira sorprendido.

—Me alegro de que tu amiga esté bien.

—Bueno, nunca estará bien. Ahora tiene el corazón roto. —Me encojo de hombros—. Pero ya desde el principio no estaba bien, así que…

La mujer que tengo detrás en la cola le da al dependiente un billete de veinte dólares.

—Lo corazones rotos pueden sanar. Soy médico, lo he visto —dice.

—Gracias. —Le sonrío y miro a toda la gente que hay detrás de mí—. ¿Sabéis qué? Esta ha sido la mejor sesión de *comparterapia* que he tenido nunca.

CAPÍTULO 31

Querido hospital Gerber Memorial:
Vuestras camas están duras. Las sábanas son ásperas.
Y como alguien más me pida que me coma una
gelatina, voy a poner una demanda.
BESOS:

Cassie

Cuando doblo la esquina en el hospital, Kerry exhala un suspiro exasperado.

—¿Dónde narices estabas?

—Tenía que hacer un recado. —Le enseño la compra.

—Jesús, Zander.

—Es solo Zander, pero gracias por el cumplido. No deberías decir el nombre de Dios en vano.

Ladea la cabeza, claramente descontento, y recoge la sudadera que hay en mi silla.

—Te has dejado esto.

Se la quito.

—Necesito verla otra vez.

—Antes tienes que hacer algo por mí.

—De acuerdo.

—Suelta todo eso.

Hago lo que me pide y dejo la bolsa y la sudadera en una silla.

—Ponte a la pata coja —me pide—. Extiende los brazos a los lados para mantener el equilibrio.

Me quedo mirándolo, como si hubiera perdido la razón, pero a estas alturas ya estamos todos un poco locos, así que sigo las indicaciones, tambaleándome un poco al principio, pero después me quedo firme.

—Pase lo que pase, no apoyes el pie hasta que no te lo diga. Si lo haces, no puedes ver a Cassie. Si el pie toca el suelo, vuelves al campamento.

Debo de tener el aspecto de un flamenco alzándose sobre una pata en medio de la sala de espera de un hospital, pero enderezo la espalda e inspiro.

Kerry me sonríe.

—Ahora vuelvo. —Y se da la vuelta para marcharse.

—¿Cuándo? —le pregunto.

—No apoyes el pie. —Me deja allí y desaparece por el pasillo.

Tomo aliento y miro la pared. Después de un rato, la pierna levantada empieza a dolerme. Después la pierna que tengo apoyada. Después los brazos. Y luego empiezo a sudar. Relajo la respiración y clavo los ojos al frente, pero me duele todo el cuerpo. La gravedad me empuja como si fuera una máquina de tortura y tiemblo bajo la presión.

Pero me acuerdo de Cassie en la cama del hospital y de que necesito verla. Lo necesito.

Cuando Kerry regresa me parece que ha pasado una eternidad. Estoy entumecida y al borde de las lágrimas. Tiene la cara retorcida en una sonrisa amplia mientras bebe café. Aprieto los dientes y vuelvo a fijar la mirada en la pared.

—Puedes apoyar el pie.

En cuanto los dedos tocan el suelo, me derrumbo.

Kerry se sienta en una silla y le da una palmada al asiento que tiene al lado. Me arrastro de rodillas hasta él.

—La perseverancia es una de las últimas cosas de las que hablamos en el campamento. Es una destreza vital importante.

—De acuerdo. —Sacudo las piernas.

Cuadra los hombros y me mira.

—Charlie creía que él no tenía. Y acortó su vida antes de darse cuenta de lo que hizo. — Me señala las piernas—. Incluso cuando duele, incluso cuando sientes que no puedes continuar. Asegúrate de que Cassie lo sepa. Es posible que le duela mucho, pero puede hacerlo. A ti te escuchará.

Kerry vuelve al puesto de los enfermeros y unos minutos más tarde me lleva a la habitación de Cassie. Por fin.

Vuelvo a sentarme en la silla del médico y dejo la bolsa y la sudadera en la cama. La enfermera entorna la puerta, dejando solo una rendija abierta. Suspiro, aliviada por estar sola con mi amiga.

Tiene los ojos todavía cerrados y las máquinas pitan, pero me olvido de todo. Saco el frasco de quitaesmaltes de la bolsa de la tienda y unas bolas de algodón. Le agarro la mano y la inspecciono. Como sospechaba, tiene el esmalte de las uñas descascarillado.

Tomo los dedos uno por uno y froto un algodón empapado hasta que he retirado todo el esmalte. Las uñas quedan limpias.

Me muevo hacia el otro lado de la cama y hago lo mismo con la otra mano. El olor del quitaesmalte tapa el olor a muerte que se cuela por la rendija de la puerta. Saco de la bolsa el esmalte morado que he elegido para Cassie y, despacio, le pinto las uñas. Me aseguro de mantenerme dentro de la uña. Cuando me salgo, la limpio y empiezo de nuevo.

Cuando he terminado, las soplo. Inspiro y exhalo el aliento. A continuación, tapo el pequeño cuerpo de Cassie con la sudadera y vuelvo a sentarme en la silla, a su lado.

Nadie viene a recogerme, así que me quedo allí sentada. Apoyo la cabeza en la cama y respiro al son de las máquinas de la habitación.

Me quedo dormida, poco tiempo, y me despierto sobresaltada cuando la cama de Cassie se mueve.

—¿Por qué huele a salón de belleza asiático aquí dentro? —pregunta con voz rasposa.

Me pongo en pie y me acerco para asegurarme de que no me lo estoy imaginando.

—Di algo más —le pido.

—Bek me dijo que iba a ir al infierno, pero esto parece más bien un hospital. —Me río y me abalanzo sobre ella. Cassie se encoge de dolor.

—Lo siento. —Me aparto. La realidad parece calar lentamente en ella. Tira de las correas que le han puesto para sujetarle las manos.

—¿Qué ha pasado? —De repente su cara se ha tornado lúgubre.

—Les pediré a los médicos que te lo expliquen. —Le toco el brazo.

—Me has traído mi sudadera —señala. Sonrío al fijarme en que ha recuperado la propiedad. Asiento—. ¿Y me has pintado las uñas?

—Necesitabas una nueva capa de esmalte.

Se mira las manos.

—Ya he fastidiado una.

Me encojo de hombros y los médicos entran en la habitación.

—Tenía que pasar. Nada es perfecto para siempre. Y me gusta más así.

—No vas a abandonarme, Z., ¿verdad?

Niego con la cabeza.

—No, Cassie. No voy a abandonarte. Pero tienes que prometerme que tú tampoco vas a abandonarme a mí.

Levanta la mirada al techo y asiente lentamente.

Saco una caja de caramelos de limón de la bolsa y se la pongo en la mano.

—Tómate uno en caso de emergencia.

Me mira de nuevo. Le cae una lágrima por la mejilla.

—Gracias, Z.

CAPÍTULO 32

Querida aerolínea Budget:

Escribo esta carta para transmitirles mi decepción. Llevo muchos años sin volar y me siento horrorizada por la experiencia con su aerolínea. La falta de respeto y de humanidad mostrada por sus trabajadores ha sido atroz. Cuando digo que tengo que ir a un lugar, es que tengo que ir a un lugar. Puede que ustedes estén dispuestos a retrasar un vuelo, pero la vida no se puede retrasar. No.

Por favor, disculpen mi tono. Si tienen hijos, lo comprenderán.

Sinceramente:

Nina Osborne

Esa noche duermo en la silla y luego me paso al suelo. Una tele retransmite las noticias de la CNN, que se reproducen en mi cabeza toda la noche. Kerry deja de insistir en que vuelva al campamento. Él también se queda y duerme en la silla con los brazos cruzados y las piernas extendidas.

Por la mañana, tardo un minuto en recordar dónde estoy. Después me parece ver un milagro: un milagro alto, guapo y desgarbado junto a otro regordete y redondeado.

Me pongo recta cuando Grover se acerca y se arrodilla a mi lado.

—Me encanta verte despertar.

Me lanzo hacia él y lo rodeo con los brazos. No retrocede porque estemos en público, él me agarra con fuerza. Me agarra con toda la fuerza que tiene.

—Lo siento —me susurra al oído—. Siento no haberla vigilado.

No hago caso de las palabras y me aferro aún más a él. Apoyo la nariz en su pecho e inspiro hondo. Huele a campamento.

—Lo sabía —refunfuña Kerry cuando despierta en la silla. Cuando Grover levanta el dedo para decir algo, el monitor lo acalla—. Ahórratelo. Es temprano y estáis fuera del campamento.

—Bueno, en ese caso… —Se inclina y me besa. Es un beso rápido y suave, pero más eficiente que las tres tazas de café de ayer para despertarme.

Bek se deja caer en una de las sillas de la sala de espera.

—*Mon amour. Comment va-t-elle?*

—Está bien —le aseguro—. Bueno, no. Está bien por ahora.

—Bek ha convencido a Madison para que nos traiga —me susurra Grover—. Ha hecho huelga de hambre.

—¿Bek negándose a comer?

Asiente.

—Dijo que estaba loco de amor, lo que, según él, le causa dolor, náuseas, vómitos ocasionales y una demanda impuesta por su padre que es el alcalde de Toronto. Y luego pidió que nos trajeran al hospital para encontrar una cura. Madison aceptó y comentó que, para un chico como Bek, negarse a comer requería mucha perseverancia.

Miro a Bek, que tiene la vista fija en el techo y da golpecitos en el suelo con el pie.

Pasan unas horas antes de que nos dejen entrar de nuevo a ver a Cassie. Cuando al fin llegamos a la habitación, la encontramos mirando por la ventana.

Hoy no hay restricciones. Doy gracias por que Grover y Bek no las hayan visto. Bek se sienta a los pies de la cama y Cassie nos mira con cara de sorpresa. No nos esperaba a todos. Bek le toca los pies, que tiene tapados con unas cuantas capas de sábanas. Incluso tapada, parece tener frío.

—Vaya, Palillo, menudo espectáculo. No era lo que me esperaba, pero me has tenido intrigado todo el tiempo, que es lo que me gusta de ti —señala Grover. Pone énfasis en la última parte. En lo de que le gusta.

Bek hipa y llora a los pies de la cama. Se agacha y le besa los pies una y otra vez.

—*Mon amour. Mon amour. Mon amour* —repite.

La cara de Cassie está marcada por el horror, pero no se mueve. Grover le toca la mano.

—No se puede mentir sobre el amor —señala y le mira las uñas—. Bonito color, por cierto. Es totalmente tú.

Sonrío a Cassie, de la forma más bonita posible, y ella me devuelve la sonrisa.

Cuando va a terminar nuestro tiempo, pido a los chicos que me dejen un minuto a solas con ella.

—Te veo pronto, Palillo —se despide Grover—. Ahora dilo tú.

—Te veo pronto, Cleve.

—Eso es una promesa.

—Es una promesa —repite Cassie. Exhala un suspiro y Grover y Bek salen de la habitación.

Tomo asiento al lado de la cama. Le devolveré encantada la silla al médico si me promete que Cassie no tendrá que regresar aquí nunca más.

—¿Por qué me mentiste con lo de tu tía?

Aparta la mirada y la dirige a la ventana.

—Porque no es asunto tuyo.

—A la porra con que no es asunto mío —exclamo en voz alta.

Vuelve a mirarme.

—¿Qué vas a hacer, Z.? ¿Borrar mi pasado? ¿Cambiarlo? Puede que el pasado pase, pero es inamovible. No puedes hacer nada al respecto.

—Podría haberte escuchado.

—Escuchar no vale para nada.

—Deja de comportarte como si estuvieras sola —grito y me levanto. Las lágrimas aparecen de nuevo—. No estás sola. ¡Has logrado que te necesite! ¡Has logrado que te quiera! Y ahora necesito que me asegures que no vas a volver a abandonar. Aunque te duela muchísimo, no puedes abandonar. No voy a dejar que te alejes de mí.

Cassie me mira con los ojos muy abiertos y vuelvo a sentarme.

—Por Dios, Zander, eres una egoísta. —Y entonces posa una mano encima de la mía—. ¿Me necesitas? —Asiento una y otra vez y las lágrimas caen en la camiseta—. Nunca antes me ha necesitado nadie.

—Pues acostúmbrate.

—Eh, Z.

—¿Qué?

—Está claro que no has superado la fase lésbica. Espero que Cleve lo sepa.

Asiento, me limpio una lágrima de la cara y sonrío.

—A él le excita esto.

Cassie se vuelve a reír y la habitación se ilumina.

Antes de irme, me vuelvo hacia ella y le repito las palabras que ella le dijo a Dori solo unas semanas antes.

—No puedo creerme que hayas intentado suicidarte con pastillas. Es el suicidio de los cobardes.

Esboza una sonrisa.

—Gracias, Z.

La sala de espera huele diferente cuando vuelvo. Inspiro. Es perfume de rosas. Paseo la mirada entre la gente que nos rodea. Grover y Bek están sentados, viendo la televisión.

Y entonces encuentro la fuente del olor. Resuello y grito al mismo tiempo. Es mi madre.

ESPERANZA

CAPÍTULO 33

Queridos servicios sociales de Detroit:
Rechazamos sus reglas.
  Atentamente:
  La mejor amiga de Cassandra Dakota Lasalle, Zander...
                                    y su madre

Mi madre levanta la mirada desde el puesto de los enfermeros, donde está de pie. Se le iluminan los ojos en el segundo en que me ve y los míos deben de estar igual.

Corro a abrazarla y me choco con tanta fuerza contra su cuerpo delgado que casi se cae.

—Mamá, cuánto me alegro de que estés aquí. —Hundo la cara en su cuello. Su piel es como los rayos del sol, como si hubiera traído el viento de la Arizona seca con ella.

Me agarra la cara con ambas manos y la levanta. Me observa y me pasa un dedo por la mejilla.

—Estás llorando —señala con voz temblorosa.

Asiento y siguen cayendo lágrimas.

—Siento haber tardado tanto.

Me abraza y me mece en los brazos.

—No pasa nada, cielo. Yo también lo siento.

Seguimos abrazadas, de pie en la sala de espera. Supongo que la felicidad también se puede hallar en un hospital si esperas lo suficiente.

—Me alegro de verte —me susurra al oído.

—Yo también. —Y lo digo en serio.

Alguien me toca el hombro y levanto la mirada.

—He pensado que tengo que presentarme a mi futura suegra. —Grover se balancea sobre los talones. Mi madre me vuelve a examinar la cara sonriente con una mirada pensativa. Como si no pudiera creerse lo que está viendo.

Mira, de arriba abajo, al chico alto que hay a mi lado.

—Tú debes de ser Grover.

—A su servicio, madre de Zander.

—Encantada de conocerte, Grover. Tienes un nombre muy interesante.

Él le guiña un ojo.

—No tiene ni idea. —Y entonces saca su cuaderno. Supongo que todos tenemos costumbres que nos cuesta dejar atrás—. Voy a tener que hacerle unas cuantas preguntas.

Madison lleva a Grover y a Bek de vuelta al campamento. Incluso Kerry se marcha unas horas para ducharse y dormir. Pero yo me quedo con mi madre. Nos sentamos en la sala de espera, yo en la silla que está en el centro porque ya he pasado demasiado tiempo en ella.

—Sigo sin creerme que estés aquí —declaro.

Mi madre saca una barrita energética del bolso. No es de la marca que suele comprar. Inspecciona el envoltorio y se encoge de hombros.

—Era lo único que tenían en el aeropuerto. —Divide la barrita en dos y me da una mitad. Le da un bocado y yo sonrío—. Me llamaron del campamento cuando sucedió todo. Me dijeron que habías insistido en acompañar a la chica. Que tú sacaste a tu amiga del agua. —Le da otro bocado a la barrita y mastica despacio—. No podía quedarme sentada en Arizona, necesitaba verte.

Se lo cuento todo. Empiezo por el principio, por el momento exacto en el que Cassie entró en la cabaña.

—¿Que te dijo qué? —Parece horrorizada.

Continúo desde ahí, sin dejarme un solo detalle hasta que llego a Grover. Eso me lo callo. Eso es para mí: él, una despensa y mi recuerdo.

Le hablo de la noche en la que todo se desmoronó. Le cuento lo asustada, triste y rota que me sentía. Mi madre me mira a los ojos y yo lloro de nuevo. Me aparta el pelo de la cara y asiente.

—La van a enviar a un centro de acogida. Y volverá a estar sola. Pero Cassie no puede estar sola, mamá. —El llanto se vuelve incontrolable—. No puede.

—No pasa nada, cielo. —Me abraza.

—No, sí que pasa —le susurro al oído.

Cuando me indica que tiene que hacer unas llamadas telefónicas, en particular a mi padre, me cuelo por las puertas automáticas y recorro el pasillo hasta la habitación de Cassie.

Está dormida en la cama, aunque las máquinas siguen pitando a su alrededor. Le miro las piernas, a la espera de que mueva una de ellas. Aún queda vida en ella, lo sé.

Cassie se pone de lado y exhala un suspiro. Yo hago lo mismo.

Despacio, abre un ojo solo un poco, levanta la mano y me saca el dedo corazón. Aún queda vida en ella.

CAPÍTULO 34

Querida Molly:
La vida es extraña. No sé por qué pasan las cosas como pasan, pero sí que vivir es eso. Es un verbo, una acción.
En francés, "vivre".
Vivir.
Este verano he vuelto a la vida.
Me han encontrado.
Y es estupendo.
Con cariño:

zander

Cassie vuelve al campamento el último día. Kerry aparca delante de la puerta y mira el asiento trasero. Le agarro la mano a Cassie. Tiene la mirada cansada y da la sensación de que una ráfaga de viento pudiera troncharle el cuerpo, pero ella es más fuerte que todo eso. Con el corazón roto y todo.

Kerry asiente y Cassie le devuelve el gesto. Atravesamos la línea que marca el límite entre la realidad y el campamento.

Ayudo a Cassie a salir del automóvil. Hay campistas por todas partes, abrazando a sus padres y arrastrando maletas. Algunos nos miran, pero Cassie mantiene la mirada fija en el suelo.

La llevo hasta la cabaña, con el brazo debajo del suyo para que se apoye, como ella hizo conmigo hace solo unas semanas.

Cuando cruzamos la puerta, todas las de la cabaña están sentadas en sus camas, esperando. Cassie las mira a todas a los ojos y veo un destello de temor. Y entonces, una a una, se acercan a ella y le dan su llavero de macarrones.

—Para que te recuerde quién eres —dice Katie.

—Y que en la vida es necesario el trabajo en equipo. —Hannah le deja el suyo en la mano.

Dori es la siguiente.

—Y que la confianza no está tan mal.

Me saco el mío del bolsillo.

—Que eres valiente.

Madison da un paso adelante y deja la figura de san Antonio de Padua en la palma de la mano de Cassie.

—Para que te recuerde que la vida requiere perseverancia en los momentos duros, pero que siempre hay un modo de que nos encuentren.

Cassie los agarra con fuerza y se mira la mano.

—Gracias por salvarme la vida, Madison.

—En realidad —le da una palmada en el hombro—, prefiero que me llames Mads.

Toda la cabaña se echa a reír. Un momento después, se abre la puerta del baño y sale mi madre sosteniendo una de las camisetas cortas de Cassie.

—Esto es del todo inaceptable. —La tira al cubo de la basura.

—Disculpa. —Cassie me mira con una mezcla de sorpresa y rabia—. Lo que estás tirando son mis cosas. ¿Quién es esta mujer?

Me encojo de hombros cuando Cassie cruza la habitación, enfadada porque mi madre esté rebuscando en su cajón.

—Solo me aseguro de que no haya más pastillas.

—¿Qué narices pasa?

Mi madre deja lo que hace y la mira.

—Primera regla: te comerás lo que yo cocine. Segunda regla: te pondrás la ropa que yo te diga que te pongas. Tercera regla: las únicas pastillas que tomarás serán las que te recete un médico de verdad. Y vas a ir al médico.

—Eres la madre de Zander, ¿no? —pregunta Cassie.

—Así que, si estás dispuesta a vivir con mis reglas, tenemos una habitación de más en casa. —Mi madre me sonríe desde el otro lado de la cabaña—. Ya era hora de que alguien viviera en ella.

Un gemido escapa de los labios de Cassie, pero sigue sin moverse.

—¿Y qué pasa con el centro de acogida?

—Aún tenemos que encargarnos de eso —indica mi madre—. Vamos a tener que pelear un poco. ¿Estás preparada para pelear, Cassie? —Esta asiente, mirando a mi madre como si fuera un fantasma o incluso una santa. Ella le da una palmada en la espalda—. Bien, porque yo no abandono fácilmente. Voy a pelear hasta el último segundo si es necesario.

Me acerco a Cassie.

—Todo eso de la esperanza tiene que servir para algo, ¿no? —le susurro al oído.

Me mira a mí y después a mi madre.

—Yo no creo en esa palabra —responde.

—Bueno... —Mi madre le echa el brazo por los hombros—. Es un buen momento para empezar.

Más tarde, cuando estoy haciendo la maleta, abro la cremallera y veo el tornillo de la ventana que me dio Cassie la primera noche en el campamento. Entro en el baño y vuelvo a dejarlo en su sitio. No tiene gracia que escapar sea tan sencillo.

🍃 🍃 🍃

Estamos en el muelle, mirando el lago Kimball. El agua brilla bajo la luz suave del sol poniente. Una ligera brisa me aparta el pelo de la cara.

—Siento que no hayas conseguido el verde —le digo a Cassie.

Bizquea mientras mira el agua.

—He conseguido algo mejor.

—Amén. —Grover esboza una sonrisa.

Una voz resuena detrás de nosotros y nos volvemos. Bek viene corriendo por el muelle con un hombre bajo y rubio detrás de él.

—Quería que conocierais a mi padre —explica, sin aliento.

—¿Él es tu padre? —pregunta Cassie mirando al hombre.

—El señor Trebek —responde el aludido y nos tiende una mano regordeta.

Nos echamos todos a reír, hasta Cassie.

Y cuando el sol se pone y cae la noche, Grover se acerca y me besa.

—Solo una de cincuenta relaciones a distancia tiene éxito.

—Siempre he odiado las estadísticas —reconozco.

—Por raro que parezca, yo también.

—Me alegra que al fin hayas encontrado el valor de reconocerlo. —Le dedico una sonrisa—. ¿Me vas a escribir?

—¿Adónde tengo que enviar las cartas?

Le saco el cuaderno del bolsillo trasero y lo abro por la página en la que escribí hace semanas. Ahí, con mi letra, está mi dirección. La señalo.

—Me has tenido aquí todo el tiempo.

Se lleva el cuaderno al pecho.

—Me encanta la realidad.

—Aún nos queda una cosa más por hacer. —Cassie se saca del bolsillo el tenedor que robó el primer día. La miramos cuando se acerca a la barandilla de madera que separa el muelle del comedor. Con el tenedor, graba una palabra en la madera. Luego se aparta y todos grabamos nuestras iniciales, y nuestros nombres quedan de forma permanente en el Campamento Padua.

Los cuatro le damos la espalda al lago Kimball y comenzamos el largo camino hasta los automóviles.

—¿El año que viene qué? ¿A la misma hora? ¿En el mismo lugar? —propone Grover.

—No me lo perdería por nada —responde Bek.

—Yo tampoco. —Sonrío a Grover cuando me rodea la cintura con el brazo.

—¿Y tú, Palillo? ¿Nos vemos el año que viene?

Cassie mira por encima del hombro y le dedica un último vistazo a la palabra que ha grabado en la madera: esperanza.

—Por supuesto. —Y entonces le da la mano a Bek—. Esto no significa que me gustes.

—Claro que no. —Bek esboza una sonrisa genuina—. Me quieres.

Rodeo a Cassie con el brazo y la acerco a mí.

—Vamos a casa.

Mientras nos alejamos, miro atrás y veo a Grover alzar el brazo en el aire y chocar el puño con el cielo.

AGRADECIMIENTOS

Antes que nada, un gracias enorme y lleno de amor a Jessica Park. Siempre me has ayudado a encontrar el camino cuando me encuentro perdida. Te arriesgaste con una llamada telefónica de una extraña hace unos años y míranos ahora: almas gemelas. Este libro es lo que es gracias a ti. Gracias.

A mi agente y amiga, Renee Nyen. Te encantó este libro desde el principio. Hemos tenido algunos días locos, pero lo hemos logrado juntas. Estoy muy agradecida por todo lo que haces. Gracias.

A mi editor, Jason Kirk. No podría haber pedido a una persona mejor para tomar este libro y hacerlo mejor. Tu entusiasmo es contagioso. (¡Y un reconocimiento especial para Coco Williams!).

A todos los lectores beta, amigos y familiares, y a los seguidores que han defendido mis escritos y mis libros, que me han invitado a sus casas para hacer clubes de lectura, que me han pedido que hable en sus colegios, que se han sentado en mi salón y han compartido una idea tras otra. ¡Gracias, gracias, gracias!

Y a Anna, que dijo «¿Por qué no lo llamas Grover Cleveland?».

El resto es… historia.

SOBRE GROVER CLEVELAND

(El presidente, Grover Cleveland)

En la historia de Rebekah Crane Grover Cleveland es el nombre de un chico que está pasando el verano en el Campamento Padua. Sin embargo, este es también el nombre de un personaje histórico, Stephen Grover Cleveland, que fue presidente de los Estados Unidos entre 1885 y 1889 y después, en un segundo mandato, entre 1893 y 1897. Enormemente popular en su época, el señor Cleveland acabó cansado de que lo llamaran Stephen cuando era joven y de adulto decidió utilizar su segundo nombre, Grover. Hay mucha información sobre él en Internet que se puede encontrar fácilmente con solo teclear su nombre en un buscador. El hecho de que el protagonista de esta historia se llame así introduce un punto cómico en una trama de ficción que en realidad es de lo más serio, algo así como si el protagonista se llamara, por ejemplo, Felipe González, que fue presidente de España, o Vicente Fox, que fue presidente de México.

También le sirve a la autora para que Grover se refiera a su padre como «presidente Cleveland», lo que nos da a entender qué tipo de persona es y, luego, nos deja ver que también es alguien que sufre una patología. Cuesta darse cuenta, pero acaba por salir a la luz. El Grover Cleveland de esta historia es, sin duda, un personaje entrañable.